U0095571

个人投资 新思维

New thinking of Individual Institutions

改变投资理念 金融风暴来临，投资理念需要及时调整。第一是风险、第二是流动、第三才是收益，这是"越冬"的不二法门！**把握投资主动** 你不理财，财不理你！投资理财需要积极、需要主动，以新的姿态，安排财富通道 **掌握投资策略** 你不会理财，财更不会理你！投资理财需要技巧、需要策略，只有合理组合、化解风险，财富才会招手 **规划美好生活** 金融危机并不可怕，可怕的是在危机来临你束手无策，

杨天翔◎编著

图书在版编目（CIP）数据

个人投资新思维/杨天翔编著．－北京：中国经济出版社，2009.6
（反危机新思维丛书）
ISBN 978 - 7 - 5017 - 9178 - 1

Ⅰ．个… Ⅱ．杨… Ⅲ．私人投资 - 基本知识 Ⅳ．F830.59

中国版本图书馆 CIP 数据核字（2009）第 047807 号

出版发行：中国经济出版社（100037・北京市西城区百万庄北街3号）
网　　址：www．economyph．com
责任编辑：苏耀彬　（电话：010 - 68354197）
责任印制：石星岳
封面设计：大象设计
经　　销：各地新华书店
承　　印：北京市地矿印刷厂
开　　本：B5　　　　　　　　　　　　印张：15.5　字数：250 千字
版　　次：2009 年 6 月第 1 版　　　　印次：2009 年 6 月第 1 次印刷
印　　数：6000 册
书　　号：ISBN 978 - 7 - 5017 - 9178 - 1/F・8119　　　　　　定价：38.00 元

前　言

　　当今社会,随着经济发展水平的不断提高,人们的生活水平正在日益改善,小康社会已经在中国的一部分经济发达地区成为现实。解决了温饱,大家的视点开始向提升生活品质的方向转变。投资理财已经成为许多中国人生活中的一个重要组成部分,并且已经成为走向美好未来的保障。常言说"你不理财、财不理你",如何打理自己的财富,是现代人文明生活的一种体现。财富需要合理的配置,需要理性的理财方式,才能保证未来的生活质量不缩水,同时也是应付金融危机的有力武器。

　　在席卷全球的金融危机来临时,曾经是全世界最潇洒的美国人,却在饱尝其透支消费之痛。社会信用的发达,使每个人都无所顾虑地透支着未来的财富。当危机降临,很多美国人在一夜之间一无所有,生活水平一落千丈。过度的金融创新导致了极大的风险,最典型的就是次级债券这样的高风险投资工具。当风险一旦爆发,投资者损失可谓惨重。次贷风暴席卷了整个世界,从美国到欧洲,从到欧洲到亚洲,影响之大、范围之广为罕见。中国,作为东方正在冉冉升起的经济明星,也被这次风暴冲击,经济受到了极大的影响,从改革开放以来的高速发展势头终于出现了回调。年轻的中国资本市场所受到的冲击尤其严重,证券市场的跌幅最大超过了70%,远远超过次贷危机发源地美国。股市的狂跌导致了20万亿的财富蒸发,而其中绝大多数来自于个人投资者。为什么个人投资者蒙受了如此巨大的损失? 这与中国个人投资者的不成熟、投资渠道狭窄有极大的关联。随着投资理念的不断提升,理财的思维已经在广大中国老百姓中形成了共识,但是大部分个人投资者的投资态度、投资技巧并不正确,对风险的态度更是极不正确。另外,中国的个人投资渠道也并不宽敞,很多人唯一可以利用的投资途径就是股市。很多人在前些年热衷炒房,房价到飞涨到狂跌,又留下了一批批高位套牢者……

那么个人投资者应该如何投资?经过金融危机的洗礼,大家应该明白,投资安全最重要,高收益如果伴随高风险,得不偿失不可取;其次,投资要讲究流动性,"现金为王",只有较高的变现能力才能在金融危机时代安然应付;第三,当然要讲收益,没有收益的投资活动没有任何的意义。在金融危机时代,投资者最重要的应该是首先转变投资理念,端正态度、转换方式、调整策略。投资应该有积极的态度,投资应该有正确的策略,投资还要有合理的规划,每个人的投资模式都是不一样的,可以说一千万人有一千万种投资组合,关键是要寻找适合自己的方式。

本书的写作正是在这样一种背景下进行的,从金融危机说事,从理财策略转变出发,探讨了个人投资者的理念,也对适合个人投资者的投资对象一一评析:从储蓄到股票债券,从基金到从房地产,从艺术收藏品到黄金宝石均有涉及。当然本书绝不应该是一本投资宝典类型的读本,能够作为投资者的投资指南,这似乎高估了作者的水平。作者希望读者能够像和一个老朋友对话一样,进行一次心灵的沟通,共同来交换投资的心得,共同来提高投资的乐趣。当然,限于作者水平,很多地方的看法可能有谬误,甚至根本就是错误的。希望读者出于爱护,能够容忍,并毫不客气地指出,使作者能够有改正的机会。

作者

二〇〇九年五月

CONTENTS 目 录

PREFACE

绪 论

金融风暴突袭,资本市场风卷残云

　　这一次的金融风暴,是由美国次贷危机引发的,于2007年春初露端倪,2007年夏开始爆发,2008年秋全面恶化,并迅速扩散到世界范围。独立投资银行模式在美国消失,金融市场几近崩溃,金融体系遭受重创。虽然美国政府实施了规模空前的救助行动,通过了旨在"防止华尔街的危机演化为波及国家各个阶层的危机"的《2008年紧急经济稳定法案》,但这并未消除市场对美国经济的担忧,危机进一步向其他国家蔓延。金融风暴就如同高度传染性的病毒,一发而不可收,也被广泛称之为"金融海啸"。

第一节 金融风暴席卷全球

一、美国次贷危机的形成

次贷危机的导火线是"债务抵押证券（CDO）"，也叫次级债。次级债的概念并不复杂，投资银行通过特殊目的实体（SPV）收购了一批金融资产（大多为房屋抵押贷款），然后这个SPV发行多种不同清偿顺序和利率的债券。风险承受度低的就购买清偿优先的债券，风险承受度高、要求回报高的就购买清偿顺序靠后的、利率更高的债券，各方各取所需。次级债的主要价值就在于把从平均质量不好的一堆资产中通过不同的清偿顺序来人为降低一部分资产的风险。但次级债买家没有意识到，如果资产质量不好，即使最好的那部分也不会成为优质资产。其次，组成次级债的资产之间是高度相关的，是一损俱损的。美国房地产市场高潮时，银行提供各种名目的贷款给购房者，为了追求利润，甚至于零首付贷款给没有还款保证的低收入者，当房地产价格上涨后，增值部分又可以通过抵押获得贷款，而这批贷款往往被用于消费。金融机构将此类风险极大的资产通过次级债的方式出售，将风险进行转嫁。次贷危机开始于房地产市场的不景气，由于美国房价的下降，人们无法付清贷款，大量的违约致使银行造成巨额亏损。由于资金链的断裂，次级债的发行者无法清偿这些资产，更可怕的是某些喜好风险的投资者们通过借钱购买这些次级债。于是恐怖的景象发生了：投资银行由于次级债的损失而导致评级下降，致使其股价崩溃，像雷曼兄弟的股价从20美元跌到了2美分，从而引发了大规模的金融恐慌。贝尔斯登旗下的基金就是一例，其中一个基金的资本为6.4亿美元，而借贷了60亿美元投资次级债。这些投资者在次级债上赔得血本无归，直至破产。随后，次级债持有者破产导致了市场信心的丧失,从而进一步加剧了问题的严重性。整个次级债市场崩盘,次贷危机酿成了一场金融风暴。

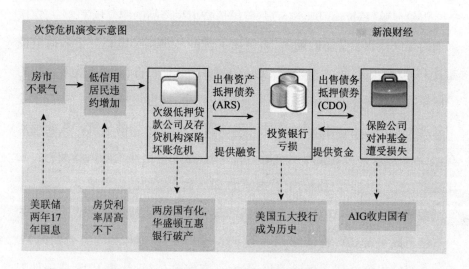

图 1-1　次贷危机演变示意图(资料来源:新浪财经)

　　美国每年的次级债发行市场大约是 3 000 多亿美元,与整体的金融衍生品市场相比并不大,但次级债市场的崩盘却导致了贝尔斯登于 2008 年 3 月的垮台,而更大的问题还在后面。次级债的产品可以分为两个大类,一类为现金次级债(Cash CDO),其持有的是真实的产生现金的资产,如贷款,债券等等。规模更大的另一类为所谓的合成次级债(Synthetic CDO)。合成次级债本身不持有资产,它的收入来自于通过信贷违约掉期(Credit Default Swap,CDS)定期得到的现金收入。合成次级债在信贷违约掉期中承担信贷风险,因而可以定期收到现金(保险金)回报。CDS 这个 2007 年中高峰期全球市场大小达 62 万亿美元的金融衍生产品,成为危机中倒下的第二块多米诺骨牌。与其他金融衍生产品一样,CDS 的核心也是交易风险。简单来看,CDS 可以视为一种信用保险。CDS 的买方(Buyer)定期向卖方支付一笔保险金,而卖方则承担信用产品违约的风险。CDS 的卖方可视为保险公司,买方可视为投保人。CDS 的卖方通过复杂的数学模型,预测违约风险,认为保险费足以覆盖其违约风险。美国房价下降后,CDS 的卖方发现其收取的保险费和资本不足以覆盖违约损失,而导致 CDS 卖方的破产。

雷曼兄弟(Lehman Brothers)是美国信贷衍生产品的主要玩家之一,在次级债的损失导致了雷曼的倒闭,而倒闭又进一步加剧了危机。雷曼的负债超过 4 000 亿美元,而这 4 000 亿美元的债务由其他银行、对冲基金等销售的 CDS 覆盖。在雷曼破产后对这些 CDS 的拍卖中,销售雷曼 CDS 的银行承受了超过 3 000 亿美元的损失,这进一步加剧了 CDS 市场的危机。从此观点看,美国政府放弃对雷曼的拯救是不明智的,这个举措使金融风暴加剧。相比之下,由于美国政府接管两房,两房的 CDS 的卖家们的损失很少。

美国国际集团(AIG)是 CDS 危机的最大也是最直接的受害者。一般的投资银行既买入 CDS 也销售 CDS,这样在危机中,他们作为卖家受到损失,而作为买家得到补偿。相反,AIG 作为一家保险公司,认为 CDS 是一种保险,从而只出售 CDS 而不购买。违约出现后,AIG 必须赔偿违约损失而不能得到补偿。在 AIG 被政府接管前,AIG 出售了 4 400 亿美元的 CDS,而无法支付违约后赔偿,而面临破产的窘境。在 CDS 的合同中,买方并不是 100% 没有风险,一旦卖方违约,买方仍需要承担违约损失。全世界的银行都在从 AIG 这个被认为不可能违约的保险公司的手中购买 CDS,一旦 AIG 出现违约,全世界的银行都将失去违约保护。这也是美国政府弃雷曼于不顾,而不惜一切代价拯救 AIG 的原因,因为一旦 AIG 破产,其影响将遍及全世界从 AIG 手中购买 CDS 的银行,后果将不堪设想。

二、美国金融风暴全程 Replay

2007 年 2 月 13 日美国新世纪金融公司(New Century Finance)发出 2006 年第四季度盈利预警;汇丰控股为在美次级房贷业务增加 18 亿美元坏账准备。然而,情况还在进一步恶化,面对来自华尔街 174 亿美元逼债,作为美国第二大次级抵押贷款公司的新世纪金融在 2007 年 4 月 2 日宣布申请破产保护、裁减54%的员工。2007年8月2日,德国工业银行宣布亏损预警,后来更估计出现了82亿欧元的亏损,因为旗下的一个规模为127亿欧元为"莱茵兰基金"(Rhineland Funding)以及银行本身少量的参与了美国房地产次级抵押贷款市场业务而遭到巨大损失。次贷危机开始出现波及世界其他地区的势头。8月6日美国第十大抵押贷款机构美国住房抵押贷款投资公司正式向法院申请破产保护,成为继新世纪金融公司之后美国又一家申请破产的大型抵押贷款机构。8月8日,美国第五大投行贝尔斯登因旗下两支基金卷入次贷危机遭受巨大亏损倒闭而宣布破产。8月9日,法国第一大银行巴黎银行宣布冻结旗下三支基金,同样是因为投资了美国次贷债券而蒙受巨大损失,此举导致欧洲股市重挫。8月13日,日本第二大银行瑞穗银行的母公司瑞穗集团宣布与美国次贷相关损失为6亿日元。日、韩银行已因美国次级房贷风暴产生损失。据瑞银证券日本公司的估计,日本九大银行持有美国次级房贷担保证券已超过一万亿日元。此外,包括有利银行在内的五家韩国银行总计投资5.65亿美元的担保债权凭证(CDO)。投资者担心美国次贷问题会对全球金融市场带来强大冲击。2007年8月10日,由于次级债危机蔓延,欧洲央行出手干预。8月11日,世界各地央行48小时内注资超3 262亿美元救市,联储一天三次向银行注资380亿美元以稳定股市。8月14日,美国欧洲和日本三大央行再度注资超过720亿美元救市。8月16日,全美最大商业抵押贷款公司股价暴跌,面临破产。8月17日,美联储降低窗口贴现利率50个基点至5.75%。8月20~30日,日本央行二次向银行系统注资18 000亿日元。同期,美联储接连4次注资327.5亿美元。9月18日美联储将联邦基金利率下调50个基点至4.75%。10月13日,美国财政部帮助各大金融机构成立一支价值1 000亿美元的基金(超级基金),用以购买陷入困境的抵押证券。受次贷危机影响,全球顶级券商美林公布2007年第三季度亏损79亿美元,日本最大的券商野村证券该季亏损6.2亿美元,瑞士银行宣布季度亏损达到8.3亿瑞郎。12月24日,美林宣布了三个出售协议,以缓解资金困局。至此,美国五大投资银行全部成为了历史。

2008年1月22日,美联储紧急降息75个基点,至3.50%,这是美联储自1980年代以来降息幅度最大的一次。1月30日,美联储又降息50个基点。2008年3月14日,美国第五大投行贝尔斯登向摩根大通和纽约联储寻求紧急融资,3月17日摩根大通同意以2.4亿美元左右收购贝尔斯登。3月27日美联储透过定期证券借贷工具向一级交易商提供了750亿美元公债。3月31日,美国财长保尔森将向国会提交一项改革议案,加强混业监管。5月6日美国众议院议长佩洛西呼吁实施第二轮经济刺激方案,美国众议院通过一项法案,建立规模为3 000亿美元的抵押贷款保险基金,并向房屋所有者再提供数以十亿美元计的资助。7月,美国最大汽车厂商通用汽车隐现破产危机。9月7日,美国政府接管房利美(Fannie Mae)和房地美(Freddie Mac),试图避免这两大抵押贷款巨头遭受灾难性的失败而使危机进一步蔓延。9月15日,美国第四大投资银行雷曼兄弟公司陷入严重财务危机,在得不到美国政府的救援后宣布申请破产保护,金融风暴达到了顶峰。9月20日,布什政府正式向美国国会提交拯救金融系统的法案,财政部将获得授权购买最高达7 000亿美元的不良房屋抵押贷款资产。9月25日,全美最大的储蓄及贷款银行华盛顿互惠公司(Washington Mutual Inc.)成为美国有史以来倒闭的最大规模银行。9月16日晚 美国联邦储备委员会宣布,已授权纽约联邦储备银行向陷于破产边缘的美国国际集团(AIG)提供850亿美元紧急贷款。美国政府将持有该集团近80%股份。9月29日,美国众议院否决7 000亿美元的救市方案,美股急剧下挫,创1987年环球股灾以来最大的跌幅。2008年10月2日,美国参议院74票对25票通过了布什政府提出的7 000亿美元新版救市方案,美参议院投票表决的救市方案总额从原来的7 000亿美元提高到了8 500亿美元,增加了延长减税计划和将银行存款保险上限由目前的10万美元提高到25万美元的条款,目的是安抚紧张的美国公众及支持经济增长。10月10日,冰岛因次贷危机基本冻结了外汇资产,并将三大银行国有化。12月11

日,美国汽车三巨头将获援助 150 亿,高管薪酬受限制。

三、金融风暴的成因

1. 失衡的宏观经济

从根本上讲,美国长期坚持的高负债、高赤字、高消费经济增长模式缺乏可持续性,问题最终必然要在某一方面得到表现和释放。美国经常账户赤字与 GDP 的比例由 1999 年的 1.5% 上升到 2006 年的 6%。目前,美国全部债务高达 10 万亿美元以上,负债率远远超过正常水平。截至 2008 年 9 月,本财政年度赤字为 4 548 亿美元。政府如此,国民亦然。2007 年美国家庭部门负债占可支配收入的比例为 133%,而十年前这一比例仅为 90%。其次,美国金融业高度发达,超越甚至脱离了实体经济的发展,呈现虚拟化态势。有人统计,目前美国交易的金融产品中只有 1/7 与实体经济有关。大多数金融产品已经蜕变为独立的市场游戏工具。第三,网络经济泡沫破裂后,美国试图把房地产业的发展作为新的引擎,带动经济持续增长,但它忽视了产业与金融之间及产业之间的合理关系,造成房地产业畸形发展。居民储蓄模式逐步出现了由收入为基础向以资产为基础的模式的转变,居民开始大量购置房产、股票等,然后以此为抵押获取贷款,支持进一步的消费。有一种观点甚至认为,由于海外大量资金最终回流到美国,美联储被迫维持低利率以刺激国内金融产业的需求,以消化流入的巨额资金。

2. 失误的货币政策

美联储在"反衰退"思想指导下,货币政策目标漂浮不定,导致一系列不当操作。本世纪初,网络经济泡沫破灭、"9.11"事件、安然公司和世通公司丑闻等对美国经济造成了严重打击。为了防止美国经济走向衰退,美联储从 2001 年开始连续 13 次降息,联邦基金利率由 6.5% 到降到 1%,为近半个世纪的最低水平。宽松的信用和过剩的流动性推动房地产等资产价格迅速上涨。2004

年,美联储意识到问题的严重性后,经过连续 17 次升息的历程,到 2006 年 6 月 30 日联邦基金利率已升至 5.25%。此时,房地产价格已经下跌,但借款人利息负担明显加重,违约现象大量出现。2006 年年末,次贷违约率在一些州达到 13%,个别州甚至超过 20%。这预示着危机的出现只是个时间问题。

3. 宽松的金融监管

此次金融风暴爆发前,美国采取的是"双重多头"金融监管体制。双重是指联邦和各州均有金融监管的权力;多头是指有多个部门负有监管职责,如美联储(FRB)、财政部(OCC)、储蓄管理局(OTS)、存款保险公司(FDIC)、证券交易委员会(SEC)等近 10 个机构。在实践中,多头多层的分业监管体制虽有利于相互制衡,但在对混业经营的金融体系(机构、市场、产品)的监管上,未能形成"无缝对接"和"全面覆盖",监管重叠与监管真空并存。有关监管部门早先也曾发现一些问题,但由于缺乏相应的法律授权,未能适应形势及时采取监管措施;对房地产等资产价格的变化对金融业风险的影响估计不足,缺乏必要的风险预警与提示。监管的放松,使得金融机构的竞争过于激烈,使根本不具备能力的消费者获得了住房,杠杆率大幅提高,金融资产过度膨胀,信息披露不充分。过于复杂的衍生工具,尤其是资产证券化的发展,使得风险评估变得困难,过于依赖于评级机构,也使得风险承担者与控制者严重分离,不利于风险的有效控制。当基础资产出现问题时,金融机构多倍收缩金融资产,引起连锁反应,产生巨大的系统风险。斯坦福大学著名经济学家约翰·泰勒认为美联储自 2001 年 9 月以来的长期超宽松货币政策应对这场动荡负责,而格林斯潘难辞其咎。泰勒教授提出的"泰勒规则"描述了美联储应当如何针对通胀和经济状况确定利率水平,对美联储货币政策有深远影响。①

---

① 参见:Pier Francesco Asso, George A. Kahn, and Robert Leeson, The Taylor Rule and the Transformation of Monetary Policy, http://www.johnbtaylor.com

美国证监会近几年实行的"裸卖空"措施,也是造成危机迅速扩大的一个直接原因。出现溃败征兆的雷曼兄弟正是在"裸卖空"的影响下,被快速完成了致命一击。对冲基金仅仅用了不到两个月的时间,就将雷曼股价从20美元一路拉下到了2美分。这种对投资者信心的极大打击也导致更多的股票持有者抛出持有的债券。

4. 激进的经营模式

美国投资银行的经营模式在过去10年间发生了巨大变化,过度投机和过高的杠杆率使得投行走上了一条不归之路。流动性过剩致使资本不断涌入美国住房市场,为了谋求更多的经济利益,也为了不致让这些日益膨胀的资本影响次贷市场发展,华尔街以疯狂放贷作为解决方案,花样繁多的月利率、甚至零首付的出现,极大地刺激了次级按揭贷款市场。在这样的背景下,按揭贷款的流程变得日益简单,有的按揭完全凭借款者自己填报的虚假收入作为依托,有的按揭贷款额竟然大于实际总房价。至此,借贷标准变得名存实亡,2006年的美国房屋按揭贷款甚至只有平均6%的首付款比率。当房市萧条,按揭者无资金偿还债务的时候,贷款银行出现大量坏账,从而导致次级债发行者无法按期还本付息,资金链开始断裂,危机便以极快的速度蔓延开来。

在对大量金融衍生品的交易中,投行赚取了高达20%的利润,远远高出商业银行12-13%的回报率。但同时,这些投行也拆借了大量资金,杠杆比率一再提高,从而积累了巨大的风险。雷曼兄弟宣布进入破产保护时,其负债高达6 130亿美元,负债权益比是6 130:260,美林被收购前负债权益比率也超过20倍。①过高的杠杆比率,使得投行的经营风险不断上升,而投资银行在激进参与的同时,却没有对风险进行足够的控制。对利益的过度追求使投资银行不断开发高风险的金融衍生产品,复杂程度越来越高,导致过度

---

① 参见孔雪松、申屠青南:"华尔街金融风暴告诉我们什么",《中国证券报》,2008年9月27日

泛滥。而监管又长期缺位,直至出现系统性的崩溃。

5. 失灵的公司治理制度

在美国,像华尔街五大投行这样的大公司,一般不设监事会,由股东大会产生的董事会是公司的常设权力机构。董事会又由内部董事和外部董事组成,内部董事主要包括经理在内的公司高管人员,外部董事则由大股东和独立董事构成,一般不参与公司经营。由于投行业务与金融市场的复杂性,大股东受自身知识结构限制无法有效地监督公司,而且他们同样可以利用证券市场回避公司经营风险,同时,美国规范严格的信息披露制度也鼓励股东的市场化行为。此外,一些大股东属于机构投资者,一方面,机构投资者可以通过资产组合的多元化举措有效分散风险,并不专注于对某个公司的监督,另一方面,美国法律通过优惠税率和持股比例限制机构投资者对公司经营的干预。在这种失灵的公司治理制度前,道德防线是那么的脆弱,在利益的诱惑下,又是那样经不起冲击,美国金融业畸形的激励制度加速了这道防线的崩溃。美国的投资银行过去均为合伙人制,由合伙人享有全部利润并承担全部风险。现在虽然大型投行已经改为股份制,但是其传统的激励机制并没有改变,内部人及公司员工获得大部分收益,但风险却改为由全体股东承担,公司实际上操纵在经理人手上。在此收益与风险错位的激励机制下,经理人不可避免的追求高风险高收益的业务。对冲基金的激励机制更加激进。对冲基金管理者每年收取的与基金保险无关的管理费用在 1 - 4% 之间,平均在 2% 左右,与此同时,对冲基金的管理层从基金投资的利润中收取平均 20% 的业绩奖励。畸形的激励机制导致了投行和对冲基金为取得超额回报不惜冒险。

6. 金融系统本质缺陷

著名的"明斯基模型"认为这场动荡是金融系统的本质缺陷造成的,一个自由的金融系统为追逐超额利润提供了可能,同时也存在隐患。明斯基曾是美国华盛顿大学著名经济学教授,他提出了"金融不稳定"假说,认为行情好的时候,投资者倾向于冒险;行情好的时间越长,投资者甘冒的风险就越大,直到其资产所产生的利润不足以偿付他们的投资贷款时,市场就达到了崩溃的临界点。[①]

第二节　金融风暴对全球经济的影响

一、金融风暴对美国经济的影响

此前较为客观的预测是 2008 年美国经济增长率将只有 2%,远低于2007 年底 3.1% 的预测值。一系列经济数据也显示,次贷危机仍在恶化,并正外溢至美国经济各个方面,冲击到美国经济整体走势。在楼市降温、次贷危机恶化、经济增速放缓的情况下,近期美国失业率也陡然上升,成为美国经济不容乐观的最直接征兆。然而,美国次贷危机有进一步升级的迹象,引起了美国股市剧烈动荡,道·琼斯指数累计下跌了 40% 以上,成为不折不扣的股灾。雷曼兄弟以及华盛顿互惠银行等金融机构的倒闭,使得许多的企业的融资出现了很大的问题,像美国的汽车三巨头就因为融资的问题岌岌可危,最后是美国政府的援助,暂时缓解了它们的破产危机,但是仍然面临风险。人们已经发现危机已经严重影响了自己的生活,要么失业,要么收入大幅下降,而前期的假象实际上是整个市场库存的调整暂时掩盖危机的影响。投资者担心,次级抵押贷款市场危机会扩散到整个金融市场,影响消费信贷和企业融资,进而损害美国经济增长。

[①]　参见王溯珺:"次贷危机产生与发展的根源——基于'明斯基模型'的分析",《世界经济情况》,2008 年 7 期

从美国政府公布的相关经济数据已经表明,美国经济已经不可避免地走向了衰退。房地产市场泡沫破灭后的调整,使美国的房价普遍下跌,加之银行惜贷,造成信贷收缩,不少合格贷款人或企业因银行提高放贷门槛而贷不到款,这反过来又进一步打压了房地产市场,形成恶性循环。2007年美国的新房销售量为77.4万套,比2006年大降26.4%,创历史最大下降幅度。而美国消费占了GDP的70%左右,消费增长速度的下降,必然反映到整体经济上面,从而严重制约了建筑业和商贸流通业等相关行业的发展。

在金融市场方面,次贷危机影响了抵押贷款公司、对冲基金、投资银行、房地产投资信托公司、商业银行和外国银行,以及几乎所有金融市场参与者。当次贷呆、坏账暴露出来后,所有持有次贷金融产品的机构,由于分不清自己持有的是否是不良次贷,都争先恐后抛售其与次贷有关的金融产品,从而形成国际金融市场一波又一波的震荡,许多企业特别是房地产公司和金融机构的股票价格大幅下跌。

二、金融风暴对国际经济的影响

国际货币基金组织(IMF)的报告称,危机造成全球金融机构的直接损失估计高达1.4万亿美元。股指下跌、失业增加、贸易减少、经济增长放缓等间接影响将更为广泛,造成的损失更是难以估量。

曾经遭受98年金融风暴的亚洲这一次也深深地被卷入,日、韩银行也因为美国次贷危机而蒙受了巨大的损失。2007年8月13日,日本第二大银行瑞穗银行的母公司瑞穗集团,宣布和美国次贷有关的亏损为6亿日元。按照瑞银证券日本公司的预测,日本九大银行持有美国次级房贷担保证券已经超过10 000亿日元。另外,包括有利银行在内的五家韩国银行共同投资了565亿美元的次贷担保债权凭证。日本一直被视为阻止全球经济动荡进一步蔓延的坚强堡垒,但在2008年10月,日本最大银行宣布拟筹措更多资本金,日元汇率已接近10年来的最高水平,而股市则跌至了26年所未见的低点。2008 年 10 月 6 日，韩国财政部发表的一份报告说，全球金融风暴可能导致韩国 2008 年经济增长率降至此前预测的 4.5% ~4.9% 以下。

金融风暴也波及东南亚，其中越南尤其典型。进入 2008 年，越南的一系列经济指标纷纷亮起了红灯，似乎预兆着危机爆发即将来临。越南盾汇率持续下滑，股市狂跌不止，年度跌幅达 65%，列世界第三。5 月份越南通胀率达 25.2%，为 13 年来最高，且通胀上行压力依然很严重。贸易赤字迅速扩大，至 5 月，已达到了 144 亿美元，占 GDP 的比重超过 5% 危险线。据世界银行预测，越南 2008 年的外债规模巨大将达到 240 亿美元，占 GDP 的 30.2%。在印度，劳动密集型加工制造业受到金融风暴的影响尤其显著，大批企业由于订单下滑而无法开工，造成了就业困难。有人甚至把印度看做是下一个越南。

全球金融风暴也席卷波斯湾，2008 年 10 月，科威特央行宣布对银行存款提供担保，并匆忙制订了一项对该国一家大银行实施救助的计划。沙特阿拉伯则表示，将向低收入借款人提供约 23 亿美元的贷款，此举显然是为了缓解全球信贷危机对沙特公民的不利影响。

金融风暴对欧洲的影响目前基本上还停留在金融领域，但对实体经济的影响可能会在不久显露出来。由于美放贷机构将次级抵押贷款合约打包成金融投资产品出售给投资基金等，而相关评估机构并没有正确评估这些产品的信用，导致一些买入此类投资产品的欧洲投资基金遭重创。2007 年 8 月 9 日法国巴黎银行宣布，暂停旗下 3 只涉足美房贷业务基金的交易，这 3 只基金的市值已从 7 月 27 日的 20.75 亿欧元缩水至 8 月 7 日的 15.93 亿欧元。随后德国、法国以及英国等国的一些中小银行，甚至是全球知名银行纷纷爆出较大金额的次贷相关损失，其中瑞士银行 2007 年第四季度亏损达 125 亿瑞士法郎，创历史最高季度亏损纪录，而英国北岩银行更是遭遇到百年不遇的挤兑事件。欧洲股市成为银行业卷入风波的最大受害者，银行股的溃不成军加速了各国股市的暴跌。欧洲股市有可能成为继日本股市之后,第二个进入熊市的主要市场。次贷危机大幅影响了美国经济增长,欧盟最大贸易伙伴的消费需求相应下降也毋庸置疑,欧洲出口贸易难以全身而退。同时,次贷危机致使美元出现大幅贬值,欧元汇率则高歌猛进,屡创新高,这虽然增强了欧元的国际地位,但是欧洲商品出口竞争力备受影响,出口增速放缓在所难免。再加上欧洲房市拐点临近,消费需求随银行业信贷紧缩而进一步萎缩,欧洲经济增速放缓已成定局。此外,受能源、原材料和食品价格走高的影响,欧元区通胀压力锐增。欧洲央行短期内降息的可能性不大,而美联储继续大幅降息将导致欧元升值加速,进一步冲击欧洲经济增长。资本市场高度发达的北欧小国冰岛成为次贷危机下最严重的受害国,由于三家主要银行破产,其债务高达全国 GDP 的 12 倍,全国濒临破产。由于无力独自应对金融风暴,冰岛政府不得不积极寻求外国援助。即便获得国际货币基金组织的贷款,也将面临 40 亿美元的资金缺口。

为了防止金融风暴的蔓延,欧洲中央银行从 2007 年 8 月 8 日到 13 日,连续 3 次分别向市场投入 948 亿欧元、610 亿欧元和 476 亿欧元"救市"。2008 年 10 月 8 日,美联储曾联合欧元区、英国、加拿大、瑞士和瑞典五大央行紧急协同降息 50 个基点,旨在应对金融风暴恶化给经济增长带来的更大下行风险。但这一前所未有的联合降息并未起到扭转乾坤的效果。即便在降息宣布当天,美股三大指数依然"顽固"地收出六连阴,随后全球股市更是一路跌向深渊。2008 年 10 月 28 日,英国央行英格兰银行在发表的《金融稳定报告》中表示,持续不断的信贷危机已使全球金融机构损失了 1.8 万亿英镑(约合 2.83 万亿美元)。

表 1-1　　　　　　　　2008 年全球股指跌幅排行榜

指数名称	07 年最后交易日点位	08 年最后交易日点位（*为 12 月 30 日数）	跌幅(%)
冰岛 OMX15 指数	6 322.40	352.16 *	94.43
俄罗斯 RTS 指数	2 290.51	625.42 *	72.67
越南指数	927.02	315.62	65.95
中国上证综指	5 261.56	1 820.81	65.39

指数名称	07 年最后交易日点位	08 年最后交易日点位 (＊为 12 月 30 日数)	跌幅(%)
中国深证成指	17 700. 62	6 485. 51	63. 36
印度孟买股市 30 种股票综合股价指数	20 286. 99	9 716. 16 ＊	52. 10
新加坡海峡时报指数	3 482. 30	1 770. 65 ＊	49. 15
香港恒生指数	27 812. 65	14 387. 48	48. 27
台湾加权指数	8 506. 28	4 591. 22	46. 03
标普澳洲 200 指数	6 421. 00	3 591. 40 ＊	44. 07
法国 DAX 指数	5 614. 08	3 217. 13 ＊	42. 70
日经 225 指数	15 307. 78	8 859. 56	42. 12
美国纳斯达克指数	2 652. 28	1 550. 70 ＊	41. 53
巴西博维斯帕指数	63 886. 10	37 550. 31 ＊	41. 22
韩国首尔综合股价指数	1 897. 13	1 124. 47	40. 73
德国 CAC40 指数	8 067. 32	4 810. 20 ＊	40. 37
加拿大 S&P/TSX 指数	13 833. 06	8 830. 72 ＊	36. 16
美国道琼斯指数	13 264. 82	8 668. 39 ＊	34. 65
英国富时 100 指数	6 456. 90	4 392. 68 ＊	31. 97

资料来源:全景网 http://www. p5w. net

三、金融风暴对中国经济的影响

美国这一次的金融风暴确实在一定程度上也波及中国,中国经济当前的开放度已经大为改观,与世界经济的联动非常密切。尤其是作为世界重要的制造业基地,对外依赖也越来越高。美国是中国主要的贸易伙伴之一,对美出口占据了非常重要的比重;而中国政府持有大量次级债和美国国债,从而对我国的外汇储备会有一定影响。中国社会科学院金融研究所所长夏斌认为:"美国金融危机对中国持有的海外金融资产影响可能是有限的,但我们绝对不能低估美国金融危机对中国经济的影响。由于美国金融危机已影响到美、欧、日的实体经济。对美欧的出口又占我国对外出口约 40%,现在外需对我们的影响已经很明显。中国经济已经出现下滑的势头,而且势

头比较快。现在不是担忧中国经济出现下滑,而是事实上已经在严重下滑。环境、资源、价格调整等等各种矛盾突出。"①归纳起来,次贷危机对中国经济的影响可能集中在这几个方面:

1. 影响我国的出口

美国次贷危机造成我国出口增长下降,一方面将引起我国经济增长在一定程度上放缓,同时,由于我国经济增长放缓,社会对劳动力的需求小于劳动力的供给,将使整个社会的就业压力增加。美国是世界最大的国家市场,也是中国的主要贸易和投资伙伴。对美国出口额约占中国出口总额的20%,是仅次于欧盟的中国第二大出口市场。由于金融风暴发生,造成美国消费需求缩减,从而抑制了中国对美国出口的增长。据海关统计,2008年全年,我国外贸出口14 285.6亿美元,比上年同期(下同)增长17.2%;进口11 330.9亿美元,增长18.5%,出口增幅小于进口。据计算,全年出口、进口值的增长,价格因素是主要拉动力量。全年出口价格总体上涨8.6%,对出口值增长的贡献率达到54%;扣除价格因素后,出口数量增长7.9%,对出口值增长的贡献率为46%。从月度数据上看,到2009年1月外贸进出口的最新统计数据显示进出口总值1 418亿美元,比去年同期下降29%;其中出口下降了17.5%,进口下降了43.1%。如此前预计的一样,中国2009年1月进出口首现十余年来创纪录的两位数跌幅,连续三个月出口负增长。②

表1-2	2008年我国外贸出口总额			(单位:亿美元)
出口	当月		1至当月累计	
	金额	同比	金额	同比
2008.01	1 095.8	26.5	1 095.8	26.5
2008.02	873.2	6.3	1 969.1	16.7
2008.03	1 089.3	30.3	3 058.3	21.2
2008.04	1 187.6	21.8	4 246.0	21.4

① 参见夏斌:"美国金融危机对我国实体经济的影响程度如何?",国研网,2008年12月
② 资料来源:海关总署

续表

出口	当月		1 至当月累计	
	金额	同比	金额	同比
2008.05	1 205.7	28.2	5 451.6	22.8
2008.06	1 211.7	17.2	6 663.3	21.8
2008.07	1 366.4	26.7	8 029.7	22.6
2008.08	1 348.6	21.0	9 378.3	22.3
2008.09	1 363.5	21.4	10 741.8	22.2
2008.10	1 282.3	19.0	12 024.1	21.9
2008.11	1 149.8	-2.2	13 173.9	19.3
2008.12	1 111.6	-2.8	14 285.5	17.2

资料来源:海关总署

2. 经济面临大起大落的双重压力

由于金融风暴引发了全球性金融市场动荡,美国、欧盟等许多国家和地区纷纷采取降息、注资等措施以防止由次贷危机引发的经济衰退,结果必然是全球流动性大幅增加,全球性通货膨胀压力陡然增加。美元贬值,使以美元计价的国际粮食、石油、铁矿石等大宗商品价格持续上涨,带动了国内相关产品的价格提高。由于国际大宗商品价格居高不下,以及我国冰雪地震等自然灾害的影响,我国的农产品、生产资料、生活消费品等价格持续上涨,形成了 2008 年上半年的成本推动型通货膨胀。[①] 然而,从 2008 年下半年开始,经济指标开始下滑到 9%,钢铁、水泥、汽车还有金属加工的机床等主要工业产品,第三季度都出现了负增长。到了 10 月份的时候,主要重工业产品产量均显著放缓,主要工业产品比较明显的放缓,钢铁行业最明显,钢材分别负增长 16.8%、17.0% 和 12.4%,汽车产量负增长 0.7%。投资增长率也出现了负增长,房地产的投资大幅度下滑,外商直接投资货币流通速度放缓,信贷需求降低,财政收入也出现了 96 年来首次负增长。CPI、PPI 均从高

---

① 参见:"美国次贷危机对中国金融是否真的影响甚微",《中国经济时报》,2008 年 4 月 22 日

17

位一下子到了令人担忧的低位,中国从通货膨胀进入了通货紧缩的循环。①美国花旗集团估计,美国经济增速下降 1 个百分点,将使中国经济增速下降1.3 个百分点。②

3. 加大我国的汇率风险和资本市场风险

为应对金融风暴造成的负面影响,美国采取宽松的货币政策和弱势美元的汇率政策。美元大幅贬值给中国带来了巨大的汇率风险。目前中国的外汇储备已经超过 1.5 万亿美元,美元贬值 10% ~ 20% 的存量损失是非常巨大的。在发达国家经济放缓、我国经济持续增长、美元持续贬值和人民币升值预期不变的美国的金融风暴也使得全球资金的移动出现变化,中国可能面临跨国资金的大进大出,造成金融动荡。但是,美国金融风暴对中国来说,也不完全都是负面影响。在危机恶化之前,世界面临通货膨胀上升,经济下行的滞胀风险。与此相一致,中国经济也面临较大挑战,经济增长速度快速下降,通货膨胀受国际市场的影响居高不下。在这样的情况下,国际资本加速流向我国寻找避风港,将加剧我国资本市场的风险。③

也有观点认为,金融风暴对中国的经济将是一场难得的机会。美国次贷危机的恶化,加速了美国经济的调整,缓解世界能源、原材料以及粮食等大宗商品市场的供求紧张状况。更重要的是,美国次贷危机的恶化,严重打击了国际投机势力,石油、大宗商品中的投机因素大大降低,价格快速下降。这在相当程度上缓解了中国通胀的压力,舒缓了中国宏观政策方面面临的困境,可以将更多的精力投向防止经济过快下滑上。

---

① 参见左小蕾:"当前全球金融风暴形势对中国经济的影响",http://zuoxiaoleiblog. blog. 163. com/blog

② 引自王小琪:"美国次贷危机及其影响",《四川党的建设(城市版)》,2008 年第 5 期

③ 参见茹璧婷:"美国次贷危机对中国经济的影响及对策",《理论前沿》,2008 年 18 期

四、金融风暴对社会生活的影响

1. 美国式消费模式走到了尽头

长期以来,超前消费、放纵物欲是美国生活方式的基本特征。美国国家地理学会的一项调查报告说,大多数美国人不喜欢使用公共交通工具、步行或骑自行车出行,美国以世界 5% 的人口消耗着世界 1/3 的资源,光是汽车消费就使美国消耗了全球 1/4 的原油。美国年人均能源消耗量是全球平均水平的 9 倍,人均生产垃圾量则是全球平均水平的 3 倍,温室气体排放量是全球平均水平的 8 倍,造成"大量自然资源被美国人的日常生活所消耗"。为了满足这种奢靡的生活模式,美国人并不是通过财富的积累来供给,而是通过金融手段来实现。信用卡一直是决定消费者消费流动性的第二大关键因素,仅次于就业。各家银行均发行大量的信用卡,美国人从小就熟悉信用卡的使用:用明天的钱消费。于是在美国,无论何种商品,均可刷卡消费。消费金额由银行垫着,在免息期内偿还就可以了。美国人的储蓄意识是全球最低的,今天有钱今天乐,今天没钱先刷卡乐。全美国的老百姓都热衷于及时行乐,反正花的又不是自己的钱,还不起也不急,分期还、慢慢还,全社会通过建立起一种"信用"来维持。在美国,你可以没有钱,但一定要信用好。在美国,一个人的财务状况不仅看你手头有多少钱,还看你的信用。有人以为,我从不欠债,月月收支平衡,或有节余,信用没问题。这不行,要学会借债,有钱也借,然后按时归还,这样你就建立信用了,不然,你的信用程度不高,也就在社会上没有信用度了。上个世纪 90 年代以来,借助网络经济的发展,美国进入了一段繁荣的时期。过度宽松的经济政策更是推波助澜,前美联储主席格林斯潘在这方面可谓居功至伟。2005 年,在格林斯潘即将离任时,消费者的信心指数导致房价从 2000 年起上升了 50%,而美国的储蓄率已经降至 70 多年来的最低点;美国家庭的财富随着美国股市的屡创新高而增加,过去三年持续执行的低利率政策促使美国人大量消费,购买耐用品;与此同时,美国人的负债也达到前所未有的程度。美联储的一项调查表明,2005 年第一季度,美国人的抵押消费和消费者债务已经占到了家庭可支配收入的 13.4%,为 80 年代以来的顶点。这种情况连格林斯潘都觉得离谱了,他在向国会撰写的半年报告中说:"长时期的经济相对稳定往往会导致不切实际的期待,"那将导致"过度的消费和经济上的压力。"最终,可怕的悲剧不可避免地成为了现实。

大多数美国人,在面临日益加速的全球化时,都想维持他们的生活水平。但是,自由贸易中是存在输家的。美国的经济增长得不够快,收入差距的拉大速度却很快。基尼系数从 1990 年的 0.428 上升到 2005 年的 0.469。基尼系数的陡增说明了大部分美国人的生活水平都相对下降了。① 金融风暴发生后,大批金融机构的员工首先失去了饭碗,在华尔街拿着高薪向客户介绍复杂得连自己都要糊涂的金融衍生工具的他们属于社会上的金领阶层。当他们一个个捧着装有个人物品的纸盒被保安送出大门时,不得不为自己找个饭碗费心了。随着危机的深入,波及实体经济,由于没有足够的金融支持,很多企业出现了资金链的问题。企业开工不足,大批裁员很快蔓延开来。现在,美国开始反思过去那种无节制提前消费的理念了。过去拿天价酬薪的日子也到头了,新总统奥巴马一上任,就发出了限薪令。在金融业之外,很多企业不景气,也拿员工开刀:要么离开,要么减薪。

美国人开始要学会过今日子了,过去忘记的艰苦奋斗的优良传统统统要拣回来。著名节目主持人温弗里的节目里最近多了两位座上嘉宾,这就是来自佛罗里达州萨拉索塔的一个普通六口之家的梅因茨夫妇。梅因茨夫妇一家每年净收入只有 5.8 万美元,而今却已有 7 万美元存款。丈夫布莱特的收入 是家中唯一的经济来源,妻子是专职主妇,在家照顾四个孩子,长期节俭的生活方式使他们免于被金融风暴打垮。十多年前,梅因茨一家刚刚

---

① 参见"谢国忠:美国人提前消费的理念导致金融风暴",引自博客文章

搬到佛罗里达州时,夫妻俩都是教师,收入水平不高。但他们立下目标,一定要拥有自己的房子和一个大家庭,因此采取了一系列省钱措施,确保目标实现。尽管生活上节俭,生活质量却未因此降低。除了布莱特和妻子,美国还有不少"省钱专家"在当前的金融风暴冲击下应运而生。在这个寒冷的冬季,如何省钱对能否安然过冬关系甚大。

2. 面对金融危机,我们应该怎么过?

虽然金融风暴对中国的影响有限,但是影响毕竟就是影响。股市大跳水,勇夺2008年度全球第四大跌幅(要是算上从6 124点下来,最低跌幅72%可以和俄罗斯别苗头的,至少也该是季军),上市公司市值蒸发了20万亿。平均到每个投资者,亏损达38万,股民的眼都绿了!美国经济不景气,对中国出口影响就大了,号称世界加工厂的中国,美国订单可是大头。主要外贸省市中,广东、江苏、上海、浙江2009年1月份出口分别下降23.6%、19.1%和16.6%、17.4%,进口分别下降42.1%、49.7%和43.3%、36.8%。受到加工贸易和机电产品下滑影响最大的是中国第一外贸大省广东,2009年1月出口下降23.6%,超过全国下降的速度6.1个百分点。[①] 在中国制造业重镇长三角地区,大批的企业由于开工不足而停产。开放型经济占主导的苏州市,部分外企的管理人员被要求提前休年假,一些外方的员工也早早打道回府了。

随着金融危机的深入,通缩时代来临。社会商品、能源、劳务等供过于求,其价格会持续下降,企业盈利水平也处于下降通道,市民工资收入水平也受到很大影响。同时,通缩意味着持有的资产实际价值在缩水,债务负担加重,因而消费者处于消极消费的状态。尽管通缩带来了消费品价格的一定程度降低,但由于经济不景气造成的通缩,对百姓来说并不是件好事。一般来说,购买蔬菜、肉类以及日常生活用品等刚性消费需求,是不会受到通

---

① 参见:"我国1月进出口跌幅创10余年来纪录",新浪财经,2009年2月12日

缩影响的,而随着收入水平的下降,有可能会影响到部分人对衣服、饰品、奢侈品等消费品的需求。而房地产的投资者由于资产缩水形成负资产,还要按月支付大笔还贷,在沉重的负担下备受煎熬。

在这个金融风暴来袭的"冬天","合理消费、等于赚钱"的观念开始为众多的商务人士意识到,理财成为大众关心的话题。"省钱"也成了一个全民性话题,"金融危机下最省钱的时尚生活"、"金融危机省钱全攻略"、"经济危机中小白领的省钱之道"……诸如此类的标题塞满了大小媒体的版面。全球第二大信用卡组织万事达国际 2008 年 11 月发布的全球消费者信心指数显示,将有 60% 的中国消费者计划在未来 12 个月内削减消费开支。省钱肯定是好事,但是省钱毕竟是有点被动的感觉。现在生活小康了,收入增加了,基尼系数越来越低了。有钱了,不能再当"月光族"了,应该这样来处理自己的财富呢?俗话说"你不理财,财不理你",理财就是打理财富,就是将你的财富通过合理的渠道产生新的财富。合理消费固然要,积极理财更重要。大洋彼岸的美国人,因为没有理财的好传统,在危机来临时,不是丢了工作,就是丢了房子,结果经济一团糟而无对策。经过这个"冬天",中国人应该很好地上了一课,明白了理财的重要性。理财需要知识,也需要头脑。好的理财规划,可以获得财富增长的最大化;不合理的投资,可能会颗粒无收。为什么很多人把所有的钱都投到了股市,结果当危机来临,玉石俱焚,蒙受巨大的损失?因为他们不了解投资的真谛,渠道狭窄;不了解风险的危害性,更不知道如何去规避风险。当系统性风险来临时,完全没有办法回避。"投资有风险,入市需谨慎"这句话在证券公司的大厅里都有,证券报纸、杂志上也都印着,大家不是不明白,而是太贪婪,以至忘了风险。很多人认为,中国人的投资渠道太少,大家除了股市别无理想的渠道。其实这是对投资的误解,一般人也可以有很多的渠道进行投资,只是大家过分追逐利益,把资金都投向了存在暴富可能同时也是风险大户的股市。经过这个"冬天",普通投资者最需要的是换个思路,改变一些理念,树立正确的投资观念,同时也懂得掌握合理的投资工具、设计合理的投资组合,来平衡风险,获得理想的投资回报。按照国际上通行的时钟理论,在目前衰退的经济环境下,应把握"现金为王"的原则,选择合适的投资理财方式和品种,才能保证钱包不"缩水"、消费"不差钱"、生活"不打折"。

CHAPTER | 1

过关需要新思维,投资策略要转变

　　金融危机来临,投资者无奈地接受了资产大幅缩水的严酷现实。为什么不在过去好好把自己的财富打理一下,也好免得现在度日如年?美国的老百姓痛定思痛,终于知道老早就应该开始理财。那么中国的投资者呢?大家都在后悔当初压根就没有把风险两字当回事,结果全部在股票上套牢,现在只好在高高的山冈上放哨。其实,不管是美国的还是中国的,大家在经济繁荣的时候意识中就没有考虑过万一,或者是没有投资意识,或者是没有风险意识,在金融风暴来临之际,都陷入了经济紧张的局面。

第一节 第一是安全,第二是流动,第三才是收益

没有投资,所有的收入全部用于消费,甚至还要举债消费,这就是长期以来美国人的消费观念,结果根本就没有任何抵抗风险的能力。而中国的老百姓呢,投资渠道实在是少,再加上很多人的投资知识太贫乏,投资理念太落后,把全部的个人资产都投到了股票市场,而且操作方面又缺乏专业技巧,结果在危机来临、股市跳水的当口也无法逃避风险。经过金融风暴的洗礼,投资者终于明白了投资是门学问,风险在哪儿都是存在的,但投资的风险是可以通过一定的组合进行分散的。经过了金融危机的摧残,是不是就应该偃旗息兵,马放南山呢? 不是的,投资者不能放弃投资,在这样的"严冬",资产严重缩水,财富大大蒸发,此时更应该讲投资,利用投资来减轻金融危机的冲击,弥补危机带来的亏损。经过这次金融风暴的洗礼,投资者已经用血换来了经验和教训,更应该牢记三条投资军规:第一是安全,第二是流动,第三才是收益。

一、第一是安全

"留得青山在,不怕没柴烧",在投资时,安全是最重要的,如果能够规避风险,其他有什么不好说的? 在这场金融风暴里,很多企业因资金陷入困境而破产,员工全部失业,面临生存危机。中国的投资者在股市一路高歌之际忘乎所以,笑谈着"8 000 不是顶,一万不是梦"的豪言壮语,在越过 6 000 点的时候满仓操作,结果地崩山裂,全部被套。大家都没有意识到,高处不胜寒,风险正在向自己靠拢。

安全,就是不要有风险,或者是尽可能降低风险。一句话,安全就是回避风险。投资肯定有风险,证券报刊和媒体重复最多的话就是"投资有风险,入市需谨慎",这个话谁都明白,就是没当回事。投资的目的当然是收益,是回报,而期望的收益越大,面临的风险也越大。风险与收益是一对冤家,你想获得超值的回报,那么就必须面对超大的风险。风险一旦产生,就可能对投资者产生非常大的影响,也就是说会导致投资者的财产损失。而大规模风险一旦发生,那么对投资活动就是灭顶之灾。当投资者在追求超额收益时,风险暴露也是最大的。当大规模风险发生时,投资者可能连一丁点收益都无法保证,承受了全部的风险。从这个角度上讲,投资风险一旦发生,那可能会是 100%,此时的收益就降到了零甚至是负。在中国股市从6 124点飞流直下之际,如果投资者没有任何回避的措施,到了 1 664 点时,指数跌掉了 72%,理论上资产缩水了七成,这个风险是何其大! 在这次股指狂泻中,很多投资者把前些年的投资利润全部亏光不算,连本金都亏掉了六、七成。这就是风险,在风险面前,大家只能默默承受损失了。

因此,经过金融危机的考验,投资者第一牢记的就应该是安全。没有安全,再多的利润都会因为一次失败而人间蒸发得无影无踪。怎样才能使投资安全呢? 投资者应该首先有风险意识,对风险及其危害有充分的认识;其次要对投资活动有充分的了解,了解其带来回报的同时,风险大不大、发生的可能有多少? 再下来的就是要采取措施来尽可能避免风险,或者明白在风险发生时如何去应付,使风险危害的损失降至最低程度。

回避风险,就是要对投资中可能出现的风险进行事先分析、评估,估算其大小和危害,寻找规避的方式和途径,从而最大限度地去避免它,或者寻找减少损失的方法。风险意识是要求投资者意识到风险的存在、风险的危害,没有风险意识投资者就不可能采取措施去回避风险。经过金融风暴,大家应该对风险有了切身体会,但是千万不能好了伤疤忘了痛! 对风险进行评估也是投资活动必须要做的功课。风险评估是对资产面临的威胁、存在的弱点、造成的影响,以及三者综合作用而带来风险的可能性的评估。不同的投资,或者在不同的时间里投资,面临的风险是不一样的。这些风险是可

以进行事先测试的。在明确了不同投资渠道、投资对象的风险之后,投资者可以根据自己的风险承受力、对回报追求的期望值,结合投资环境,进行组合搭配,以降低系统性风险。

风险评估的主要任务包括:识别投资面临的各种风险;评估风险概率和可能带来的负面影响;确定投资者承受风险的能力;确定风险消减和控制的优先等级;推荐风险消减对策。

二、第二是流动

在金融风暴来临时,流行一句话叫"现金是王"。只有现金才具备消费的功能,而其他资产如果无法变现的话,那和废物没有差异。一些炒房者在房价拐点来临后,面临的是房价的步步下滑,此时炒房者希望立即把房子出手,但现实的情况是根本没有人接手。于是投资者只能将转让价往下降,但是可能有接手意愿的人还是不多。这样,投资者的房子就可能无法转让,被迫成为房东了,这就是投资面临的流动性问题。流动性是指资产能够以一个合理的价格顺利变现的能力,它是一种所投资的时间尺度(变为现金的难易程度)和价格尺度(与公平市场价格相比的折扣)之间的关系。部分常见资产的流动性大小一般有这样的顺序关系:现金 > 活期存款 > 短期国债 > 蓝筹股 > 一般股票 > 城市中心小型物业 > 城市外围大型物业。特别是增加交易成本可降低资产的流动性,如增加印花税,可降低股票流动性;另外,T+0 交易也比 T+1 交易更具流动性。在证券市场,成交量大的股票流动性好,股票拆细后流动性也将上升。

在企业的财务管理过程中,经常要计算流动比率和速动比率这两个指标,这都是衡量企业资产流动性的。流动比率是流动资产除以流动负债的比值,反映短期偿债能力,其计算公式为:

$$流动比率 = 流动资产 \div 流动负债$$

速动比率更进一步的有关变现能力的比率指标为速动比率,也称为酸

性测试比率,是从流动资产中扣除存货部分,再除以流动负债的比值。速动比率的计算公式为:

$$速动比率 = (流动资产 - 存货) \div 流动负债$$

因此,在投资活动中,除了安全性,现在考虑最多的不是赚多少钱的问题,而是流动性问题。在乱世,可能一个包子比一块金子值钱,因为金子不能吃。在经济繁荣阶段,市场上的商品价格总是在朝上走,尤其是作为投资对象的房地产、股票等等。人们不断产生对这些东西的偏好,导致市场价格的攀升,而企业的经营成功也支持着股票价格的上升,社会财富的增长导致房地产需求的不断膨胀。当经济走下下滑,甚至是金融危机来临,企业的经营前景暗淡、盈利预期不明朗、投资信心受到打击后就会选择抛出股票、房地产等各种投资品,买涨不买跌的心理导致越跌越卖不出。所以在股票熊市里,在跌停板上往往有个天量抛盘死死封着,而买盘很可能是零,股票成了有价无市。房地产市场也是这样,房价的一路下跌导致无人接盘,按揭买房的投资者损失巨大,甚至因断供遭银行收回房产,血本无归。美国的次贷危机中这种情景是非常典型的,缺乏流动性的投资在经济萧条时所承受的贬值压力远远超过高流动性资产。个人投资者在进行投资决策时,应该充分考虑这个问题。投资对象中流动性最高的应该是变现能力高的品种,如银行储蓄、货币型基金、债券;中等流动性的有股票、基金等;流动性差的是房地产、艺术品等。在金融风暴的"冬天",投资应该关注流动性,但并不是说流动性低的品种就一定不适合投资,而是需要个人根据实际条件和对未来的充分展望后进行规划,设计灵活而回报率可行的方案。

三、第三当然是收益

"你不理财,财不理你",如果不进行投资,财富不会增值,甚至还要贬值,积极的办法就是要让财富增值,也就是要"钱生钱"。投资就要讲回报,相同的资金,投资回报高当然是好事情。但是,投资回报与投资风险永远是一对孪生兄弟。投资回报高,意味着风险也高,风险低的品种回报肯定比较低。银行储蓄是目前最安全的投资途径,但是其收益在降息通道中是越来越低,像美国和日本的利率已经接近零了,这样的收益对很多投资者来讲肯定不甘心。投资股票吧,2008 年最惨的就是股民了,很多人在前几年已经赚得不错了,一下子都赔进去不算,还亏得老本都折掉了,怎一个伤心了得!其实,不同的投资品种,在不同的时机,或者不同的投资方法,都可能产生不同的收益效果。银行储蓄活期固然收益少,但长期看就要多好多;股票投资买进垃圾股,亏钱没商量,要是碰上潜力股,一年赚十倍也不算奇迹。其他的投资工具也各有千秋,关键还看投资者如何去选择。

如果投资者因为对风险心有余悸而放弃投资,那么资产就毫无增值的可能,相反随时可能因为货币贬值等因素而导致资产缩水。资产必须进入投资环节,才能带来收益回报。虽然冬天比较冷,但投资的机会却很多。现在很多投资领域经过狂风暴雨式的洗荡,风险已经大量释放,泡沫绝大部分已经破裂,留给投资者的是机会。投资者现在可以静下心来,把过去的投资思路进行彻底的梳理。首先要重新鼓起投资的勇气,调整好投资心态,不以一时的亏损看未来,生命不息、投资不已,只有投资才能获得满意回报;其次是好好检讨一下以前的投资理念,把不正确的、不符合目前形势的那些想法来个清算;第三,是要好好调整一下投资的策略,通过组合投资来分散风险。

第二节　不要把鸡蛋放进一个篮子——分散投资降风险

"不要将鸡蛋放在一个篮子里",这是一句被理财师们当作至理名言广泛向客户推荐的话,然而投资大师巴菲特却说:"分散投资是无知者的自我保护法,对于那些明白自己在干什么的人来说,分散投资是没什么意义的。"无论是巴菲特还是罗杰斯,投资大师们似乎都主张集中投资的原则。是将鸡蛋分散放在几个篮子里好,还是将鸡蛋集中放在一个篮子里好,这在投资界,似乎是一个永远没有结论的话题。

一、要不要把鸡蛋放进一个篮子里?

主张集中投资的人力主把鸡蛋放在一个篮子里,因为只有集中在最能盈利的投资品种上,比如一只股票上,才能取得高额回报,而分散投资只能获得平均收益,投资越分散,这种平均收益就越薄。而主张分散投资的人则认为,不能把鸡蛋放在一只篮子里,只有把鸡蛋放入多只篮子里才能避免个股风险,这只蛋打碎了,可以另外再补一个蛋进来。

巴菲特曾多次强调:"多元化投资就像诺亚方舟一般,每种动物带 2 只上船,结果最后变成了一个动物园。这样投资的风险虽然降低了,但收益率也同时降低了,不是最佳的投资策略。我一直奉行少而精的原则,我认为大多数投资者对所投资企业的了解不透彻,自然不敢只投一家企业而要进行多元投资。但投资的公司一多,投资者对每家企业的了解相对减少,充其量只能监测所投企业的业绩。"

罗杰斯认为:"应当将所有鸡蛋放在一个篮子里,小心看管好,但是你要确定篮子是正确的篮子。如果你分散投资的话,将永远不可能富起来,变富的唯一途径就是买进正确的资产并等待它上涨,并最大可能地降低损失。你了解这个行业,观察它的变化,知道它将如何发展,然后你再调查公司,那么你将了解这家公司,你就会知道什么时候买入、什么时候卖出,其他人不如你了解得多,这样才会赚钱。"

投资大师们似乎都青睐把鸡蛋放进一个篮子,这样可以使收益最大化,这样才过瘾! 但是,前提是必须选对了篮子,小心地看好。问题是前提你要像巴菲特、罗杰斯这样有眼光,能够选好篮子。没有金刚钻,不揽瓷器活,普通投资者是很难做到对投资有如此的洞察力,选好篮子是一件不可能完成的任务。那么,篮子不合适就装进了所有的鸡蛋,一旦篮子摔了,后果就是

所有的鸡蛋都报销,投资的资金全部套牢。

二、鸡蛋还是不要放在一个篮子里

1. 分散投资可以有效降低风险

根据芝加哥晨星公司旗下 Ibbotson Associates 的研究,自 1925 年年底以来,标准普尔 500 指数成分股的平均年回报率高达 10.4%,远远超过了中期政府债券 5.3% 的年回报率。不过,如果你将一定资金投入债券,那么将大大减轻投资组合的价格波动,而且在回报率方面也不会牺牲太多。自 1925年以来,标准普尔 500 指数的平均年回报率为 10.4%;如果一个投资组合将90% 的资金投向标准普尔 500 指数股票,10% 的资金投向中期政府债券,那么其年波动率要比全股票的投资组合低 10%,同时,年回报率仍然可以达10.1%。如果将 75% 的投资组合资金投向标普 500 股票,25% 的资金投向债券,每年收益率仍将达 9.5%,而投资组合的年波动率却降低了 25%。也就是说,风险降 25%,而年收益率只减少 9%。

从长期看,将全部资产集中投资股票可能会更赚钱,但是由于股票市场波动大,投资者的资金不是永远没有期限限制的,如果你时运不好,恰好遇上了经济不济的年代,就可能十几年甚至数十年颗粒无收。实行分散投资的意义就在于降低投资风险,保证投资者收益的稳定性。因为一旦一种股票不景气时另一种股票的收益可能会上升,这样各种股票的收益和风险在相互抵消后,仍然能获得较好的投资收益。分散投资是建立在股市运行具有极大不确定性、个股涨跌具有极大随机性、任何个人和个机构都无法进行准确预测上的。因此避免把鸡蛋放在一只篮子里造成全军覆没,力求在股市的不确定性里寻找确定,在不稳定的市场里获得较稳定的收益,分散投资就是不可少的策略了。巴菲特也并不是完全反对分散投资,他反对的是过度分散,反对的是分散投资不了解的公司,他认为投资者应集中投资于 5 至 10 家最好的而又能以合理价格买入的公司。

个人投资者的资金有限,通常在几万、几十万之间,少数可能超过百万。大部分个人投资者的资金来源都来自于本人或家庭的积蓄,进行必要的投资保证增值是当然的选择。由于个人投资者具有的专业投资知识相对有限,对投资领域的深入了解和领悟可能更是缺乏,要对所投资的股票、基金及其他投资品种有深入研究困难较大。如果选择单一或少量品种进行集中投资,风险确实非常大。当然,过于分散的话,也不可能每个股票每个投资品种都熟悉,而选择一定数量的投资品种进行组合的话,可以保证收益,同时也分散了风险,是一举两得的办法。

在股市从 6 124 点高台跳水之际,很多投资者全仓套牢,至今仍然备受煎熬,这就是因为大家的投资渠道狭窄,资金全部都在股市,危石之下,安有完卵? 很多人的股票投资品种也集中在某些题材,当危机来临,泥沙俱下时,承受了同样的命运。其实,在股市狂泻之际,也有股票跌幅很小甚至反而上涨的,如果选择不同行业、题材的股票适当搭配的话,可以减少损失。

2. 分散投资的方法

对象分散法。不同的投资对象的系统性风险应该是不一样的,在金融风暴来临时,虽然宏观经济形势变坏,但并非所有的投资对象都经历相同的打击。由于不同投资对象的流动性不同,风险程度也有不同,股票、基金、债券的风险程度就有区别;在流动性较大的对象中,房地产受经济形势影响较大,价格周期较长,而黄金及贵金属投资可能活跃,而一些高档艺术品的抗跌能力也是比较强的。总之,多选择一些投资品种进行合理搭配,分散投资对象是投资的一项基本素质。

时机分散法。即使是相同的投资品种,在不同的时机进行投资,效果可能大不相同。股票如果在底部买进,在牛市中可以赚得手软,如果是在高位接棒,那么深度套牢后长期处在解套中;房地产投资也是很注重时机,像在房市低潮时,房价在底部徘徊,开发商为了回笼资金可能给予很多优惠,或者是预测周边地区的环境将有大规模改变而提前入手,就可以坐等房价大

升带来的收益。一些艺术品投资也是很讲究时机,如艺术家的年龄段、市场周期性、市场热点等。昨天买的东西会升值,不对于今天也能升,应该明白这个道理。

地域分散法。由于不同地域的政治、经济、文化环境不同,在经济周期方面可能会产生差异,有条件的投资者不妨尝试在地域上的分散。像98年亚洲金融危机时,香港、韩国、日本及东南亚的经济影响较大,投资损失惨重,而其他地方的影响相对较小。本次金融风暴,身体横扫全球,但美国的情况是最严重的,欧洲就要小很多;在亚洲,越南的影响可以说非常严重,韩国汇率狂降也不轻,而东南亚国家这次影响就不是那么强烈了。像房地产,各地的影响就不一样,北京、深圳、上海反应比较强烈,二线、三线城市反应就平淡多了,有的地方可说是风平浪静。

期限分散法。期限分散是应付流动性的好办法,对于储蓄类的投资或一些理财产品,其收益与时期挂钩,有的有一定的锁定期,会影响资产的流动性。如果合理安排期限,可以保证一定的资金流动性,同时收益又能得到保证,可以有效降低风险。

第三节　东方不亮西方亮,组合投资保平安

每个投资者都梦想在没有任何风险的情况下获得很高的收益。但事实是,风险和收益是密切相关的。为了获得高收益投资者通常必须选择高风险的投资。投资的理想状态是尽可能地在提高收益的时候减少风险。即在两个风险相同的投资上面,理性的投资者会选择回报高的投资。而在两个投资回报相同的投资里面,理性的投资者会选择风险低的投资。

如果每个投资者都是风险规避型的,则他们者的风险规避程度也是不一样的,每个投资的风险偏好是不一样的。有的投资者喜欢接受风险较低

回报也较低的稳妥投资，有的投资者愿意接受更高的风险，如果他们相信这个高风险能够带来潜在的高收益。

一、资产组合理论

1. 马科维茨资产组合理论的内容

哈里·马科维茨（Harry Markowitz）在1952年发表了《有家证券的选择：有效的转移》，促进了一个新理论——投资组合理论的诞生。1959年，在《资产选择》一书中，他又分析含有多种证券的资产组合，提出了衡量某一证券以及资产组合的收益和风险的公式和方法。马科维茨证明了，通过分散投资互不相关或反相关的证券，可以在不降低期望收益的情况下，减小总的投资的标准方差（即风险）。资产组合理论的基本内容是：在某一特定年内，一证券的报酬率＝（本年的收盘价格－上年的收盘价格＋本年股利）÷上年的收盘价格；一资产组合的稳定性，决定于三个因素。每一证券的标准差，每一对证券的相关性和对于每一证券的投资额。一个有效率的资产组合，须符合下列两个条件：（1）在一定的标准差下，此组合有最高的平均报酬；（2）在一定的平均报酬下，此组合有最大的标准差。

2. 资产组合理论的前提

马科维茨资产组合理论的基本假设必须符合下列的条件：

（1）投资者的目的是使其预期效用最大化；

（2）投资者是风险厌恶者；

（3）证券市场是有效的，即市场上各种有价证券的风险与收益率的变动及其影响因素都为投资者掌握或至少是可以得知的；

（4）投资者是理性的，即在任一给定风险程度下，投资者愿意选择预期收益高或预期收益一定、风险程度较低的有价证券；

（5）投资者用有不同概率分布的收益率来评估投资结果；

（6）在有限的时间范围内进行分析；

（7）摒除市场供求因素对证券价格和收益率产生的影响，即假设市场具有充分的供给弹性。

3. 资产组合理论的局限性

在理论上，马科维茨的依据是大多数有理性的投资者都是风险厌恶者这一论点，其真实性值得怀疑；而且其理论的基础也是建立在历史重复这一前提下，并不能完全具有说服力。概括起来，资产组合理论的局限性还是比较明显的：

首先，产生一个组合要求一套高级而且复杂的计算机程序来操作。实际上许多执业的投资管理人员并不理解其理论中所含的数学概念，且认为投资及其管理只是一门艺术而不是科学。

其次，利用复杂的数学方法由计算机操作来建立证券组合，需要输入若干统计资料。然而，问题的关键正在于输入资料的正确性。由于大多数收益的预期率是主观的，存在不小的误差，把它作为建立证券组合的输入数据，就可能使组合还未产生便蕴含着较大的偏误。

再次，困难还在于大量不能预见的意外事件，例如一个公司股票的每股赢利若干年来一直在增长，但可能因为股票市场价格的暴跌，其股价立刻随之大幅下降，从而导致以前对该公司的预计完全失去真实性。

此外，证券市场变化频繁，每有变化，就必须对现有组合中的全部证券进行重新评估调整，以保持所需要的风险——收益均衡关系，因此要求连续不断的大量数学计算工作予以保证，这在实践中不但操作难度太大，还会造成巨额浪费。

二、资产定价模型

马科维茨对个别资产的收益及风险给予了量化，但运用其模型选择资产组合，需要进行大量繁复的计算。为解决这一缺陷，威廉·夏普（William

Sharpe)提出了单指数模型,这一模型假设每种证券的收益因为某种原因并且只因该种原因与其他证券收益相关,而且每种证券收益的变动与整个市场变动有关。夏普的单指数模型大大简化了马科维茨模型,但这种简化是以牺牲一部分精确性为代价的,因而其应用受到了一定的限制。在此基础上,学者们对资产组合理论进行了延伸,又形成了两种资产定价模型:资本资产定价模型、套利定价模型。

1. 资本资产定价模型

资本资产定价模型(Capital Asset Pricing Model,简称 CAPM)是由美国学者威廉·夏普、约翰·林特尔(John Lintner)、杰克·特里诺(Jack Treynor)和让·莫辛(Jan Mossin)等人在资产组合理论的基础上发展起来的,是现代金融市场价格理论的支柱,广泛应用于投资决策和公司理财领域。资本资产定价模型就是在投资组合理论和资本市场理论基础上形成发展起来的,主要研究证券市场中资产的预期收益率与风险资产之间的关系,以及均衡价格是如何形成的。

CAPM 的基本假设是:投资者是厌恶风险的,其目的是使预期收益达到最大;所有的投资者对所有证券的均值、方差都有相同的估计;不考虑税收因素的影响;完全的资本市场;资本市场处于均衡状态。基于这些假设,夏普研究后认为,当所有投资者面临同样的投资条件时,他们就都会按马科维茨模型作出完全相同的决策。

资本资产定价模型的局限在于:按照模型的构思,应用 Beta 分析法的投资者愿意接受与市场相等或接近的收益率,排除了收益率更高的可能性。这种方法否定了证券的选择性和分析家识别优良证券的投资能力。事实证明,建立在大量调研基础上的选择性投资能够取得优异的收益成果,同时市场指数不一定真正反映全部股票的市场情况。资本资产定价模型假定股票市场是均衡的,而且所有投资者对股票的预期都是相同的。事实并非如此,在证券投资中,有所谓"最后乐观的投资者"和"最后悲观的出卖者",这类现象用资本资产定价模型很难加以阐释。随机游走理论家们从根本上反对资产组合理论,他们认为未来的收益率是不可能预计的,因为股票的短期波动全然无法预测。在他们看来,确实的输入资料是不存在的,所以组合的构建只不过是一种有趣的数学游戏而已。

2. 套利定价模型

这是由史蒂芬·A. 罗斯提出的,简称 APT 模型。套利定价模型与资本资产定价模型的主要区别在于:资本资产定价模型依赖于"均值——方差"分析,而套利定价模型则假定收益率是由一个要素模型生成的,因此后者不需像前者那样对投资者的偏好作出很强的假定,即套利定价模型并不依据预期收益率和标准差来寻找资产组合,它仅要求投资者是财富偏好者。

套利定价模型的不足在于理论的结论与资本资产定价模型一样,也表明证券的风险与收益之间存在着线性关系,证券的风险越大,其收益越高。但是,APT 的假定与推导过程与资本资产定价模型不同,罗斯并没有假定投资者都是厌恶风险的,也没有假定投资者是根据"均值-方差"的原则行事的。他认为,期望收益与风险之所以存在正比例关系,是因为在市场中已没有套利的机会。传统理论是所有人调整,这里是少数人调整。套利定价理论本身没有指明影响证券收益的是些什么因素,哪些是主要因素,以及因素数目的多寡。

马科维茨分散投资理论的主要贡献在于应用数学规划建立起一套模型,系统阐明了如何通过有效的分散来选择最优资产组合的理论和方法。夏普的资本资产定价模型为资产选择开辟了另一条途径,他应用对数据的回归分析来决定每种股票的风险特性,把那些能够接受其风险和收益特性的股票结合到一个"组合"中去,这种做法大大简化了马科维茨模型的计算量。罗斯的套利定价模型则从假设条件上做文章,因而更具广泛意义。总之,现代资产组合理论通过以马科维茨、夏普、罗斯等为代表的众多经济学家的努力,在基本概念的创新、理论体系的完善、研究结论的实证和结论应用的拓展上都取得了重大进展。1990 年,瑞典皇家科学院将诺贝尔经济学奖授予了马科维茨、夏普和 W·米勒,以表彰他们在投资组合和证券市场理论上的贡献。但时至今日,现代资产组合理论仍然存在着不足,这也是我们在应用这些理论时应该注意的。

第四节　个人投资者应该这样做

一、组合投资应该这样做

一般根据理财的目标对资产进行分类两项内容,一是实物资产,如房产、艺术品等;二是金融资产,如股票、债券、基金等。在业界,通常将房地产、股票、基金、期货、外汇等归为风险型理财资产,银行存款、国债等则是典型的无风险理财资产。而艺术品如邮票、古玩字画、钱币及其他收藏品等则可界定在两者之间的中性理财资产。

对于无风险的资产种类而言,投资应越早越好。而对于有一定风险的资产种类而言,应该注重安全性和收益率,可以选择在不同资产之间转换。在每一次投资完成之后,应及时评估资产配置的效果,同时根据资产及市场状况调整理财的计划和目标。

因为不同的投资者有不同的风险偏好,不同的证券和基金被设计出来,来满足不同投资者的需求。银行定期存款和债券类基金适合那些比较保守的投资者。股票和股票型基金适合那些寻求资本长期增长增值的投资者。最理想的分散投资应该是投资在互相不相关的投资品种上,比如股市、房地产、黄金甚至古董等等。但对投资者来讲这并不是一件容易的事情。那如何在证券市场上用资产组合来进行分散投资呢? 显然,应该寻找那些互不相关,或者相关很小的证券品种。从大类上讲,股票和债券是独立的。从小

类上看,大盘股和小盘股也似乎相关性不大,价值股和成长股也相关性小。所以首先是要决定股票和债券的比例,其次在股票中应该尽量覆盖不同的范围,考虑不同的概念、题材、行业、流通盘子、蓝筹、业绩、地域等等因素,但这个往往有较大的难度,毕竟几千个股票,很难兼顾。有理论说,总体收益的决定部分就是股票和债券的比例。

显然股票收益高,但波动也大;债券收益低,波动也低。两者一综合,就成了中等收益、中等波动,这还比较容易操作。股票型基金的组合,其实比较难。实际上偏股型基金和股票之间是很相关的。而大部分基金的重仓股,也有很多类似的地方,结果就是一起涨跌。因此,要对股票和基金进行组合,讲到分散风险的话,就不能挑偏股型基金了,可以选债券型、货币型基金来配置。股票和债券的配置比例,当然是股票配置越高,收益就越大,风险也越大。所以,就整个资产投资来讲,要在高风险、低风险和中性风险的几项投资中进行一定的组合配置,根据对风险的厌恶程度、个人的承受能力及家庭未来的资产安排进行。

二、资产组合的类型和比例

到底选择哪种投资组合,一定要结合市场形势分析判断,再根据自身财务实际,自己的风险承受能力来决定。尤其需要考虑家庭资产积累状况、未来收入预期、家庭负担等,因为这些因素与个人及家庭的风险承受能力息息相关,在此基础上才能更好地选择适合自己的资产种类和相应的投资比例。选择什么样的理财组合,不仅是一个技术问题,也和个人的心理素质、资产状况、理财目标以及风险承受能力等有很大的密切关系。

对于风险承受能力较强的个人或家庭,其投资组合中可选择一些投资风险偏高的资产,但是投资者要先探明股市和楼市是否已进入底部区域,然后再决定是否入市,如房地产、股票、股票型基金等;对于风险承受能力较低的个人或家庭,在投资组合中应以风格稳健的资产为主,如定期存款、债券、债券型基金和货币型基金等。对于有些承受能力高或者承受能力低的投资者，若想投入一部分资金进行中长期投资，不妨介入市场风险相对较低，回报率较高，安全性强的理财产品如艺术品，但需要选择有正规资质的艺术顾问公司专业知识人员指导操作等。

对于合适的资产比例，这个问题其实比较复杂，个人投资者很难计算，而资产组合理论、资产定价理论所要求的风险度指标，也不是容易计算的，要根据公式来进行配置不是件容易事。而且，资产配置的比例也不是固定的，而是可能随市场波动发生变化的。如投资者按照自己的投资年限和风险承受能力制定了自己的股票和债券的配置比例是7:3。一年以后，股票涨得快，债券涨的慢，比例变成8:2了，怎么办？如果考虑到平衡风险，就要卖掉股票，适当买入债券；如果再过一年，遇到熊市，股票大跌，比例变成了6:4，那么根据时机可能要卖掉些债券，买入点股票，使比例回到7:3。再比如，当手中的资产快速增值时，其风险也在放大，出于平衡风险的打算，需要卖出一些此项资产，以降低风险；而对于超跌的一些资产，由于风险释放充分，安全性提高，买入的话可以起到平衡资产风险的作用。

根据市场对一般投资的分析，大致把投资者按照组合分成了四种类型：老虎型、水牛型、大象型和绵羊型。

1. 老虎型

是一种比较积极的投资组合，愿意冒风险，追求较高的投资回报率。老虎型会把股票及股票型基金配置得比较多，而债券及债券型基金比较少，购置少量保险，另外还留置少量现金防备急用，在房地产等流动性差的投资对象方面的比率非常小甚至没有。

2. 水牛型

水牛型的特点是成长性好，像水牛一样不断膨大，同时也保持着一定的进取性。水牛比老虎要温和得多，一般对风险的敏感比较大，故投资中债券

类的比重可能提高到30%左右,购买少量保险并保持少量现金,在房地产方面也有少量投资,可能还会在其他投资方面有极少的项目。

3. 大象型

大象的特点是非常稳健,一步一个脚印,对风险有点厌恶,故股票类资产配置最多一半,债券类资产也保持在1/4左右,保险和现金的比例适当提高,在房地产方面的投资略有增加,其他投资也会配置。

4. 绵羊型

绵羊的特点是保守,在风险来临时会拼命躲藏,属于对风险相当厌恶者,一般股票和债券类投资对半,比例都在全部资产的1/3左右,保险和现金留置也可能比大象略多,也会在其他投资上进行一定配置。

表1-3　　　　　　　　不同组合类型的投资比例(%)

类型	特征	股票及股票基金	债券及债券基金	保险	存款	房地产	其他投资工具
老虎	积极	80	10	5	5	0	0
水牛	成长	60	30	5	5	2	0
大象	稳健	50	25	8	8	5	4
绵羊	保守	35	35	10	10	5	5

不同的投资者在人生的不同阶段,可能会改变自己的投资组合类型。年轻时的组合可能更倾向于积极与成长型的,而随着进入中老年阶段,逐步变得稳健和保守。当然,这与投资者本人的性格也有相当大的关系,有人一辈子属于风险偏好型,追求积极的投资风格;而少年老成者可能年纪轻的时候开始就是个保守型。另外性别方面体现出来的差异也会比较明显,总体上说是因人而异。个人因条件不同在风险承受的心理能力方面的差异极大,所以投资者应该尽可能委托专业人士进行心理测试,度身设计合适的投资组合比较好。

CHAPTER | 2

走进降息通道的金融理财怎么做？

"你不理财，财不理你"，这句话频频出现在媒体的理财频道和栏目中，成为家喻户晓的生活金规。金融风暴来临，很多投资者输得眼睛发绿，这是因为他们把所有的财富全部投资在了股市；而中老年居民在听到利率多次下降后，更是忧心忡忡。这是因为他们的理财途径过于狭窄，理财工具过于单调，在利率变化、市场低迷等一系列因素冲击下，更显得寒意逼人。利用金融工具理财，是最方便的渠道，但是如何理财，也有不少讲究。

第一节 中国走向"零利率"时代

一、又降息啦!

2008 年 12 月 22 日,中国人民银行宣布下调一年期人民币存贷款基准利率各 27 个基点并下调商业银行存款准备金率(RRR)50 个基点,其他期限档次存贷款利率也进行相应调整。这是自 9 月中旬以来人民银行第六次降低一年期贷款基准利率,符合市场预期。经过本次降息和下调存款准备金率后,一年期贷款利率将由现行的 5.58% 下调至 5.31%,一年期存款利率由 2.52% 下调至 2.25%;从 12 月 25 日起,大型和小型金融机构的存款准备金率分别为 15.5% 和 13.5%。央行当天还宣布下调中央银行再贷款、再贴现利率。不过,本次降息幅度低于市场普遍预期的 54 个基点。中国人民银行行长周小川表示,到 2009 年中都有降息的可能,但是否下调还要考虑居民消费价格指数(CPI)的下降速度,而人民币汇率由市场决定。周小川估计到 2009 年中,总的来说都有减息的压力,所以利息都会逐步下降。但降息不仅要考虑企业的融资成本,还要考虑 CPI 的下降速度,如果 CPI 下降的速度快,进一步降息就有压力。

表 2-1　　　　　主要国家和地区 2009 年 1 月下旬利率

国家、地区	最新利率(%)	涨跌
美国	0-0.25	降息 75 点
欧元区	2.00	降息 50 点
日本	0.10	不变
英国	1.50	降息 50 点
瑞士	0.50	降息 50 点
澳大利亚	4.25	降息 100 点
加拿大	1.00	降息 50 点

资料来源:新浪财经 http://finance.sina.com.cn/stock/usstock/index.shtml

二、"零利率"时代真的来了吗？

在美联储宣布将联邦基金利率下调至 0～0.25% 后，增大了亚洲央行大幅放松货币政策的可能性，而日本央行周末决定将目标利率降到 0.1% 可能意味着零利率将在亚洲日趋普遍。高盛经济学家们认为，本次降息幅度虽然远小于上一次的 108 个基点，但与过去的通常幅度是一致的，这反映了政策制定者们对于重振经济增长需要多大的利率调整力度并不十分确定。同时，本次下调存款准备金率在宣布 3 天后就告生效，时滞短于前 3 次下调时的 9 天、7 天和 12 天，这很可能反映出虽然超额准备金利率有所下降，但商业银行在央行的超额准备金依然十分充裕。外资经济机构的研究者都认为本次降息具有积极意义。应把调整利率和减税作为刺激经济的主要政策工具，因为与增加政府主导的投资项目等行政手段相比，市场调控手段的有效性和效率都更高。利率下降将直接有助于减轻家庭和企业的还贷负担，因而可以防止经济低迷时期坏账的急剧上升；货币政策的刺激性姿态将为亟待恢复的市场信心提供支持；为了鼓励信贷增长，最好是降低借贷成本，这是符合政府扩大货币供应量目的的政策方向；为促进国内支出以部分抵消外需疲软的负面影响，政府有必要将任何对储蓄的激励降到最低。预计在通胀压力显著放缓的背景下，央行还将进一步降息并下调存款准备金率。央行在通胀显著趋缓的背景下仍然具有进一步降息和放松存款准备要求的空间，直到经济出现恢复的明显信号。

兴业银行发布研究报告称，信贷对扩张性政策第一轮的项目争抢之后，面对着项目"质量"的下降，以及资本充足率约束的加大，很可能在 2009 年第二季度末，信贷难以继续保持强劲。必须通过降息等手段，降低融资和投资成本，把民间信贷需求尽快刺激起来，才能最终提振经济。年内央行很可能继续降息 27 到 54 个基点和下调准备金率 50 到 100 个基点。交通银行亦表示，预计 2009 年利率仍有 81－108 个基点的下调空间，2009 年年底以前准备金率还将下调 300 – 400 个基点。

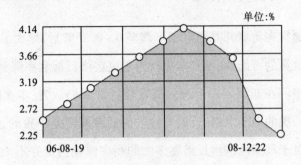

图 2 – 1 中国一年期银行利率走势

也有经济学家认为,在美国已经步入零利率时代、2009 年利率不可能下降的情况下,考虑到保持人民币汇率的稳定,中国已不再可能大幅降息。他们预计到 2009 年年中人民银行将分 3 次再降息 81 个基点。穆迪经济网经济学家迪娜·奥尔森则表示,因中国预期中的通缩是短暂的,人民银行将不会把基准利率下调至零。目前,除放松货币政策外,中国政府正在考虑各种恢复增长动力的策略,已经提出的计划包括了从发展基础设施、刺激房地产市场到改善保健和教育服务等在内的丰富内容,规模达 4 万亿元人民币的庞大刺激内需计划将有利于中国经济增长。

全国人大财经委员会副主任委员、央行前副行长吴晓灵在"中国改革论坛"上表示,以中美市场化的基准利率相比,中国的利率水平已处于低位,因此我国再下调利率的空间已不大。这显然与目前市场的普遍预期相左。与其他国家不同,我国央行通过调整银行存贷款利率来完成对社会利率的调控,而银行间市场利率则会受其影响而波动。在央行第 5 次大幅降低存贷款利率后,我国一年期存贷款利率分别为 2.52% 和 5.58%。但基于对未来央行继续降息的预期,银行间市场利率则不断走低,一年期央票二级市场利率已低至 1.5%。实际上,在央行降息后,中国银行间利率水平与相应的美国银行间市场利率相比仅略高一点,因此中国并不存在大幅降息的空间。吴晓灵还指出,中国央行可以影响市场利率走势的目标利率为央票发行利率。

以最近一期的 3 月期央票发行利率为例,其利率为 1.77%,中央银行对银行的超额准备金利率 0.72% 则是货币市场利率的底线,在扣除掉这一水平后,央票的利率只剩下 1.05%,这意味着,如果未来中国将实行零利率政策,未来的降息空间也只有 100 个基点。中国并不处于金融风暴和经济危机中,并没有必要实行零利率政策,因此,这也意味着降息的空间并不大。[①] 央行 2009 年 2 月 23 日发布的《2008 年第四季度货币政策执行报告》透露了下一阶段的货币政策思路。报告以专栏的形式,分析了中国与美国的利率,并指出我国与美国的利率水平比较接近,部分利率品种还低于美国。而目前欧元区银行间市场和商业银行存贷款利率总体也高于我国。业内人士分析认为,这一结论可能意味着继续降息的空间不大。

从市场的观点来看,未来降息的空间多大还要看中国自身经济情况和外部的经济形势的变化而定。按照现有定期存款利率来讲,在未来起码还有 100 个基点左右的降息空间。就在吴晓灵讲话后不久,央行即再次降息。以后是否还要降,还得看经济运行的情况了。

第二节　降息后银行储蓄还存不存?

当央行宣布降息,意味着百姓理财最传统且熟悉的银行存款方式获得的收益大幅度减少。以一年期定存为例,现在存 10 万元一年定期可得利息 2 520 元,比降息前少得 1 080 元。如果 10 万元存三年定期可得利息10 800元,比降息前少得 3 510 元。对于普通的居民来说,真金白银少了一大块,不禁有点灰心。那么以后还会降息吗? 储蓄存款对于投资者来说,是一种较好的理财方式,利息收益稳定,而且应用的灵活性较好,虽然存款利率下调,

---

① 参见"吴晓灵:未来中国降息空间不大",《第一财经日报》,2008 年 12 月 9 日

也不要完全抛弃储蓄存款。在降息情况下，一定要有本金安全意识，尽量放低自己的收益预期，多考虑一些稳定的投资渠道。当然，"零利率"是否真的可能，现在看来有些杞人忧天。但是对于风险承受能力比较差，安定感要求较强的居民来说，存银行是自己一贯的理财模式，不想随便改变，而其他理财工具又缺乏了解，继续存银行是当然的选择。但是，要提高储蓄的收益率，必须玩转利率，通过技巧设计储蓄方案，实现收益最大化。

一、定期储蓄还可存

由于存款利率下降，活期储蓄的利息已经低得可怜，那么把手头暂时不用的钱尽快改存定期是不错的选择。虽然降息后存款利率出现了下降，但是由于同时取消了5%的储蓄存款利息所得税，实际上降低的幅度还是非常有限的。以储蓄10万元为例，目前三个月利率从3.33%降至3.15%，同样10万元，利息收入仅减少3.37元，而半年存款利率从3.78%降至3.51%，同样10万元，利息收入只减少40.5元。由于5%利息税的取消，相比较下，定期储蓄的收益下降不是太明显。

二、分档组合巧安排

对于在未来一段时间可能需要资金，也可以考虑分档分段组合储蓄。比如可以选择"四分法"定期存款和"月月存储"这样的组合，尤其是针对金额较大的存单，完全可以拆分为等额3月期、6个月、1年、2年。第一个1/4存3月期的，到期如果没有使用，可以再存6个月定期，这样到第6个月的时候正好又有1/4的资金到期；如果这笔钱仍然没有花的话，则将其存一年定期；到第9个月，第一笔转存6个月的资金到期，还是没有使用的话，可将其选择存一年期；到满一年时，原来存一年期的那笔正好到期，没有使用的话可以存3月期，在第二年的第3个月到期。这样，经过巧妙安排，每隔3个月就有一笔资金到期，可以应付可能的需求。而这样的组合可以最大限度地获得利息收入，又保证了可能的资金需要。投资者也可以按照自己的实际需要来设计分档，甚至月月存、月月到期以应付不时之需。

三、锁定利率有捷径

根据规定，只要是在降息当日零时之前存入的定期存款，就应按降息前一天的利率计息。当公布下降利率的时候，往往是在晚上银行打烊后，这样很多投资者只能在第二天才能到银行办理定期储蓄手续。第二天新利率已经生效了，虽然只是一个晚上，但如果资金比较大的话，少一天的利息也是很心疼的事。现在，很多聪明的投资者早就有应付的办法。开通网上银行功能的投资者，可以利用网上银行来办理很多银行业务的，像储蓄转存就是其中的一个功能。于是，当投资者获得利率变化消息后，可以立即把银行卡上的活期资金通过网上银行转存为定期。如果是身边的现金，则可以先去柜员机上存入银行卡，再到网上银行办理。以 2008 年 11 月的一次降息为例，如果成功地将提前一天将 5 万元钱存了 3 年期定期存款，就会发现比第二天再存收益要多 1755 元。所以，投资者可以多留个心眼，预先去银行开通网上银行的相关功能，以备不时之需。

四、约定转存不操心

银行有一种"约定转存"业务，只要和银行事先约定好备用金额，超过部分就会自动转存为定期存款。这项业务利用好了，不但不会影响日常生活，还能在不知不觉中带来额外利润。如果现在有 21 000 元的储蓄存款，全部以活期存在银行，一年应得利息为：$21\,000 \times 0.36\% = 75.6$ 元；如果选择约定转存，该行此项业务的办理起点为 1 000 元，可以与银行约定好，1 000 元存活期，超过部分存一年定期。那么，这 21 000 元在无形中就被分成了 1 000 元的活期和 20 000 元的一年定期。一年下来，应得利息为：$1\,000 \times 0.36\% + 20\,000 \times 2.25\% = 3.6 + 450 = 453.6$ 元。与单纯活期相比，目前的存法净多

了 378 元。"约定转存"业务最大的好处是,在不影响客户使用资金的前提下,让效益最大化。如果备用金额减少了,约定转存的资金会根据"后进先出"的原则自动填补过来。

五、通知存款有门道

与约定转存不同,这是一种期间较短,存取比较方便的存款方式,通常分为"1 天通知存款"和"7 天通知存款"。银行"1 天通知存款"和"7 天通知存款"的年利率为 0.81% 和 1.35%,分别是活期存款的 2.25 倍和 3.75 倍。而通知存款的客户必须与银行提前约定好取款日期,起存额为 5 万元。比如,选择的"1 天通知存款",那么在支取这笔存款时就要提前 1 天向银行申请,否则就只能按照活期利率计息。比较麻烦的是在提取前必须按照约定的通知期预先通知,利息收入就能高出 2 - 3 倍,而通知的方式可以是柜台,也可以通过电话完成。

第三节 降息后的贷款怎么用?

对于需要资金进行各种投资活动或其他需求的消费者来说,利用银行贷款是比较方便的途径。在利率走入下降通道时代,贷款可以享受到更多的实惠。

一、巧用利差投资更多彩

如果个人投资者有更好的投资途径又缺乏资金的情况下,选择银行贷款是最方便的渠道。如果投资者目前需要购买住房,而又希望投资其他领域,但苦于资金有限。在鱼与熊掌不可兼得的情况下,投资者可以比较一下,如果住房贷款的利息低于投资收益率的话,那么将钱进行投资,而向银行申请住房贷款是理想的做法。如果投资收益率不确定的话，那么风险就不确定了，需要仔细考虑、反复核算。目前，银行利率逐步下降，但投资收益率也可能有所下降，这都必须事先有周密的核算。如果采用消费贷款的话，其利率比较高，这种套利就显得比较冒失了。

投资者比较明确所投资领域的风险情况，以及未来收益的可靠性。如购买一些保本理财产品，则本是安全的，如果收益不理想，最终会损失利差。像以前银行推出的"打新股理财产品"，一般新股亏本的情况相当少，比较安全，在新股 IPO 密集的时段，收益情况比较满意，超过贷款利率，可以获得利差收益；在 IPO 停止或减少的情况下，打新股的收益很少，那可能要倒贴利差。但总的来说本亏掉的可能性不大，如果选择风险更高的理财途径投资，则有可能亏本，这种情况下利用贷款不是好的办法，尽可能避免。

二、提前还贷还要费思量

同样，在已经贷款的情况下，利率下降后是否要提前还贷，很多人觉得需要重新考虑了。由于现在正处于降息周期，很多有提前还贷想法的，可能都会打消了提前还贷的念头。专家认为，现在提不提前还，并不是看现在利率是升了还是降了，而是要看你的投资收益能否超过现在的贷款利率，如果你的投资收益能超过贷款利率，那么你贷款就是划算的，如果超不过，那还不如提前还贷。

三、固定利率贷款可转浮

在以前的多次加息过程中，固定利率房贷曾经因为可以锁定利率而深受贷款人欢迎，一些银行也因时酌势，推出了固定利率的房贷业务。然而时下已经步入降息通道，不断下降的房屋贷款利率，以及刚刚推出的首次首套住房贷款人可以享受 7 折优惠利率的政策，使得浮动利率才能为贷款人省下更多的钱。在降息期内，固定房贷已失去了吸引力，因此，专家建议在前几

年曾经选择了固定利率房贷的市民不妨转成浮动利率房贷,以享受到利率下浮的优惠政策。

但是,有的银行贷款固定利率转浮动利率要支付一笔"违约金",因此投资者要先算算自己交付的违约金和省下的利息差之间到底是不是合算。如果预计利率下降周期比较长,利息差比较大,"转浮"不失为明智的选择;如果估计利率下降已经见底,可能停滞,那要看这段时间是不是足够长,一旦反弹,则不合算了;如果利率见底可能反弹较快,那就不能转浮动了。

第四节 降息期银行理财产品选择多

在存款准备金率和利率下降后,商业银行信贷规模的增加,可能使目前市场上的理财产品收益率降低,贷款利率降低收窄了银行的盈利空间,各类资产的收益率随之下降。在降息通道里,银行理财产品如何选择也够费思量。银行理财产品,主要是理财发行者委托专业团队通过投资特定的品种获得收益来反馈投资者。如债券类理财产品主要是在二级市场上买卖长期限债券,搏取二级市场的价差;信贷类理财产品是由银行将理财资金贷给一些大客户而收取利息获得回报的。投资自然有风险,在利率下降周期,理财产品的收益率必然也下降。2008 年,银行理财"零收益"事件多次出现,也正说明了该类产品的风险性。

一、短期理财产品唱主角

目前,银行发行的理财产品以短期为多,由于存在进一步降息的可能性,届时银行理财产品的盈利空间会随之收窄,银行的经营风险提高,故各银行发行都比较小心。无论是人民币还是外汇理财产品,近期发售的 6 个月以上期限的产品都几乎绝迹。在众多短期理财产品中,时间最短的只有一周,另外还有大量 16 天、19 天的超短期产品。而外汇理财产品也以 3 个月和 6 个月期为主,只有寥寥几款理财产品期限在 6 个月期以上,最长期限的也只有 1.5 年。各种理财产品的收益率也明显降低,折算年化收益率后,短期产品平均预期年化收益率为 1.68%,低于银行存款(如通知存款),这也是投资者需要事先明确的。而且,理财产品的收益还有不确定性,预期收益率并不是最终收益率,这个风险也是存在的。

二、浮动利率理财正流行

针对利率下降的不确定性,部分银行开始开发浮动利率理财产品。如果央行调整贷款利率,理财产品也在相应的日期调整收益率,对降息风险做出了预防。降息情况下,信贷类理财产品可能面临提前终止、理财产品实际收益降低等风险,浮动利率产品则是为了应对降息而采取浮动收益设计。如招商银行的"金葵花尊享招银进宝之信贷资产 586 号理财计划 83 天"产品,其年化收益率根据央行 6 个月以内(含 6 个月)期限人民币贷款利率进行调整,每个月第 30 个日历日调整一次,每次调整后的年化理财收益率为 $3.3\% + (It - Io)$。其中,It 为每个调整日所执行的央行 6 个月以内期限人民币贷款基准利率,Io 为理财计划第一个认购日的央行 6 个月以内期限人民币贷款基准利率。换句话说,若理财期限内出现 6 个月以内期限贷款基准利率下调 0.27 个百分点,则从降息当月的第 30 个日历日起,理财收益的计算也将相应下调 0.27 个百分点。

另外,交通银行、民生银行的部分信贷类银行理财产品,都引入了类似的浮动计算理财收益的模式。这类保本浮动收益产品,对短期内闲散资金无去处的客户而言具有一定的吸引力,其优势在于投资期限短,可随时根据情况决定是否赎回或延期。而这些短期理财产品的投资标的,大多是较为安全的固定收益产品,风险系数不会很高。但投资者购买此类含有浮动收益条款的理财产品,不能单纯以发行时公布的预期收益率论产品投资价值。

若是理财期限内遭遇多次降息,实际收益跑赢存款的空间将随降息而大幅缩小。

三、结构性理财产品多关注

银行结构性理财产品在很多时候也被称为结构性存款,指通过某种约定,在客户普通存款的基础上加入一定的衍生产品结构,将理财收益与国际、国内金融市场参数挂钩,例如汇率、利率、债券、一篮子股票、基金、指数等。相比普通的定期存款及目前市场上的其他理财产品,结构性理财产品具有低风险且相对较高收益、免申购费率以及与国际市场投资接轨的显著优点结构性理财产品根据客户获取本金和收益方式的不同,一般可分为保本固定收益型、保本浮动收益型和非保本浮动收益型三种。目前市场主流为保本浮动收益型。受资本市场影响,国内的大多数结构性理财产品都将趋于保守,挂钩的金融衍生物将会减少股票、基金、国际黄金、原油等高风险产品的占比,其收益率也会逐步趋于平缓。2009 年结构性的挂钩类产品会比较多,利率挂钩型结构性产品目前正得到商业银行的青睐,因为目前利率走势的预见性相对较强;其次则是指数挂钩型理财产品,在股市回暖时期,指数型挂钩理财产品应有不俗表现。

中国社科院金融研究所理财中心《2008 银行理财产品评价报告》报告预测,2009 年结构类产品的投资渠道,将进一步拓宽。主要表现为行业配置多样化、热点分散化和区域多元化,以便更好地分散风险和匹配支付条款。例如挂钩中国台湾、韩国股票与港股和美股混合的产品将增多,而挂钩商品价格的产品数量趋少等。面对经济增速下滑和金融危机向实体经济逐步蔓延,债券、票据将有望继续成为普通类产品的宠儿,信贷类产品的主导地位逐步动摇,期权和期货等高风险产品或进入普通类产品的投资视野,艺术品和实物与期权结合,可能成为银行理财产品投资主题的新热点。[①]

四、另类理财也要多操心

一些银行还开发了一些另类理财产品,如票据理财产品、信托理财产品等也可以考虑。

1. 票据理财产品

票据理财产品主要是投资央行票据、投资银行间承兑汇票、投资商业承兑汇票的理财产品。央行票据是中央银行为调节商业银行超额准备金而向商业银行等发行的短期债务凭证,其实质是中央银行债券。发行央行票据,是一种向市场出售证券、回笼基础货币的行为;央行票据到期,则体现为基础货币的投放。一般而言,央行票据发行后可在银行间债券市场上市流通交易,交易方式有现券交易和回购。银行间承兑汇票按签发人不同,分为商业汇票和银行汇票。汇票的付款日期可以是:(1)见票即付;(2)定日付款;(3)出票后定期付款;(4)见票后定期付款。汇票可以背书转让,并可申请贴现和再贴现。银行承兑汇票也是货币市场中的主要短期信用工具之一。这种融资方式有如下优点:安全可靠、灵活性强、成本较低等优点,已经成为常见的投资工具。

投资票据的理财产品的收益率可以事先锁定,该特点决定了此类理财产品不仅保本还能保收益。如工行推出的"稳得利"票据投资型理财产品、浦发银行的"票据赢"个人理财产品等。

2. 信托理财产品

信托理财产品是指投资者将人民币资金委托于银行,并指定银行为代理人代其与信托公司签署《资金信托合同》,投资者根据信托计划投资对象的信用状况获得理财收益。该款产品理财收益与同期人民币理财产品相比

---

①　参见:"结构类理财产品赚钱门道将拓宽",《新闻晨报》,2009 年 2 月 25 日

具有一定优势。这款产品投资的信托计划,均由政策性银行或国有商业银行提供连带责任保证,安全性较高。由于一般信托类产品的起点都较高,有的要 100 万元起,不适合个人投资者,而银行的信托理财产品起点比较低,能够满足投资的需求。目前,信托产品的投资渠道比较多,有基础设施、房地产、证券等。近年来也有一些创新型信托产品诞生,如红酒信托理财产品、艺术品信托理财产品等,可以满足不同类型的投资的选择。

五、组合投资理财产品最适合

由于不同类型的银行理财产品存在期限、收益、风险、流动性等方面的影响,单一选择有一定的不合理地方。因此,投资银行理财产品,也可以考虑组合投资。具体做法是,根据投资总额、资金紧急动用可能、本人风险承担的心理素质、对回报的预期等等因素,确定几个合适的理财品种,并确定不同的比例。也可以考虑与其他银行产品进行组合,采取阶梯配置的办法,既回避风险,又保证一定的投资回报,更重要的是要保持资产的合理流动性。

流动性在降息期投资是个非常突出的问题。随着银行利率的降低,股票市场可能回暖,其投资收益率将快速上升。因此,投资者必须考虑资金的流动问题,在股市上升后能不能快速回笼资金去抄底。如果流动性不够,则资金将失去获得更高收益的机会。

第五节　债券还有投资价值吗?

债券是发行人按照法定程序发行,并约定在一定期限还本付息的有价证券。通俗地讲,债券就是发行人给投资人开出的"借据"。由于债券的利息通常是事先确定的,因此债券通常被称为固定收益证券。债券的基本要素有四个:票面价值、债券价格、偿还期限、票面利率。

一、债券的种类

债券的种类繁多,且随着人们对融资和证券投资的需要又不断创造出新的债券形式,在现今的金融市场上,债券的种类可按发行主体、发行方式、期限长短、利息支付形式、是否记名等分类。

1. 按发行主体分类

根据发行主体的不同,债券可分为政府债券、金融债券和公司债券三大类。由政府发行的债券称为政府债券,利息享受免税待遇,其中由中央政府发行的债券也称公债或国库券,其发行债券的目的都是为了弥补财政赤字或投资于大型建设项目;而由各级地方政府机构如市、县、镇等发行的债券就称为地方政府债券,其发行目的主要是为地方建设筹集资金,期限比较长;由银行或其他金融机构发行的债券,称之为金融债券;公司债券,它是由非金融性质的企业发行的债券,其发行目的是为了筹集长期建设资金。一般都有特定用途。

2. 按期限长短分类

根据偿还期限的长短,债券可分为短期,中期和长期债券。一般的划分标准是期在 1 年以下为短期债券,期限在 10 年以上为长期债券,而期限在 1 年到 10 年之间为中期债券。

3. 按利息的支付方式分类

根据利息的不同支付方式,债券一般分为附息债券、贴现债券和普通债券。附息债券是在它的券面上附有各期息票的中长期债券,息票的持有者可按其标明的时间期限到指定的地点按标明的利息额领取利息。息票通常以 6 个月为一期,由于它在到期时可获取利息收入,息票也是一种有价证券,也可以流通、转让;贴现债券是在发行时按规定的折扣率将债券以低于面值

的价格出售,在到期时持有者仍按面额领回本息,其票面价格与发行价之差即为利息;除此之外的就是普通债券,按不低于面值的价格发行,持券者可按规定分期分批领取利息或到期后一次领回本息。

4. 按发行方式分类

按照是否公开发行,债券可分为公募债券和私募债券。公募债券是指按法定手续,经证券主管机构批准在市场上公开发行的债券,其发行对象是不限定的。私募债券是发行者向与其有特定关系的少数投资者为募集对象而发行的债券。

5. 按是否记名分类

根据在券面上是否记名的不同情况,可以将债券分为记名(凭证式)债券和无记名(记账式)债券。记名债券是指在券面上注明债权人姓名,同时在发行公司的账簿上作同样登记的债券。转让记名债券时,除要交付票券外,还要在债券上背书和在公司账簿上更换债权人姓名。而无记名债券是指券面未注明债权人姓名,也不在公司账簿上登记其姓名的债券。现在无记名债券发行时仅在购买人账户内记录其债券数量,并没有实物形式了,交易时过户比较方便。

6. 按是否可转换分类

债券根据转换权利又可分为可转换债券与不可转换债券。可转换债券是能按一定条件转换为其他金融工具的债券,而不可转换债券就是不能转化为其他金融工具的债券。可转换债券的持有者可按一定的条件根据自己的意愿将持有的债券转换成股票或其他金融工具。

二、债券价格的决定及走势

投资者需要了解的是,债券的价格等于未来现金流(所有利息加本金)的现值之和,而现值的大小取决于贴现率也就是社会平均利润率,这可以由资金的使用价格即市场利率来代表,因此债市价格与利率之间存在反向变动的关系,随着利率上升,债券价格将下跌,债券的到期收益率会提高,反之亦然。由于存在上述关系,影响债券价格波动的因素中最敏感的就是市场利率的变化,债券投资的各类风险中最强烈的也就是利率风险。这种风险就是指因市场利率的变化而导致了债市价格波动,从而带来的投资收益的不确定性。像国债与利率的关联就相当紧密,在利率上升期,继续持有国债就可能丧失其他更好的投资机会;如果将国债出售又会遭受国债价格下降引起的损失,持有国债的投资者很难回避利率风险。反之,在利率下降期,持有国债就比较有利。

债券价格与市场利率成反比,利率降低,债券价格上升;利率上升,则债券价格下跌。因此,投资者在投资记账式国债的时候可以根据利率的变化和预期作出判断,若预计利率将上升,可卖出手中债券,待利率上升导致债券价格下跌时再买入债券,这时的债券实际收益率会高于票面利率。在利率变动幅度相同的情况下,长期国债受到的影响要比短期国债大得多,即长期国债的利率风险要大于短期国债的利率风险。因此,国债投资者在购买国债前应对利率的变化趋势作分析预测,如果利率有可能上升,应避免投资长期债券,而应购买短期债券或浮息债(票面利率每年随储蓄利率变动);如果利率可能下降,则应投资长期债券。

无论从国际环境还是国内情况来看,债市中期向好的条件依然存在。从全球视角来看,受金融风暴影响,2009 年主要发达国家的经济均将出现负增长,为刺激经济复苏,较长时间内低利率将被维持;从国内来看,CPI 和 PPI 的连续滑落使实际利率出现了多年未见的正利率状况,这给降息提供空间的同时,也提升了债券市场的投资价值。因此,国内的投资报告普遍认为,2009 年上半年股票市场还很难走出底部,债券市场的机会非常多,投资债券应该是个很好的计划。

三、债券投资有说法

1. 尽量投资国债

因为国债以国家的信用做担保,是所有债券中最安全的品种,没有违约风险。投资国债的安全性高,适合对风险极端敏感的投资者。像投资储蓄式国债,绝对不会亏本,而收益比储蓄要高,适合老年投资者。2009 年地方债发行比较多,其利率要比国债高,而且由地方政府财政担保,安全性非常高,也值得考虑。不足的是地方债期限都比较长,都在 5 年左右,流动性差一点,未来的不确定性也高了点。

2. 尽量投资中短期债券

长期债券的利率风险大,在利率预期发生变化时,容易造成损失。一般选择中短期债券投资比较适合,利率风险小,收益理想。

3. 投资可转换公司债券

这种债券基本上就是股票了,但具有可选择的空间,有效地释放了风险。在股票市场低迷的阶段,投资可转换公司债券,坐享稳定的利息收益;在股市上升期,可以择机转换成股票,获取差价收益。进可以攻、退可以守,是一种不错的选择,

如果对债券交易没有把握的话,也可以选择投资债券型基金。

第六节 外汇也疯狂,投资有讲究

由于本币与外汇之间需要通过汇率进行兑换,而汇率则根据外汇市场的行情变化在发生变化,这就带来了交易机会。通过合理的外汇买卖行为,实现投资收益,这种投资行为被称作"炒汇"。炒汇可以每天根据外汇市场

的行情变化实行 24 小时操作,机会比较多,但是由于外汇行情的瞬息万变,风险也是比较大的。

一、外汇投资的特色

外汇投资相比其他金融投资工具,有其自己的特色:

1. 流通性高

外汇市场透明度高,因为货币是以国家政府公信力为基础的,具有国际公平度,每天的平均交易量都在 1.5 万亿美元,这个交易量比全世界的期货市场交易量总和的大约 40 倍。这样的交易 量是任何一个国家的中央银行都无法长期操纵的,最多只能短期进行干预。外汇市场的信息现在同步在全世界流传,个人投资者也会在第一时间通过媒体得到这方面的信息。外汇市场是一个比股票市场更开放的市场。

2. 全天候交易

外汇交易市场作为货币交换市场是不能停市的,因此全世界的多家外汇交易所的时间重叠在一起,跨越了 24 小时。这样的交易制度排除了开盘收盘价格戏剧性波动的可能 性。这样可以使全球货币需求者受益。

表 2 - 2	世界主要外汇交易所交易时间		
地区	城市	开市时间(GMT)	收市时间(GMT)
亚洲	悉尼	11:00	19:00
	东京	12:00	20:00
	香港	13:00	21:00
欧洲	法兰克福	08:00	16:00
	巴黎	08:00	16:00
	伦敦	09:00	17:00
北美洲	纽约	12:00	20:00

3. T + 0 双向交易

不管是现汇交易,还是保证金交易,外汇交易市场都是 T + 0 流转的。

投资者可以及时地对汇率变动作出反应,有利于个人小资金短线套利。如果进行保证金交易还可以双向交易。

二、外汇交易模式

1. 外汇现货交易

国内称"实盘交易",这是一种风险比较小收益也相对较小的外汇交易方式。国内各大银行都有这项交易服务,而国内这些银行赚取高点差,实际上等于是和国内银行做交易,然后国内银行再和国际市场交易。不同货币有不同点差,点差大致平均在 20 - 30 点左右,各银行有自己的点差标准,对资金需求量比较大。由于外汇交易直接根据报价进行,没有额外的手续费,交易成本透明,适合个人投资者参与。

2. 外汇保证金交易

这和期货的操作基本上是一样的,即交易者通过支付一定比例的保证金进行杠杆交易,实际上是把小资金放大了几十到几百倍。目前国际上通行的保证金交易方式,都是免佣金和手续费的,因此除去保证金交易商所收取的 3 - 5 点的点差之外,交易者不需要支付更多交易费用。保证金交易模式,属于高风险交易,交易规则和委托下单方式也比现汇交易更灵活,而且保证金交易还可以双向进行,也即可以卖空。经过几十年的国际外汇市场的发展完善,保证金交易模式中增加了很多下单原则和风险控制元素,已经使风险降低了很多,有限的风险,巨大的资金杠杆,低廉的交易费用,确实是很吸引人的,但个人投资者不建议参与保证金交易。

3. 外汇套利交易

外汇套利是利用不同市场外汇买卖之间存在的微小基点差异,以一种或数种其他外汇进行搭桥交易,来获得收益。套汇获利要求买入最低估的货币,再卖出最高估的货币,从中赚取最大的汇差。一般来讲,套利过程中的所有买卖基点都是事先可知的,基本上是不存在任何风险的。由于套利所利用的基点极小,需要大资金的出入,资金量小的话收益并不明显,个人投资者可能并不适合。如日元在法兰克福最为低估,而在纽约最为高估。一个套利者可在法兰克福借入欧元买入日元,在纽约卖掉换为美元,再在此地买入欧元还债,欧元就是搭桥货币。通过这样的交易,套利者没有任何风险就获得了收益。

三、外汇报盘

投资外汇先得弄清外汇是如何标价的,外汇一般有两种标价法,就是直接标价和间接标价。

1. 直接标价法

又叫应付标价法,是以一定单位(1、100、1 000、10 000)的外国货币为标准来计算应付出多少单位本国货币。就相当于计算购买一定单位外币所应付多少本币,所以叫应付标价法。包括中国在内的世界上绝大多数国家目前都采用直接标价法。在国际外汇市场上,日元、瑞士法郎、加元等均为直接标价法。如以日元为本币,兑美元就标日元118.75,则表示1美元可兑换118.75日元。

在直接标价法下,若一定单位的外币折合的本币数额多于前期,则说明外币币值上升或本币币值下跌,叫做外汇汇率上升;反之,如果要用比原来较少的本币即能兑换到同一数额的外币,这说明外币币值下跌或本币币值上升,叫做外汇汇率下跌,即外币的价值与汇率的涨跌成正比。如日元兑美元在升值阶段,从150到了100,则说明1美元兑换的日元少了,日元汇率在升。

2. 间接标价法

又称应收标价法,以一定单位(如1个单位)的本国货币为标准,来计算

应收若干单位的外国货币。在国际外汇市场上,欧元、英镑、澳元等均为间接标价法。如欧元 0.9705 即一欧元兑 0.9705 美元。

在间接标价法中,本国货币的数额保持不变,外国货币的数额随着本国货币币值的对比变化而变动。如果一定数额的本币能兑换的外币数额比前期少,这表明外币币值上升,本币币值下降,即外汇汇率上升;反之,如果一定数额的本币能兑换的外币数额比前期多,则说明外币币值下降、本币币值上升,即外汇汇率下跌,即外币的价值和汇率的升跌成反比。

外汇市场上的报价一般为双向报价,即由报价方同时报出自己的买入价和卖出价,由客户自行决定买卖方向。买入价和卖出价的价差越小,对于投资者来说意味着成本越小。银行间交易的报价点差正常为 2 ~ 3 点,银行(或交易商)向客户的报价点差依各家情况差别较大,目前国外保证金交易的报价点差基本在 3 ~ 5 点,香港在 6 ~ 8 点,国内银行实盘交易在 10 ~ 40 点不等。

3. 买入价和卖出价

银行报价分为买入价和卖出价,均是从银行的角度出发,是针对报价中的前一个币种而言的,即银行买入前一个币种的价格和卖出前一个币种的价格。如某日中国银行英镑/美元报价为:现汇买入价 1.6185,现汇卖出价 1.6190,即银行按 1.6185 美元的价格买入英镑,按 1.6190 美元的价格卖出英镑。假如客户想卖出 1 000 英镑买入等值的美元,对客户而言是卖出英镑,但是要注意报价是从银行的角度看,则是银行买入客户的英镑,应按照现汇买入价计算,付给客户 1 618.5 美元。

现汇指的是从国外银行汇到国内的外汇存款,以及外币汇票、本票、旅行支票等银行可以通过电子划算直接入账的国际结算凭证。现钞指的是国内居民手持的外汇钞票。银行收入外币现钞后要经过一定时间,积累到一定数额后,才能将其运送并存入外国银行调拨使用。在此之前,买进外钞的银行要承担一定的利息损失;将现钞运送并存入外国银行的过程中,还有运费、保险费等支出,银行要将这些损失及费用转嫁给出卖现钞的顾客,所以银行买入现钞所出的价格低于买入现汇的价格。而银行卖出外汇现钞时,价格与卖出现汇一致。

四、个人投资外汇的途径

自从1993年12月上海工商银行开始代理个人外汇买卖业务——"外汇宝"以来,随着我国居民个人外汇存款的大幅增长,新交易方式的引进和投资环境的变化,个人外汇买卖业务迅速发展,目前已成为我国除股票以外最大的投资市场。工、农、中、建、交、招等六家银行都开展了个人外汇买卖业务,光大银行和浦发银行也正在积极筹备中。国内的投资者,凭手中的外汇,到上述任何一家银行办理开户手续,存入资金,即可透过网络、电话或柜台方式进行外汇买卖,目前国内投资者只能参与外汇实盘交易。部分投资者还通过代理途径选择了境外的外汇交易商来投资外汇,目前美、英等国及香港地区的外汇交易管理体制比较健全,安全程度较高,参与也是一种途径,但选择交易商方面一定要慎重,必须了解其信用情况再作决定。

现在,外汇交易通过网络渠道非常方便,先在交易银行开户,然后下载交易软件的客户端,上网就可以炒汇了。

五、外汇投资策略

在金融危机深入的冬天,外汇市场也是波澜壮阔,汇率的变动更加频繁。由于人民币还不是可兑换货币,人民币汇率目前受到的冲击还不大,但市场对人民币汇率下降的预期却是比较明显的。因此,持有外汇可以说也是一种保值投资的渠道。由于外汇汇率变动频繁,作为投资者,应该采取有效的措施,首先保证外汇资产的安全,其次通过合适的投资实现增值。

1. 外汇持有结构

持有外汇,要避免持有单一币种,如果汇率朝不利的方向发展将蒙受损

失。可以考虑持有几种外汇,而且要注意持有的比例。一般来说,有汇率走强趋势的外汇可以持有甚至增加比例,而有下跌趋势的就要抛掉,降低比例甚至全部抛出。外汇持有比例不能一成不变,要时刻关心国际金融形势,随时进行调整,保证其安全性。

2. 外汇短线投资

外汇短线投资就是在短时间里根据外汇行情变化经常操作,由于外汇采取的是 T + 0,可以来回反复操作,只要判断正确,一天之内可以有丰厚获利。但是外汇市场也是风云突变的,短期风险暴露比较大,不过汇市不像股市那样容易被操纵,相对来说风险还是比股市小。

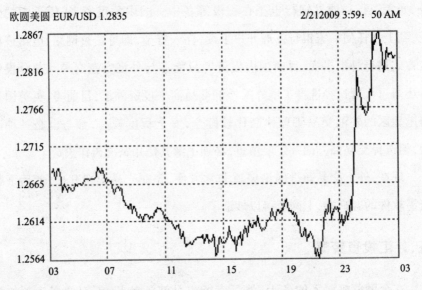

图2-2 外汇(欧元-美元)即时行情图(图片来源:东方财富网)

3. 外汇长线投资

长线就不能利用一天之内的行情变化频繁出进了,要根据外汇市场的中长期走势来决定投资策略。从欧元对美元来看,2008 年下半年以来的波动还是比较大的,掌握波动轨迹进行操作应该可以获利颇丰。

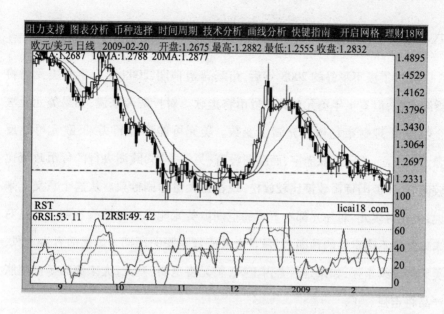

阻力支撑 图表分析 币种选择 时间周期 技术分析 画线分析 快键指南 开启网格 理财18网

欧元/美元 日线 2009-02-20 开盘:1.2675 最高:1.2882 最低:1.2555 收盘:1.2832
5MA:1.2687 10MA:1.2788 20MA:1.2877

RST
6RSI:53.11 12RSI:49.42 licai18 .com

图2-3 欧元-美元的半年走势(图片来源:licai18.com)

4. 外汇理财产品

对外汇交易不熟悉或者缺乏交易技巧的投资者,不仿购买一些外汇理财产品。目前各大银行都开发了不同类型的外汇理财产品,可根据自己的情况选择。如建设银行的"汇得盈"就是将金融衍生工具与传统金融产品相结合组成的具有一定风险特征的个人外汇投资理财产品,包括具有远期、期货、掉期(调期、互换)和期权中一种或多种特征的结构化产品。但是,外汇理财产品的预期收益受外汇行情的变化影响非常大,像2008年澳元汇率大跌30%,买入澳元理财产品的投资者所获得投资收益远远低于所遭受的汇率损失,实际收益为负数。就银行理财产品而言,经过之前几轮大幅降息之后,目前除澳元理财产品收益率可以达到4%以上外,其他外汇理财产品收益率都在3%左右或以下。由于对未来国际经济形势估计不乐观,汇市波动仍将维持震荡格局,加上一些挂钩性外汇理财产品设计的复杂性也在提高,一些业内分析师表示,预计2009年的外汇理财产品难以有良好的表现,尤其要注意用人民币购买外汇理财产品所潜藏的汇兑风险。

六、外汇市场的展望

渡过了极不平静的 2008 年后,市场普遍预期,2009 年上半年美元仍将继续走强,但下半年美元对其他货币将走软。对投资者来说,如果美元无法企稳,外汇理财市场依然充满了变数。美元可能已经超买了,欧元可能反弹。一方面,美国有双赤字,而欧洲没有;另一方面,欧洲央行的货币政策比较谨慎,而美国货币政策比较放松,现在正大量印刷钞票。从这个意义上来说,美元对澳元、对加元都有下跌的空间。美元能否企稳要看预期。一是对未来经济不确定性的预期,二是对未来通货膨胀的预期。如果前者占上风,美元将继续走强;如果是后者占上风,美元将走弱,澳元、大宗商品等抗通胀产品将走强。

第七节　保险理财,是否要继续?

一、保险理财的实质

通过保险进行理财,是指通过购买保险对资金进行合理安排和规划,防范和避免因疾病或灾难而带来的财务困难,同时可以使资产获得理想的保值和增值。一般来说,保险产品的主要功能是保障,而一些投资类保险所特有的投资或分红则只是其附带功能,而投资是风险和收益并存的。一些理财类的保险,保险公司是拿一部分险资进行投资,以投资收益再进行分配。因此,保险理财的收益并不保险,只有在投资获得收益时才可能得到分红。如果投资亏损或没有达到预期的收益水平,照样少分红甚至不分红。因此,保险理财首先是保险,其次是理财。理财保险的收益显然与其他理财工具有很大的区别,因为有保障的那部分,当然必须将一部分险资作为理赔准备金,用于投资的资金就不可能是全部,其收益也与基金有差异;其次,保险资金入市投资,保监会在投资范围、比例方面有严格规定,对风险的防范要严格得多,故收益也有影响。这一点,也是投资者必须明了的。

二、理财型保险的类型

理财型保险目前市场上主要出现过投连险、万能险和分红险三种。

1. 投连险

是在传统寿险基础上增加了投资功能,是一种既不保底也不封顶,由投保人与保险公司共享收益风险的投资型险种。其保费分成保障账户和投资账户两部分,其中的投资账户再根据客户不同的风险偏好细分为多个账户,由专门的投资人员进行操作。自 1999 年 10 月中国平安人寿推出我国第一代投连险产品,至今投连险市场已是几经沉浮。2006 年资本市场回暖,投连险随之"咸鱼翻身",收益率普遍飘红,销售形势喜人。此后随着资本市场深幅调整,投连险的投资收益与股市呈现"一荣俱荣、一损俱损"的局面。随着这一轮牛熊市的转换,投连险必然要再经历一次大起大落。据国金证券近期发布的一份投连险报告对 2008 年前 11 个月 25 家保险公司的 136 个投连账户收益进行了分析,其中成立满一年的股票型账户平均年收益率为 - 44. 16% ,混合偏股型账户平均收益率为 - 35. 83% ,灵活配置型平均收益率为 - 23. 8% 。该险目前已经从市场淡出。

2. 万能险

属于储蓄类产品,具有保底收益,最大特色在于可以灵活调整保费与保额,投保人可根据自身在不同时期的保障需求和理财目标,弹性地调整自己的保费缴纳和保障额度,只用一张寿险保单就可以解决所有保障问题。但随着央行半年内 5 次降息,其保单成本压力日益加大,利差损风险逐渐暴露出来。万能险每月结算利率也随着降息开始下调,如果利息率继续保持下

降通道的话,该险也难逃淘汰命运。

3. 分红险

最大特色是红利分配,保险公司在每个会计年度结束后,会将上一会计年度该类分红保险的可分配盈余,按一定的比例以现金红利或增值红利的方式分配给客户。在当前降息周期下,分红险因具有满期给付保险金的保底收益和不封顶的红利以及免税功能而受到市场青睐。分红险的投资收益不确定,如果保险公司经营状况不好,投资收益率会低于一年期银行存款利率,甚至可能出现零分红。分红险细分为投资和保障两类,投资型分红险的保障功能相对较弱,多数只提供人身死亡或者全残保障,不能附加各种健康险或重大疾病保障,目前保险公司推出的产品多属于此类;保障型分红险产品与传统保险产品功能一致,侧重给予投保人提供灾害保障,分红只是附带功能,在资本市场收益不好的情况下,这类产品有望成为保险公司未来的产品开发重点。

三、金融危机下的保险理财要诀

在金融风暴之下,家庭未来收入的不确定性比平常增大了,而生活中的风险并不会因为金融风暴的发生而减少,相反,一旦在这期间发生风险,比如健康风险、意外风险等,将使家庭经济遭遇比平常更大的财务压力、更大的破坏力,届时影响的不仅仅是当事人,还会影响到其他家庭成员的生活。因此,未来越是不确定,一个确定的未来对家庭就显得越是重要。在金融危机时期,遭遇裁员、减薪而导致经济来源失去或减少的可能也是客观存在的。一旦发生这种情况,社会养老保险及基本医疗保险的缴纳可能会受影响,购买保障型保险产品来提高自身保障水平,弥补社会保险的不足尤其显得重要。因此,现在为防以外购买一定的保险以保平安,其实就是一种投资。保险需求可以锁定在寿险、医疗险、健康险和意外险等险种上,而各人根据年龄、身体状况、收入水平的高低,搭配有所不同,保险额度也各有所需。在选择保险产品时，应以各险种的分红型产品为主，通过保额分红的方式增加保额，抵御通货膨胀，防止保单贬值。

但是，作为以获得投资收益为主要目标的投资活动，并不适合过多地购买各类保险。作为一种降低风险的配置，可以选择一些分红型保险作为组合的一部分，其比例应该不能很高，否则影响投资的整体收益。另外，国内保险公司在理财类产品的营销中夸大宣传的情况比较严重，购买前必须详细调查，细读保险合约上的每一个字，尤其是所谓的免责条款的内容，以免陷入条款陷阱。

保险理财小贴士

（1）保险不能不买，不能多买，更不能随意乱买；

（2）保险的首要功能是保障，收益是第二位的；

（3）分红保险也有风险，也可能无红可分，预期收益率是广告上说的；

（4）不能用保险理财来代替投资。

第三章

漫漫熊市,换个活法从头来——股票和基金的投资方略

　　2008 年,中国最幸福的人是谁? 没有股票的人。2008 年对中国的股票投资者来讲,将永远是心头的一段痛史! 中国股市在 2008 年像喝了泻药似的一泻千里,连喘气的工夫也没有给,从 6 124 多点一头扎下,直探 1 664 点,并意犹未尽地展望着 1 000 点。2008 年在路上碰见熟人千万别提股票,谁也都是断肠人。亏 30% 的在那年可是被尊称为"股神"的,没看见号称专家理财的基金很多见了 5 毛啊! 不少从 1990 年开始炒股的老股民,都称从来没有碰到过这种邪门行情,整个不让你活,根本没有逃命的机会! 以前也经过熊市,但是没有熊成这样。据统计,2008 年中国股民平均亏损 38 万元,每天损失高达 1 577元。① 大家已经在危机的重压下喘不过气来,但是不能一直这么被压着,现在是换个活法的时候了。

---

① 参见《重庆晚报》2008 年 11 月 1 日有关报道。

第一节　是非成败转头空,浪花淘尽财富

当2008年来临的时候,全国人民仍然沉浸在对奥运经济的美好展望中,对大洋彼岸已经喧动的那场次贷危机置若罔闻。大家还在一相情愿地构思着中国股市的美好明天,媒体评论也不断地向投资者作出了鼓舞人心的预测:8 000点不是顶,万点不是梦,3 000点是中国股市的铁底!

一、弹指间,二十万亿人间蒸发

2008年1月2日,上证指数收报5 272.81点,深沪A股总市值32.76万亿元。上证指数距6 124.04点的历史高位调整已经接近20%,幅度也够大够充分了,春节前展开一场凌厉的攻势应该是没有问题的。但是1月15日的阴线拉开了一场噩梦的序幕,接连的大跌使投资者完全没有了方向。4月23日,在前呼万唤声中,迟迟没有反应的管理层终于决定将证券交易印花税率下调至1‰,投资者等来了救市的第一个行动。可是短暂的上升并没有改变下跌的趋势,跌跌不休又重新再现。5月12日,是中国人永远不会忘记的日子,一场地震使世界为之震惊,而那天金融管理层面对持续下跌的经济又出了一记重拳,存款准备金率再次上调0.5个百分点达到16.5%。6月7日,在受地震影响,国内经济可能面临拐点的关口管理层匪夷所思地又一次再将存款准备金率上调1个百分点,达到历史最高点17.5%。面对如此重击,股市立即以连续下泻应答,并迅速击穿了3 000点这一市场公认的政策铁底。2008年8月8日奥运终于开幕了,股市却以120点大跌迎接了这个伟大的日子。奥运会期间,股市共跌去了大约370多点。9月16日,股市终于破了2 000点,当天贷款利率与存款准备金率双双下调。9月18日,三大利好齐发:证券交易印花税单边征收;国资委支持央企增持或回购上市公司

股份;汇金公司将在二级市场自主购入工、中、建三行股票,当日沪深两市全线涨停! 报复性行情仅仅走了几天,沉疴缠身的股市并没有从此回复到上行通道,又一头向下往下看了。10月9日,央行宣布下调存贷款利率和准备金率,并暂免征收利息税。10月28日,创年内最低1 664.93点,较年初大跌68%,总市值11.47万亿较年初缩水近2/3,蒸发了20万亿! 10月30日,央行月内再度降息0.27个百分点。11月10日,国务院出台十项措施刺激经济,4万亿计划出炉,股市开始年内最有力的一波反弹。11月27日,央行大降利率1.08%,同时下调准备金率。这是自9月份以来的第四次降息,力度远超预期。12月4日,国务院"金融国九条"出台,提及稳定股票市场。12月13日,国务院"金融三十条"出台,提及采取有效措施,稳定股票市场运行。12月23日,央行再次降息0.27%,面对年内第五次降息市场不涨反跌,利好效应减退。在2008年的最后一个交易日,A股以8连阴的低迷走势悲情挥别了这个难忘的年份。

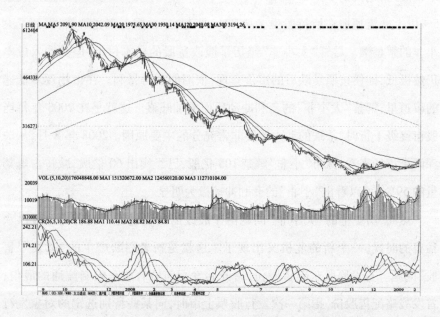

图3-1 上证指数从6 124点到1 664点的走势

二、股灾祸首细细数

股市从 6 124 点回落,最大跌幅超过 72%,仅次于俄罗斯列世界新兴市场第二。这场股市的巨灾,导致了 20 万亿财富的人间蒸发,缩水率达到 2/3。如此惨烈的一幕,真实地发生在我们广大投资者的面前。股灾的原因,次贷危机固然是个催化剂,但市场人士普遍认为,是"三分天灾,七分人祸"!我国的证券市场发展至今,几经坎坷,眼看要修成正果,没想到革命果实没有保住,一夜回到旧社会。这中间的点点滴滴,都是投资者的血泪账!又哪里是三言两语能够道清?

1."大小非"解禁拼命抛

根据中国证监会 2005 年 9 月 4 日颁布的"上市公司股权分置改革管理办法"规定,原持股在 5% 以下的非流通股份在股改方案实施后 12 个月即可上市流通,这就是"小非"的由来;与"小非"相对应,"大非"则是指持股量 5% 以上非流通股东所持股份。从 2008 年起,三一重工率先解禁,揭开了大小非的解禁潮。尽管"大小非"经历了股改送股的成本付出,但其购入成本仍然极低,即便按照暴跌后的市价套现,依旧能获得暴利。在市场逐步低迷的市道里,解禁"大小非"的套利冲动反而愈加旺盛。这就是在 2008 年每当股市逐级下行时,杀跌的动力始终非常充分的主要原因。2008 年 8 月,从沪深两个市场来看,深市"小非"解禁 105 亿股,已经卖出 60 亿股,减持占解禁量的 59%,可以看出"小非"的套利冲动极为明显。

然而,历史上的"大小非"问题由于股改的制度设计不完善而形成洪水猛兽的时候,一个新的危机又出现了。这就是新老划断产生的"首发限售股"问题。首发原股东限售股份,指开始发行前原有股东限制流通的股份;首发战略配售股份,指第一次发行股票上市时,向某些特别选定的对象发行的占发行数量相当大比例的股份,这些对象承诺只能在股票上市后 3 个月或者一年后,才能流通交易。由于首发股东很多持股成本极低,上市解禁后兑现抛售的冲动十分强烈，形成了"新大小非"问题。由于首发限售股随新股IPO而不断形成，在短短3年的时间里，其规模远远超过了原来的"大小非"，被著名经济学家刘纪鹏教授喻为股市"堰塞湖"。

截至2008年12月1日，A股市场累计产生各种限售股15 399亿股，已解禁3 562亿股，存量限售股为11 837亿股，存量限售股占比约77%。如果按7元每股全部抛售，市值将达8.29万亿元，而2008年10月1 664点时沪深股市总市值仅11万亿元。如果考虑到2009－2010年更大规模的解禁股，等于是即使没有新的IPO，光是解禁股就相当于再造几个A股市场了。"大小非"、"首发限售股"大肆抛售，造成股市严重失血，在外部因素影响下，使中国股市陷入万劫不复的深渊。

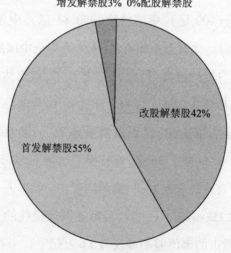

图3－2　四类解禁股的市值占比

2. 新股发行大圈钱

新股发行上市，本来是证券市场的基本功能，企业上市主要就是为了筹集发展所需要的资金。但是在中国，上市变了味，成为"圈钱"的手段。企业发行新股的市盈率越来越高，甚至有发行即达百倍的情况。2007年，沪深股市有多达188家上市公司发行A股实现募资约4 595.81亿元，超过2001－

2006 年 6 年间的再融资总额。许多新股在发行环节其市盈率就高达 30 倍左右,而中国远洋更是达到 99 倍(简直是世界股市的创举)!新股发行上市后大都实现了 100－400% 的涨幅,比如全聚德、金风科技均实现发首日上市中巨大的涨幅,其动态市盈率迅速上升到 150 倍以上,这在世界证券历史上也是不多见的。2008 年全年共有 77 家公司 IPO 登陆沪深两市(6 家沪市主板公司和 71 家深市中小板公司),其中包括上海电气不筹资的 IPO 在内。76 家公司共计募集资金约 1 036 亿元,平均发行市盈率 26 倍。而 2007 年共有 123 家公司在 A 股 IPO 上市(其中包括 23 家沪市主板公司和 100 家中小板公司),募集资金总额约为 4 590 亿元。而超过百亿的航空母舰式的大盘股,也频频登陆,造成了二级市场的巨量失血。其中超过 300 亿的巨无霸有中国石油(668 亿)、中国神华(665.82 亿)、建设银行(580.5 亿)、中信银行(419 亿)、工商银行(400 亿)、中国铁建(390.84 亿)、中国平安(388.7 亿)和中国太保(300 亿)。尤其是中国石油,成为套牢全中国的超级黑手。16.7 元的超高发行价本身就已经离谱,比 H 股都高了,而媒体的夸张、不良黑嘴的鼓动使整个中国都处在极度亢奋中。开盘 48.6 元成为了股民心中永远的高点,在大家竭尽全力抢购这只"可以留给孙子"的股票时,机构却大肆抛出,最多一家甚至一口气抛了 36 亿,首日换手达到了 51.58%。此后中石油开始了义无反顾的高台跳水表演,一路奔向了 10 元以下。在上市一周年之际,中石油以 80% 的跌幅跑过了大盘,号称亚洲最赚钱的企业市值蒸发近 7 万亿,而那时整个股市的市值差不多仅有 11 万亿了!中石油是有史以来中国最恶劣的上市圈钱典型,成为千万股民心头永远的痛!

3. 上市公司再融资

上市公司增发融资,是近年市场又一个圈钱的恶行。增发融资本身是证券市场的一大功能,但很多上市公司历年从不分红回报,却屡屡申请增发圈钱。通过高价增发,大股东的每股净资产值得到大幅度的提高,获得了实在的好处。对市场而言,大量的高价增发无疑带来了抽血之忧。据公布

2007、2008 两年发布增发融资计划公司的不完全统计，增发总额达到 5 432.24 亿元①。规模较大的增发有招商地产 80 亿元、宝钢 250 亿元、浦发银行 400 亿元、交通银行 800 亿元，中国平安则破天荒地要圈 1 600 亿元。中国平安的巨额增发，把上市公司圈钱的贪婪暴露得淋漓尽致。在 IPO 不到一年，尚未给投资者分文回报，居然又巨额增发融资。对此次增发行为，中国平安没有能够向股东作出任何令人信服的说明与解释，也没有摆出任何应该增发的理由和依据。对股东们关心的募集的资金如何使用、准备向哪些方面投资、投资的风险和回报如何等，中国平安也一直都在回避，圈钱的意图再明显不过了。平安的股价随之从 140 元的高位一路下跌，最低跌破了 20 元，缩水达到 85%，使投资者蒙受了巨大的损失。有关平安融资的目的，市场见仁见智，甚至有"阴谋论"②之说，这里不加讨论。但是，中国平安确实让全中国不平安，平安股价的下跌给低迷的股市雪上加霜，成为行情下跌的加速器。公布增发方案的公司一个个跌破增发价，扎堆跳水，半年期限过去，增发也不了了之，但大盘却被蹂躏得面目全非，成了双输局面。

4. 宏观政策频打压

一直到 2008 年上半年，管理层的主要任务是限制"疯牛"狂奔，防止流动性泛滥，出台了一个个的规定、措施，对股价的上升进行控制。宏观经济的高速发展使管理层担忧，不断上升的股指使风险急剧放大，防泡沫、降涨速成为当务之急。于是，利率一再上调、准备金率一再增加，一直到了世界罕见的 17.5%，还意犹未尽。于是有了"5.30"的半夜鸡叫，将交易印花税提高到 3‰的高位，且双向征收。而从 2007 年 11 月份开始，坊间就盛传基金得到窗口指导的消息，只能卖出不能买进。而中国石油的高开低走，一路带领大盘跳水也有人以"阳谋论"概括。在这样的高压政策环境下，中国股市

---

① 数据来源：国研网
② 参见："平安增发有转嫁风险嫌疑"，http://pinglun.eastday.com/p/20080225/u1a3424956.html

的牛头被强行扭转,就在全球笼罩在美国次贷危机的阴霾下寻求对策时,我们还在继续推行"从紧的货币政策",显得后知后觉。当管理层终于意识到市场的颓势不可逆转时,救市措施的犹豫出台几乎丧失了最好的机会,终于跌入股指狂泻的地步。"5. 30"上调印花税的举措,也使管理层抽血达到了骇人的地步。如 2007 年,从股民手中征去了 2 005 亿元印花税,券商又从股民手中抽走了超过 1 500 亿元的交易佣金,两项数字之和甚至超过了 2006 年所有上市公司的利润总和 3 202 亿元。等于说,上市公司一年赚的钱,全部给管理层和券商赚去还不够,这种股市还有希望么?

5. 机构博弈殃及大众

在股市跌跌不休的过程中,机构的行为无疑是伤口上撒盐的。机构每当重要关头,清仓杀跌总是非常积极,其目的是什么? 有分析家认为,目前整个市场处于多个利益群体和多方面的博弈,行情的演绎经常出现市场与政策博弈、机构与机构博弈、机构与散户的博弈、上市公司与投资者博弈、悲观派与乐观派博弈的混杂局面,多因素的博弈格局使得整个市场更具魅力,股价和市场的走势不再由少数庄家主导,而是多方面因素博弈的结果,其演绎方向是合力的方向。① 在市道低迷之际,像基金这样的机构为了排名而有意将对手重仓股不计成本狂杀;更有甚者,为了逼管理层出台救市政策,有意打压股指到了不择手段的地步。最受伤的,当然是广大普通投资者。

第二节　股市回暖还待春汛

股市能否走出疲态,彻底告别低迷,还得关注宏观经济的发展。在未来

---

① 参见石建勋:"机构博弈时代的新盈利模式", http://finance. itus. cn/stock/review/n87778. shtml

的时间里,大洋彼岸的经济情况始终对我国经济的复苏带来一定的压力。次贷危机会不会形成第二波,美国经济能否全面复苏对世界经济至关重要,也会从根本上影响中国经济,影响中国股市的复苏之路。

一、宏观经济形势依然严峻

1. 国际经济仍然疲软

随着 2008 年各国不景气的经济指标的公布,各研究机构纷纷再次下调对 2009 年经济增长的预期,IMF《世界经济展望》最新预测 2009 年 0.5% 的世界经济增长率,将成为第二次世界大战以来的最低。目前,虽然通货膨胀压力正在减退,各国纷纷出台各项救市措施,但世界经济下行趋势已定,部分国家和地区出现通缩隐患。2009 年势必成为本轮全球经济调整的关键之年,各国政府出手援助力度和合作程度将成为 2009 年底经济能否企稳回升的关键。

由于全球贸易量大幅下降、初级产品价格大幅下跌,国际投、融资大幅收紧等因素影响,新兴和发展中经济体也将出现大幅调整,个别国家和地区将会出现衰退。受全球需求下降等因素影响,初级产品价格出现大幅跳水,各国 CPI 回落,通胀压力解除。原油价格已连续在每桶 30 – 50 美元间徘徊。受需求下降,特别是建筑业、汽车业等行业对钢铁需求大幅缩水,国际钢铁价格跌幅巨大;全球信贷紧缩、失业率走高、消费信心下降等因素综合影响下,新一轮通缩危机初现端倪。世界主要发达国家和一些新兴、发展中国家将可能出现通货紧缩,这将是经济危机进一步升级,使发展前景的不确定性增大。

各国政府从 2008 年下半年开始,随着次贷危机的进一步升级,美国布什政府开始实施"救市",公布了 7 000 亿美元的援助计划,接管了"两房"——美国最大的房贷机构"美利美"和"美地美",并将其国有化,收购金融机构股权和共同基金资产,并宣布降息,当选总统奥巴马也提出了 5 项振兴计划公布;欧盟成员国已动用了上万亿欧元资金用于金融救市计划,其后又纷纷出台了大规模的经济刺激计划,试图遏制金融风暴向实体经济蔓延,力挽经济狂澜。但全球经济便笼罩在一片阴霾之下,持续数月的金融风暴不仅毫无缓和迹象,反而呈现出愈演愈烈的势头。金融巨头纷纷告亏,知名企业陆续倒台,接连不断的坏消息似乎预示着金融风暴的第二波即将来临。

全球金融风暴由美国次贷危机引起,专家认为可以把这场金融风暴的"底部",确定为美国金融机构的不良资产不再上升,信贷市场基本解冻,股市趋于稳定。大多数分析家认为 2009 年年中可能会"见底",但也有一些分析家持悲观态度,认为起码要到 2010 年。但是,美国经济目前仍然没有出现明显的"底部"特征,未来是否还会出现重大的不确定事件,现在还无法预料①。而当美国经济预期不佳,道·琼斯创新低之时,中国股市遭受池鱼之殃的情况已经很多,势必会影响中国股市的独立行情。因此,全球经济回暖,还有待时日,道路将是异常的曲折。

2. 国内经济形势严峻

市场都期待中国股市走出独立行情,率先回暖,但在全球经济阴影时刻笼罩下,经济仍然难以避免发生波动。中国进入后 WTO 时期,经济融入全球化的程度不断加深,在经常 项目已实现可兑换之后,资本管制的有效性大打折扣,中国经济受世界经济的影响将越来越大,如果周边环境不好,中国也难独善其身。

我国经济在连续五年以超过 10% 的速度增长之后,2008 年增速下滑到 10% 以下。我国经济增长自 2007 年二季度之后已连续五个季度下滑,2008 年第三季度同比增长率下滑到 9%,第四季度可能下滑到 7% 以下,全年增长估计在 9.3% 左右,比 2007 年降低 2.6 个百分点。这种下滑态势至少在 2009 年上半年还将持续。IMF、世行、亚行对我国 2009 年经济增长预测均值为 8.1%,而主要投行 12 月所做预测的均值为 7.1%。

---

① 参见:"2009 年,全球经济能否走出危机?"《人民日报》,2009 年 2 月 6 日

国内经济形势的紧张可以反映在以下几个方面:

(1)进出口受冲击首当其冲。近几年我国经济对出口的依赖大大加深,外部经济对国内经济的影响加大。据海关统计,2008 年,我国外贸进出口总值达 25 616.3 亿美元,比上年增长 17.8%,增速同比减缓 5.7 个百分点。其中出口 14 285.5 亿美元,增长 17.2%,增速同比减缓 8.5 个百分点。考虑到人民币升值因素,按本币计算,我国 2008 年 1 - 11 月出口增长仅 9.1%,比上年已下降约 11 个百分点。[①] 美国 GDP 增长速度每下降一个百分点,大概会影响我国出口 5 个百分点。如果是这样的话,那美国经济 2008 年大概将近跌 2 个百分点,会影响到我国将近 10 个百分点的出口增长。[②]

(2)投资受进出口增长下滑拖累。投资受出口下滑拖累,即使考虑到现已出台的 4 万亿投资刺激措施,2009 年城镇固定资产投资增幅也将回落到 10% 以下;社会消费品零售总额增长可能在 13% 左右。

(3)消费形势也不容乐观。在 2008 年出口增幅大幅下滑、投资增长已显乏力之际,消费总体增长继续加快,无疑成为 2008 年我国经济运行的一个亮点。

二、政策面正在偏暖

在世界经济金融风暴日趋严峻,为抵御国际经济环境对我国的不利影响,中央的宏观经济政策发生了改变,重新采取灵活审慎的宏观经济政策,实行积极的财政政策和适度宽松的货币政策,以应对复杂多变的形势。国务院总理温家宝 2008 年 11 月 5 日主持召开国务院常务会议,研究部署进一步扩大内需促进经济平稳较快增长的措施。会议确定了当前进一步扩大内需、促进经济增长的十项措施。一是加快建设保障性安居工程;二是加快农村基础设施建设;三是加快铁路、公路和机场等重大基础设施建设;四是加

---

① 有关国内经济数据均来自中国统计信息网 http://www.stats.gov.cn,以下均同
② 参见汪同三在"中国经济 50 人论坛 2008 年年会"上的讲话。

快医疗卫生、文化教育事业发展;五是加强生态环境建设;六是加快自主创新和结构调整;七是加快地震灾区灾后重建各项工作;八是提高城乡居民收入;九是在全国所有地区、所有行业全面实施增值税转型改革,鼓励企业技术改造,减轻企业负担1 200亿元;十是加大金融对经济增长的支持力度。初步匡算,实施上述工程建设,到2010年底约需投资4万亿元。为加快建设进度,会议决定,2008年四季度先增加安排中央投资1 000亿元,2009年灾后重建基金提前安排200亿元,带动地方和社会投资,总规模达到4 000亿元。11月26日国务院常务会议研究解决重点行业企业困难,确定组织有关部门加紧制定并适时出台钢铁、汽车、船舶、石化、纺织、轻工、有色金属、装备制造、电子信息等重点行业振兴规划。按照国务院安排,由国家发改委、工信部牵头制定振兴规划的十大行业为汽车、钢铁、纺织、轻工、石化和化工、有色金属、装备制造、电子信息、船舶和物流。总的来说,未来我国经济将在政策面上逐步趋暖,这是十分明显的。

三、基本面仍然充满变数

上市公司经营业绩下滑是制约股市走出持续行情的重要因素。国内经济的紧缩使上市公司的业绩受到了极大的制约,尤其是市场的龙头企业业绩下滑对市场的信心是极大的打击。

一些支柱产业的不景气对相关行业造成的联动效应不容忽视,像房地产行业的不景气对钢铁、水泥、玻璃、化工、木材加工、有色金属、家具家电,甚至金融业均会造成严重影响。像钢铁工业的产量中,建筑业需求达49.7%;水泥行业产量房地产需求占30%,而通货紧缩带来的需求下滑则对消费品生产企业影响巨大。2008年,我国上市公司盈利水平整体下滑已经定论。1 527家可比公司2008年三季度存货同比增加了44%,其中电气设备业存货比率达到103.5%,钢铁业71.2%,煤炭业63.1%,房地产、建筑、化工、机械、供水供气、石化、化纤和电力行业的存货都在40%以上,只有计算机、家

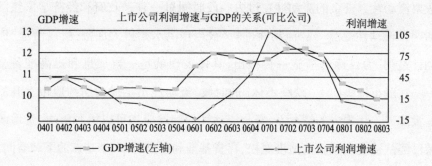

图 3 - 3　上市公司利润增速与 GDP 关系

资料来源:浙商证券研究所

电和通信业低于 10%。① 因此未来上市公司业绩能否极泰来至关重要。

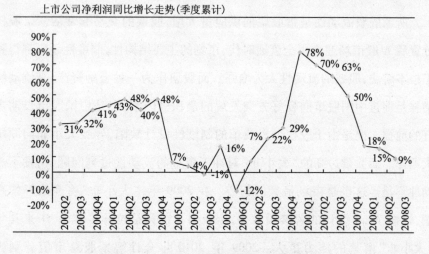

图 3 - 4　上市公司净利润同比增长走势

四、流动性至关重要

除了上述人民币升值这一大背景外,流动性成了我们理解中国股市能够"牛"的主要原因。中国的流动性不仅存在于资本流动性,而且也存在于

---

①　数据来自浙商证券研究所,www. stocke. com. cn

股票流动性。资金的流动性在过去一段时间里一直是政府和经济学家热门话题,"流动性泛滥"或"流动性过剩"被当作洪水猛兽大加鞭挞,以治理"流动性过剩"为目标的措施一再推出,具体表现就是一再加息和提高准备金率。在股市掉头向下"跌跌不休"的时候,流动性不足成为制约股市上升的一大障碍。从国内的情况看,资金流动性的问题应该可以得到解决,货币政策已经从适度从紧转向适度宽松,存贷基准利率仍有 81 个基点的下调空间;存款准备金率有较大下调空间,如果下调 3.5% 就有 1.5 万亿货币被释放。储蓄大于投资、经营账户顺差,外汇储备充足,财政状况总体良好。17% 的 M2 投放量增速和 4.6 万亿新增贷款需要中央注入流动性。面对 A 股市场的流动性不足,融资融券也被市场看做是增加流动性的举措。

所谓股票流动性是指股票的供应量大增,股票的交易非常活跃。股权分置后 A 股市场迎来了全流通时代,市场的主要结构性、制度性矛盾都得到了根本解决,股票的流动性大为增强。而股票作为一种金融资产,其流动性增强是促进中国股市向良好方向发展的最积极因素,也是中国股市长期走好的前提。但是由于股权分置改革的制度性设计缺陷,导致大小非问题尾大不掉。而数量过高的"大小非"对冲了资金的流动性过剩问题,引发了流动性不足。这也是市场最大的担心。在 2009 年,"大小非"将迎来解禁高潮,根据 Wind 统计的解禁股数据,全流通目前只是拉开了帷幕,未来几年"大小非"解禁的压力更大。2009 年、2010 年合计解禁股总市值分别为 37 107.96 亿元、37 984.48 亿元,远远高于 2008 年解禁股市值总量的 21 710.78 亿元。能否妥善处理"大小非"、新股 IPO 是否开闸对流动性来讲性命攸关,因为现在大家的神经已经不起折腾了。流动性方面"不折腾"是广大投资者的简单愿望。

五、投资者信心有待恢复

目前股市外围游资其实非常充分,各类资金也伺机而动,加上资金环境的放松,现在股市"不差钱",缺的就是信心。从 6 124 点高位以垂直落体的方式跌到 1 664 点,市值蒸发 20 亿,投资者的心理无疑出现了巨大的落差。"大小非"肆无忌惮地抛空兑现、机构与政府博弈打压、基金竞相减仓,上市公司不分红却高价增发圈钱,投资者已经被深深伤害。现在的投资者已经成了惊弓之鸟,市场上凡是有点风吹草动,大家都会惊出一身冷汗。只要有关部门有点动静,大家立马联系股市。像银监会两名工作人员出差上海都会引起股市百点大跌,这个股市实在是已经没有什么自信了。目前,让投资者重拾信心是当务之急。只有投资者信心恢复,股市才有希望。不要再折腾投资者,也是最直接的呼声了。

六、估值体系结构趋向合理

股票的价格由其经营业绩和市场给予的估值水平所决定,市盈率就是一个主要的估值指标。过去,国际投行最喜欢用估值水平来唱衰中国估市,理由就是中国股市的股值水平偏高,没有投资价值。当前沪深 300 指数的估值大概只有 18 倍,对于中国这样 GDP 依然保持 9% 以上增速的经济体而言,早已非常有诱惑力。但是市盈率是个动态指标,因为企业的业绩是变化的,前两年企业业绩总是超过预期,估值给得也越来越高,所以股价节节上涨;现在是倒过来了,由于担心宏观经济面的恶化导致企业业绩下滑,市场要求的风险溢价更高,估值水平也不断向下,出现双重调整。但是,随着股值指标越来越合理,投资的机会也自然凸现。

表 3-1　　　　　　　　2008 年中国股市市盈率的变化

2008 年	市盈率(倍)			
	上海		深圳	
	A 股	B 股	A 股	B 股
1 月	49.4	48.97	63.69	24.14
2 月	49.21	50.65	61.02	21.86
3 月	39.45	41.85	39.34	16.82
4 月	42.06	42.45	33.46	14.86

续表

2008 年	市盈率(倍)			
	上海		深圳	
	A 股	B 股	A 股	B 股
5 月	25.89		31.49	
6 月	20.64		24.01	
7 月	20.93		25.33	
8 月	18.13		20.17	
9 月	18.68		18.86	
10 月	14.09		14.31	
11 月	15.23		16.47	
12 月	14.86		17.13	

资料来源:国研网数据中心

　　2009 年 1 月 13 日,上证综合指数静态市盈率为 14.56 倍,动态市盈率为 11.69 倍,市净率为 2.22 倍。恒生指数静态市盈率为 8.48 倍,动态市盈率则为 10.20 倍,市净率为 1.4 倍,国企指数目前的静态市盈率为 9.14 倍,动态市盈率则为 8.55 倍,市净率为 1.56 倍;日经指数静态市盈率为 11.31 倍,动态市盈率则为 15.33 倍,市净率为 1.08 倍;道琼斯工业指数静态市盈率为 10.44 倍,动态市盈率则为 11.38 倍,市净率为 2.18 倍;纳斯达克指数静态市盈率为 12.54 倍,动态市盈率则为 12.9 倍,市净率为 1.9 倍;标准普尔指数静态市盈率为 10.53 倍,动态市盈率则为 11.04 倍,市净率为 1.69 倍;英国富时 100 指数的静态市盈率为 8.47 倍,动态市盈率则为 9.08 倍,市净率为 1.36 倍。法国 CAC40 指数静态市盈率为 7.3 倍,动态市盈率则为 8.76 倍,市净率为 1.23 倍;德国 DAX 指数静态市盈率为 9.92 倍,动态市盈率则为 7.81 倍,市净率为 1.14 倍。[①] 但是,随着美国股市的进一步恶化,道琼斯指数样本股中的花旗、美银、AIG、通用等大公司都是亏损累累,其市盈率是无穷大,平均市盈率连 100 倍都不止,动辄以美国的市盈率说事的评论家往往在不同的时间概念上偷换。应该说,中国股市的投资价值性已经显

————————————

① 数据参见《每日经济新闻》,2009 年 1 月 14 日报道

现出来了,作为一个新兴市场,这个估值水平应该不算高。

表 3－2　　　　　　　　　历年 A 股的估值指标变化

年份	所有 A 股		沪深 300		可比公司	
	PE①	PB②	PE	PB	PE	PB
2005	15－25	1.5－2.2	13－17	1.6－2.2	15－24	1.6－2.2
2006	20－30	1.8－3.4	14－27	1.8－3.7	20－27	2.2－2.9
2007	28－45	3.0－7.5	24－43	3.2－7.8	26－45	2.7－6.7
2008	13－45	1.9－6.6	12－42	1.9－6.7	14－48	6.4－1.8

资料来源:浙商证券研究所

第三节　熊市需要解套良策——深套的股市操作策略

一、投资机会尚存,爱拼才会赢

要正视困难,而不是丧失信心。尽管我国经济面临多年不遇的困难,但我国仍然处于重要的战略机遇发展期,而且这次全球性经济增长下滑对我国而言很可能是发展的良机。从经济发展的周期性和日、韩两国的发展先例来看,我国实现翻两番的过程也不会一路坦途,有曲折是正常的。前几年全球经济高速增长使得能源和矿产价格快速飙升,加大了我国经济发展成本。而现在全球经济增长下滑,能源、矿产价格急剧走低,对我国来说应该说是难得的机遇。尽管我国经济增长正在进入整个战略发展机遇期的低谷,而且这一低谷可能会持续两三年时间,但从目前情况来看,低谷期间我国仍将是世界上经济增长最快的国家,各国际机构和各大投行一致认为,2009 年中国是唯一增长可能超过 7% 的国家,欧美国家则将普遍陷入负增

---

① PE:指市盈率,是股票市价与每股盈利的比率,PE 高则表明投资价值降低,反之则说明投资风险降低。

② PB:指市净率,是股票市价与每股净资产之间的比值,比值越低意味着风险越低。

长,这正是我国快速缩小与发达国家差距的机遇。随着国家经济振兴计划的实施,中国有望率先走出底部。"保增长、扩内需"政策将带来阶段性、结构性机会。经济见底回升,股指是先行指标。根据美国标准普尔500指数在历次经济周期底部的表现,股指平均提前约5.1个月见底,当经济周期见底回升时,股指平均有23.86%的涨幅。因此,中国股市先于经济着陆率先反转的可能性是极大的,只有预先布局,才能立于不败之地。在艰难时期,投资者尤其要有耐心,要不气馁、不急躁,树立信心,调整心态和策略,抓住股市复苏的时机,打个漂亮的翻身仗。

目前股市应该处在筑底的过程中,这个过程往往比较复杂。在经历了长期深幅下跌之后,无论是大盘还是个股都很难在一次探底中完成底部的构筑,通常后两种底部形态比较常见。这就决定了投资者在筑底行情中不宜过早地买进。需要将选股环节与买入环节脱离,选股之后要耐心等待买进的时机。筑底行情中买进的最佳时机不是在筑底过程中,而是在股票筑底完毕,逐渐恢复上扬趋势的时候。大多数投资者喜欢在筑底过程中选择股价较低时买进,但是筑底行情较复杂,股价的变动方向存在较大变数,有时候新低之后还有更低,所以筑底过程中不是买进的适当时机。当筑底完成后,投资者可以根据筑底形态和突破力量选择合适的投资方式:如果是V型反转则要注意股价下跌的深度,通常跌幅越深的个股反弹力度也越大,也更有参与价值;如果筑底过程是复杂的多次探底则要注意底部阶段的累计成交量和筑底时间,如果底部构筑的时间较长,换手较充分则意味着该股有更好的发展空间。成功筑底后股价向上突破的力量也是重要的参考数据。在筑底行情中会形成一定的上涨阻力区或颈线位,当个股在成交量放大的配合下快速直线突破阻力区或颈线位时,投资者可以及时跟进;如果股价上涨缓慢,成交量没有明显放大,并且受到阻力区压制而难以突破时,投资者应尽快卖出该股。①

二、选择行业很关键

政策正成为引导资金流向的主导力量,伴随着钢铁、汽车、纺织、装备制造等振兴规划出台的前后,市场心领神会地发起了相关板块的炒作浪潮。有色金属、房地产以及电子信息板块在 2009 年开始所表现的强势正突出体现出这一迹象。循着造船、电子、石化、有色金属、轻工业、物流等产业未来振兴计划的推出进程,来把握市场炒作的脉络不失为一种明智之举。但是,也要提防市场主力喜新厌旧的恶习。产业调整振兴计划实施时间将从 2009 年至 2011 年,3 年的实施将使上市公司中各龙头公司迎来更大机遇。在当前外需快速下滑和内需结构性调整的环境下,此次产业调整振兴计划的目标不是试图推动重化工业更快地增长,而是要维持经济和社会的稳定,具体地说,就是"保需求"和"调供给"。产业调整振兴计划的实施期限是 2009 年至 2011 年。"保需求"措施的效果大都集中在中短期以维护稳定,"调供给"中,推动产业升级和提高国际竞争力的目标效果则大多定位于中长期的产业发展。因此,选择这些重点行业的机会相对要多一点。当然,并不是这些行业中的所有公司都是受惠对象,要选择行业的龙头才能获得丰盛回报。从过去的情况看,每次产生行业性行情的时候,龙头企业往往义无反顾地前进,其他企业要么慢半拍,要么反应迟钝,收益情况相去太远,表现有天壤之别。

钢铁行业:钢铁产业振兴计划虽然无法改变目前钢铁行业面临的内外需下降的状态,但是通过淘汰落后产能,兼并整合等一系列举措可以缓解经济周期性下行带来的调整压力。国家力保重点企业意图明显,长材类钢铁产品受益于产能淘汰和投资拉动。从长期来看,大型优势钢企将成为钢铁

---

① 参见尹军:"筑底行情投资策略与技巧",《中国证券报》,2009 年 1 月 6 日

行业的绝对龙头。

汽车行业：鼓励小排量汽车、发展新能源汽车，从长远分析，符合我国节能减排的思路。国家可运用的政策手段也较为灵活，例如购置税按照排量减免、鼓励政府采购小排量汽车、开拓农村市场等等，因此汽车行业应重点关注"行业结构性调整"所带来的投资机会。

造船行业：有利于扩大国内船舶市场需求，调整运力结构。

石化行业：重点支持20项在建重大工程，20项新开工重大工程。扶植高附加值化工产品，如氟材料、硅材料、高品质树脂等。石化产业振兴计划可能对化肥行业进行有力扶植。

有色金属行业：鼓励国家和地方对有色资源进行收储；促进国内跨地区跨行业并购以及国外资源并购，支持中铝公司、中色矿业、五矿集团、中冶集团、湖南有色、云冶集团、陕西有色和广西有色进一步开展跨区域跨行业并购。

装备制造行业：振兴规划中要求提高国产设备采购比例和鼓励采购首台首套国产设备的政策对装备制造业企业，尤其是大型骨干企业意义重大，有助于其市场份额提升及推广。

电子信息行业：六大工程涉及集成电路、平板制造、TD－SCDMA、数字电视、计算机及下一代互联网、软件及信息服务。财政投入，以贷款贴息、研发和产业化补助、政府采购、资本金注入等多种方式引导社会资源投向电子信息领域。

轻工行业：扩大消费、加快建设保障性住房、鼓励政府采购国产轻工产品、推广"家电下乡"到所有家电产品和节能照明电器、燃气具等。储备：增加糖、乳制品、盐、纸浆等产品的收储。

纺织行业：加大对纺织企业技改资金和流动资金贷款支持；鼓励支持中小企业金融服务与担保机构优先向纺织企业提供贷款和担保。

物流行业：九大重点工程包括多式联运和转运设施、物流园区、城市配送、大宗商品和农村物流、制造业和物流业联动发展、物流标准和技术推广、物流公共信息平台、物流科技攻关及应急物流等。

三、市场热点要紧跟

在股市中,通常市场主力会关注某类题材股,这叫做"板块"。被关注的板块一般都有很多关联股票,往往有联动效应。在某一段时间里,板块的表现差异非常大,有时候金融板块活跃,有时候有色金属板块吃香;一会儿是能源板块,一会儿是建材板块,忙乎得不亦乐乎。这些板块都是市场主力挖掘的题材,有符合国家政策扶持的,有跟社会经济相关的,更多的是跟某些朦胧的消息挂钩的。只要是有题材,熊市也能出牛股。而没有题材的个股,那就只能一直打在深宫,沦为"滞涨股"而无人关注。题材的挖掘有时间性,奥运前,与奥运相关的个股表现抢眼;迪斯尼要在上海投资,沾边的股票鸡犬升天;北京环球影视城概念被挖掘了,又一批股票粉墨登场。有一点要清楚,板块里不是所有股票表现都出色,只有少数龙头股才真牛,要买就得买龙头。也有些板块属于周期性的,往往跟经济运行相关。表现上,基础材料、工业、公用事业等板块总是先于大市见底,而金融、消费品及服务等板块总是滞后于大市见底。但是从各行业在大盘见底后的反弹力度来看,金融、工业(含资本品)、科技等板块可跑赢大盘,具有显著超额收益;而公用事业等板块弱于大盘。

太平洋证券研究报告称"并购之火将点燃2009年资本市场的热情",上海证券也判断"预计2009年并购重组题材会成为市场一个活跃的重要板块"。经历2008年全年的资产价格下跌,中国的资产已经够便宜。这是中国2009年并购市场的成本动力。2008年12月9日,银监会出台了《商业银行并购贷款风险管理指引》,允许银行发放并购贷款,从资金面上保证了企业的并购。根据中央精神,央企整合的目标非常明确:一是中央企业从当前的143家要到2010年缩编至80至100家,央企将呈现"强者更强,弱者出局"的格局;二是国资委到 2010 年内要培养出 30 至 50 家具有国际竞争力的大企业集团,整合是最快捷、最有效的途径。经过 2007 年重组,减少了 6 家央企,2008 年重组又减少了 9 家央企,但也增加了 1 家央企。按照上限来看,未来两年内必须重组减少 45 家,2009 年、2010 年的并购加速已经是必然。钢铁、军工、交通、电力等重要行业可能都会出现并购潮,从而引发二级市场的题材和机会。另外,民营企业的并购在这个"隆冬"也不会寂寞,乘着资产价格低谷,做大做强更待何时? 如果出现大规模的并购高潮,掀起一波并购行情的希望极大。深圳一家阳光私募操盘手预言,2009 年的经济环境低迷,资本市场不会有行业性的机会,只有把握并购重组题材,才可能获得超额收益。2009 年将会有更多的并购重组项目进入操作阶段。但目前有可能发生并购重组的行业很多,包括钢铁、医药、房地产、电力、煤炭等,哪些公司才是值得投资的目标? 投资者可以用排除法先剔除掉一些不太可能成为并购整合目标的上市公司,例如大蓝筹、ST 股和垃圾股,以及第一大股东持股超过 30% 的公司。因为收购超过 30% 股权将触发全面要约收购,极大地增加收购所需的资金量和不确定性。收购方普遍计划用 10 亿元以内的资金来完成并购业务。而总市值较小,股权高度分散,收购方所需支付的资金量并不大的个股,更有想象空间。除了市值,上市公司的质地和估值也是产业资本考虑的重要因素。并购中一般舍弃市盈率指标,而选用 PB(市净率)和 PS 指标(价销比,价销比 = 流通股票市值/全年主营收入)来衡量,更能体现价值。① 牛年市场注定是一个题材和概念股主导的反弹行情,资产注入也是市场魅力经久不衰的一个话题,在经济下滑趋势下注资将成为上市公司提升业绩的一条捷径,也是国家政策扶持的一个方向。

另外,创业板的推出在 2009 年是肯定的,围绕创业板题材,应该是这个阶段的热点;一些有创投背景的上市公司已经扶持出一批能够运行且取得

---

① 参考卢远香:"2009 并购大年",《中国经营报》,2009 年 1 月 9 日

丰厚回报的企业,得到业绩的支撑,相信这个板块也会得到市场的关注。而股指期货的试点,也是千呼万唤了,2009年能否掀起盖头来,值得期待。像股指期货、融资融券、央企整合等概念都值得期待。

四、投资策略要讲究

经历了"寒冬",大家对过去的老经验有必要梳理一下,改变下理念和思路可能会豁然开朗、焕然一新。

1. 操作理念要改变

"长线是金,短线是银",这是教科书上告诉投资者的一个基本原则。但是,这个规则不能不看时候一味使用。在股市向上周期,股指总体上是往上走的趋势,长期持有股票比来回倒腾的短线行为肯定有利。历史上像万科、深发展长期持有的获利都达到了数百倍,这个股谚也一直被当作了金科玉律。2008年,损失最大的就是奉行"长线是金"的投资者,在高台跳水来不及止损后,大家总是把希望放在股市还是会起来的,坚持做长线投资,结果不能自拔。在未来的一段时间里,中国股市应该可以慢慢走出底部,重新走向春天。但是,积弱已久的市场仍然充满坎坷,外围环境也充满了不确定性,一波三折是肯定的。中间发生重大事件导致股市起伏也是必然的,如果死抱陈腐的原则操作其后果肯定是一次次坐电梯。要知道,60%的跌幅,要涨回去可得170%的涨幅,这个力度是不会在短期内实现的。要解套,必须要换思路,找准每次波段的主流,精心操作。而且,每次波段行情,市场龙头都会转换,必须与时俱进改变策略,精选股票、反复操作,力争解套。

2. 操作思路快更新

由于投资者在过去的一段时间里屡战屡败,亏损惊人,固然有天不助我的因素,导致赚钱效应下降,但在某些投资方法和投机思路上显然也出了毛病。因此,在新春来临之际,首先可以尝试一下给自己换个投资思路,改变一下投资方法和投资策略,尝试一下你以前不喜欢的投资品种、投资方法和投资思路,或许结果就会大不一样。时间长了人就会产生一定的固有思维模式和行为模式,当这些模式出现问题没有达到预期的目标时,改变模式也许是最好的选择。

3. 地雷陷阱早排除

目前,市场上最大的地雷和陷阱,莫过于"大小非"解禁、融资增发、宏观经济恶化、企业业绩大幅下滑甚至巨额亏损。第四种情况带有不确定性,事先投资者无法通过正常渠道预知,要回避困难较大。前三种情况则可以通过信息查询等手段了解,及时采取措施回避。

宏观经济运行的基本情况可以多关心媒体对经济形势的报道,了解经济运行的实际情况,关心各种经济指标的变化,尤其要关注大洋彼岸的动态,做到心中有数,提早防备。

融资增发现在看来已经成了过街老鼠,已经通过审批的公司大部分根本就无法发行,股价早已跌破发行下限,没有可能实施。最大的地雷应该是解禁股了。联合证券发布的报告《2009 年非流通股解禁情况展望》认为:2009 年虽然是解禁规模最大的一年,但由于最有减持意愿的"小非"数量并不多,因此减持压力应小于市场预期。2009 年解禁数量排名前 10 名的上市公司分别为:工商银行、中国银行、中国石化、上港集团、中国联通、大秦铁路、中国国航、紫金矿业、招商银行、大唐发电;但由于这部分解禁股基本上都是首发原始股东限售股,真正到二级市场减持的可能性应该比较小,估计这部分股份并对市场造成实质性的冲击不会太大。2009 年股改限售股前 10 名"小非"所持有的的股票分别是:招商银行、海通证券、华夏银行、ST 盐湖;其中招商银行的"小非"持股量最大。①

---

① 参见联合证券网站:http://www.lhzq.com/index.jsp? siteAlias = lzyj&pageAlias = typeNewsList&newstypeid = 141&page = 1

表 3 - 3   2009 年解禁股数前 10 上市公司

股票代码	股票简称	流通时间	流通股数(亿股)	解禁股份类型
601398	工商银行	10.27	2 360.12	首发限售股份
601988	中国银行	7.06	1 713.25	首发限售股份
600028	中国石化	10.10	570.88	股改限售股份
600018	上港集团	10.27	129.98	首发限售股份
600050	中国联通	5.19	107.55	股改限售股份
601006	大秦铁路	8.03	94.65	首发限售股份
601111	中国国航	8.18	62.07	首发限售股份
601899	紫金矿业	4.27	49.25	首发限售股份
600036	招商银行	2.27	47.99	股改限售股份
601991	大唐发电	12.21	40.52	首发限售股份

从时间上看,2009 年 10 月将是解禁股最多的月份,解禁市值高达 16 396.64亿元,7 月有 6 736.06 亿元、8 月有 2 134.81 亿元,虽然"大非"占多数,减持意愿可能不强烈,但毕竟是随时可以流通的股票,对股市始终是悬在头顶的达摩斯克之剑!

表 3 - 4   2009 年解禁密集月份

解禁月份	全市场解禁股数(亿股)	全市场解禁市值(亿元)	公司家数	沪市解禁股数(亿股)	沪市解禁市值(亿元)	深市解禁股数(亿股)	深市解禁市值(亿元)
2009 - 01	115.82	898.89	108	71.01	632.40	44.81	266.49
2009 - 02	167.41	1 356.40	106	79.31	754.06	88.10	602.33
2009 - 03	229.57	1 731.61	130	139.54	937.80	90.02	793.81
2009 - 04	363.25	2 096.17	128	323.55	1 880.06	39.70	216.11
2009 - 05	256.21	2 521.16	117	197.01	1 982.86	59.20	538.30
2009 - 06	202.79	1 272.55	116	142.43	846.42	60.36	426.13
2009 - 07	1 854.65	6 736.06	122	1 803.44	6 416.03	51.22	320.03
2009 - 08	293.21	2 134.81	103	255.37	1 857.62	37.85	277.19
2009 - 09	71.00	505.68	56	53.40	369.30	17.60	136.39
2009 - 10	3 316.07	16 396.64	47	3 300.44	16 323.99	15.63	72.66
2009 - 11	125.07	909.23	65	82.30	584.28	42.77	324.95

资料来源:《上海证券报》

4. 政策变化要先觉

中国股市向来有消息市的传统,在很多时候,股市都是在推测、等待消息中运行。大凡重大政策出台前,市场总要传得沸沸扬扬,而管理层总是稳如泰山,静观其变,体现出一览众山小的气势。有时候管理层甚至会利用各种场合进行澄清,但事实胜于雄辩,最后真相跟传的还真是八九不离十。对于利好传闻,传得越久,市场炒作的也就越充分,一旦利好兑现,也是见光死的时候。因此,市场传得久的利好,题材早已透支,千万不能在消息明朗时才跟进,那是接棒的干活了。一些利空消息,市场也会反复拿来说事,只要靴子一天不落地,永远是空方手中有力的武器。借题发挥、炒作已经成为股市的专长,捕风捉影已经到了登峰造极的地步。像证监会、银监会的工作人员的正常出差,都会被市场认为是某个信号而加以放大,造成股市百点大跌的震荡。在市场流传利空传闻时,管理层有时候会羞羞答答,回避市场质疑,似乎在观察合适的发布时机;有时候则也会通过媒体有所暗示。通常出台重大利空时管理层会反复进行风险教育,这可以看作变天的绝对信号,要引起足够重视。投资者要对管理层的任何话语、行动都密切关注,一有风吹草动,预先准备应该不会错。每年"两会"期间,是政策敏感期,投资者要关注动静。重大节日前一个星期左右,根据当时的市场态势开始调整手中的筹码乃至清空股票,静待观望也是可取的选择。

5. 技术指标不迷信

我们现在所使用的技术分析指标,都来自西方的技术分析派理论,流派众多、指标复杂,但有一点要知道,技术指标都是在西方证券市场上发展起来的,前提是成熟的市场环境,而且技术指标是根据过去的经验性数据分析得出的规律来进行未来行情预测的,指标本身也存在缺陷。在中国证券市场发展中,直接移植了西方的技术分析理论,鉴于中国证券市场发展的不成熟,技术指标的作用早已减弱。而指标也一再被市场主力操纵,失去了应有的参考价值。目前,我国股市中投资者都比较迷信技术指标,尤其是趋势线的作用。在趋势线到达关键点位时,大家自觉地进行同一操作,于是指标真的发生变化。与其说是趋势线发生作用,还不如说是大家的行动成就了趋势线。学习过统计学原理的人都知道,移动平均线是靠扩大时序进行平均来消除偶然因素的影响,获得回归效果,以此类推求得各个平均值重新组成时间序列。但时序扩大移动求均值时,会损失一定的数值,这也是移动平均线的一大缺陷。一般扩大的时序为奇数项时,损失的数值就是时序项数 n − 1,而时序为偶数项时损失项数就是 n。损失的项数被均匀地分布在数列两边,但在证券分析中,最近的时间被保留,损失的数据全部被推倒前面去了,其实这是不合理的做法,这也是趋势线老是不管用的原因。投资者发现有时候趋势线的支撑作用简直在开玩笑,连破 5 日均线、10 日均线、30 日均线甚至 60 日均线的情况不止一次发生。其实,这个指标根本不具备这个能力,因为 5 日均线损失 4 天数据,现在看到的实际上是代表 2 天前的;同样,10 日均线是 5 天前、20 日均线是 10 天前……现在的趋势线与其说是技术上的作用还不如说是心理上的作用。

因此技术指标不能不信,但不能迷信,因为大家都在看,至少反映了大部分投资者的心态。大家在长期操作中,也通过血和泪总结出来了几条逃生要诀:

(1)某只股票的股价从高位跌下来之后,如果连续 3 天未收复 5 日均线,最稳妥的做法是,早早退出来;

(2)某只股票的股价跌破 20 日均线、60 日均线、120 日均线(半年线)、250 日均线(年线)时,一般还有 8% 至 15% 左右的跌幅,还是先退出来观望为好;

(3)日均线图上留下从上至下十分突然的大阴线,并跌破重要平台时,应该抛出手中的股票;

(4)同类股票中某只有影响的股票率先大跌的话,手里有同类股票先出来观望;

(5)股价反弹未达前期高点,或成交无量达到前期高点时(量价背离),不宜留着该股票;

（6）出现雪崩式走势的股票，什么时候出都是对的。

6. 仓位控制要有度

做股票，能够控制好仓位是十分关键的。在过去几年里，上证指数从980点起步，一直跑到了6 124点，中间虽然经历来"5.30"的波折，最后仍然选择了向上。终于，大家在6 000点上方放松了警惕，在媒体和股评人士"8 000点可期"的叫好声中，满仓跟进。结果，在股指急风暴雨式的狂泻面前，连最基本的止损点位都没有找到，一直坐电梯到了1 664点。本来很多人是控制仓位的，但慢慢就放松了，以至全部被关。在股指的不同点位、在行情的不同阶段，仓位的控制应该灵活。一般在底部区间，股指已经跌无可跌，风险释放已经很多，投资者介入的仓位可以高一点，甚至全仓操作；当行情慢慢步入高段、指数迫近上轨时，仓位应该减下来，获利的筹码可以选择了结，落袋为安。当指数回落到低位或者技术指标的底部时，再补回筹码。仓位要做到张弛有度，得心应手，才能不败。

五、借道出击：港股投资挖金矿

目前我国大陆投资者也可以投资港股，在天津经济开发区，已经设立了试点，通过中国银行天津分行开立个人境外证券投资外汇账户，并委托其在香港中银国际证券有限公司开立对应的证券代理账户；内地的一些证券公司其实暗中老早就在代理投资者炒港股了，投资港股的投资者数量不在少数。

香港股市与大陆股市相比，市场建设更加成熟和规范。香港股市建立于1866年，至今已经有100多年。香港是小型开放的自由经济体系，拥有全方位的金融服务体制，同时具备高度严格、规范的监管法律体系，明显强于其他市场，有效地保护了广大投资者及中小股民的权益。在人民币进一步升值的憧憬下，资金正源源不断流入香港股市。香港作为大陆投资反映的晴雨表，H股的预期上升空间更大，能经过香港联交所批准上市的公司，更是一些大陆资质非常好的公司，相对国内股市的上市公司，投资风险系数更低。

香港证券市场法律监管严格，信息披露透明，停牌制度灵活。市场对IPO融资承受能力强，优质公司持续受到投资者的青睐。交易品种丰富，交易实行 T＋0，无涨跌停板，有强大的做空机制。仙股、细股很多，一旦公司基本面出现改观，股价上升空间巨大。另外，香港新股发行照顾中小投资者，没有大陆股市那种庄家控制新股发行询价的情景。

吸引投资者的主要是香港上市的股票市盈率要大大低于大陆，尤其是 H 股，大部分市盈率要低于沪、深 A 股，这就给投资者以挖金矿的想象。在专业投资者看来，差价并不是最大的机会。吸引投资者入场的不是股价的相对高低，而是股价涨幅的大小。由于香港股市不设涨跌幅限制，如果挖掘到好题材，可能一日暴涨，股价升天。目前，香港有很多低市盈率股票还未被国际投行等机构发现，一旦被追捧，机会是非常大的。

但是，港股的风险也是足够大的，由于没有涨跌幅限制，一旦出现宏观经济趋势走坏，或者手中股票爆发地雷，跌起来可是没有底的。如国美电器在董事长黄光裕被有关部门调查后，股价当天大跌 1/3，而受黄案牵涉，合生创展主席朱孟依也被调查的消息传开后，股价当天更是惨遭腰斩。因此，投资港股必须对风险有必要的了解。

第四节　专家理财褪尽光环，基金还能怎么玩？

这里所说的基金，也叫证券投资基金或者共同基金，是一种间接的证券投资方式。基金管理公司通过发行基金单位，集中投资者的资金，由基金托管人（即具有资格的银行）托管，由基金管理人管理和运用资金，从事股票、债券等金融工具投资，然后分享收益，当然也得共担投资风险。简单地说，

基金就是帮人买卖股票、债券等的一种投资品种,风险和收益介于股票和债券之间。如果公开在社会上募集资金,由正规的基金公司来管理的就是公募基金;如果不对外公开募集的,就叫私募基金。由于基金管理者组建专业的团队进行操作,具有个人投资所没有的优点,也被称为专家理财。基金的资金规模大,且专家的研究能力比较强,操作风险比较小,不求投资回报超额,但能够尽可能在安全条件下获得最佳回报,因而成为国际上流行的理财工具。

一、基金投资的种类

根据不同标准可以将证券投资基金划分为不同的种类:

1. 基金和封闭式基金

根据基金单位是否可增加或赎回划分的。开放式基金不上市交易,一般通过银行申购和赎回,基金规模不固定,基金单位可随时向投资者出售,也可应投资者要求买回的运作方式;封闭式基金有固定的存续期,期间基金规模固定,一般在证券交易场所上市交易,投资者通过二级市场买卖基金单位,其价格随行就市,与股票十分相像。

2. 公司型基金和契约型基金

这是根据组织形态的不同划分的。证券投资基金通过发行基金股份成立投资基金公司的形式设立,通常称为公司型基金;由基金管理人、基金托管人和投资人三方通过基金契约设立,通常称为契约型基金。目前我国的证券投资基金均为契约型基金。

根据投资对象的不同,可分为股票型基金、债券型基金、货币市场基金、期货基金等。

3. 股票型基金

主要投资股票 的基金, 通常60%以上的基金资产投资于股票。它又可以细分为成长型基金、指数型基金和收益型基金等,三者的收益和风险水平也是从高到低排列。成长型基金的目标在于长期为投资人的资金提供不断增长的机会,相对而言收益较高,风险也较大;收益型基金则偏重为投资人带来比较稳定的收益,投资对象以债券、票据为主,收益不是很高,但风险较低;平衡型基金则介于成长型和收益型中间,把资金分散投资于股票和债券,也叫配置型基金。

4. 债券型基金

80%以上的基金资产投资于债券的基金,收益比较稳定,风险比股票低,但收益不高。

5. 货币基金

投资于到期日不超过一年的债券和央行票据等,如 国库券、大额银行可转让存单、商业票据、公司债券等货币市场短期有价证券等,收益更为稳定,可比定期存款略微高些,且几乎不存在亏钱的可能性。货币基金面值始终为一元,日日计息,每月分红,买卖无手续费,赎回时 T + 2 日到账。非常适合追求本金安全、一年以内投资、既保证流动性又获得一定收益的人群。

6. 期货基金

是指以各类期货品种为主要投资对象的投资基金,其风险要大于股票基金。

7. 期权基金

是指以能分配股利的股票期权为投资对象的投资基金。

8. 认股权证基金

是指以认股权证为投资对象的投资基金,一般风险相当大。

投资者根据自己的情况,可以选择不同的基金进行投资。如盈利期望比较大而风险承受能力较强的投资者,可以选择股票型基金;如果追求平安,风险承受力较差的老年投资者,投资债券型和货币基金都是不错的选择。同样是股票型基金,由于不同的基金公司和基金经理的风格不一样,不同的基金在收益方面也有较大的区别,这可以从基金的每天净值的排名情况看出。不同的基金在收益方面可能会差异非常大,而在市况萎靡阶段,基金的抗跌能力也各有秋千,投资者应该深入研究后进行选择。

基金的买卖可以通过基金公司的柜台,也可通过承销的银行柜台,有些基金还可以通过交易所交易,现在网上购买基金也比较方便,通过网上购买的话手续费一般还能打折。基金的购买可以分申购和认购两种。中购是在基金发行期间进行购买,申购费用一般低一些;认购是在基金开放期内进行的购买,认购费用一般要高于申购费。基金的买卖需要支付一定的费用,购买时有申购费或认购费,赎回时有赎回费,两者相加可能在2%以上,因此投资基金不可能像股票那样进进出出。现在,通过网上交易进行基金交易可以获得优惠,通常在申购时申购费用甚至有4折的折扣。另外,后端收费的方式也可以考虑。有的基金允许后端收费,也就是购买时不收手续费,在赎回时一起支付。持有一定期限后,申购费逐年下降,越长下降越可观,以致取消,这对长期持有基金的投资者比较合算。但后端收费的费率相对高些,短期准备赎回的投资者不宜采用这种方式。

二、十年基金路,一本亏损账

号称专家理财的基金,在这个"冬天"却让投资者更加揪心。这些专家团队,他们的亏损居然不比普通投资者少多少,净值跌到1元发行价里面的好像理所当然,跌进5毛的基金不是少数,最惨的基金居然跌进了3毛行列。就是不看金融风暴,中国的投资基金的总体表现又是如何的呢? 如果将资金存入银行,十年来至少可以获取超过10%的利息收入。如果投入了基金,是不是已经变成100万了? 那是广告里说的! 统计数据显示,从1998年到2007年10年间,基金(包括原先的封闭式基金与目前的开放式基金等)累计盈利 1.4 万亿左右。根据银河证券基金研究中心的统计,截至 2008 年 12 月 31 日,基金业管理的 464 只证券投资基金(不包括 QDII 基金)资产净值总和为 1.89 万亿元,相比上年同期净值规模下降了近 1.3 万亿元,缩水幅度达到惊人的 41%。也就是说,仅仅 2008 年一年,基金就将前 10 年的盈利差不多全部亏光,并且其投资收益产生了负值。基金的盈利主要产生于股改启动后的大牛市行情中。2006 年基金年报披露已实现的赢利为 1 400 亿元,2007 年 345 只基金合计赢利 1.17 万亿元。正所谓成也萧,何败也萧何,大牛市为基金脸上贴金,事实上也为其巨亏埋下了隐患。基金在 2008 年的巨额亏损,主要归因于牛市规模爆炸式增长过后的高位建仓。①

　　2008 年 A 股几乎经历单边下挫的"熊市"行情,其中上证指数跌幅高达 64.58%,在这样的背景下,基金尤其是偏股型基金的大幅缩水也在情理之中。来自 WIND 资讯的统计数据显示,开放式偏股型基金同期平均跌幅达到 49.14%,其中相当一部分已处于被"腰斩"境地。据统计,截至 2008 年 12 月 31 日,全部偏股基金净值占 A 股流通总市值的比例为 28.81%,相比 2007 年末下降了 3.52 个百分点,这意味着基金对 A 股市场走势的影响力在 2008 年末明显下降。2008 年基金业绩排行榜显示,开放式股票型基金业绩前 3 名为泰达荷银成长、华夏大盘精选、金鹰中小盘,年收益分别为:-31.61%、-34.88%、-35.03%,创下历史最差表现。2008 年基金的年度排名居然清一色的负增长,位置是靠比亏得少来排的,矬子里面拔长子,真的是千古奇闻了。封闭式基金中,基金丰和以年收益 -37.51% 位列第一,基金兴华 -37.54% 排第二,基金安顺 -38.13% 排第三。统计显示,除这三只封基外,其余封基跌幅均超过了 40%。国投瑞银瑞福进取的年净值跌幅达到 75.71%。封闭式基金 2008 年的平均业绩为 -47.32%。真的是怎一个惨字了得!

---

　　①　参见曹中铭:《十年忙碌,基金以亏损回报基民》,www.eastmoney.com

表 3－5   2008 年股票型基金业绩前十名

基金代码	基金简称	份额净值（元）	份额累计净值（元）	2008 年净值增长率（%）	排序
162201	泰达荷银成长	0.7791	2.4891	－31.61	1
000011	华夏大盘精选	4.6870	4.9670	－34.88	2
162102	金鹰中小盘精选	0.9929	1.6729	－35.03	3
240005	华宝兴业多策略增长	0.4545	0.6745	－37.79	4
000031	华夏复兴	0.6230	0.6230	－38.44	5
206001	鹏华行业成长	0.6666	0.6666	－39.11	6
070002	嘉实理财通增长	2.7150	3.2560	－39.35	7
162202	泰达荷银周期	0.6581	2.5831	－40.52	8
481001	工银瑞信核心价值	0.6460	0.6460	－41.07	9
070001	嘉实成长收益	0.6473	0.6473	－41.23	10

资料来源：和讯基金

相比起来，债券基金和货币基金在这轮熊市中却能够独善其身，年内均为正收益，成了 2008 年基金中的最大赢家。而混合基金中的偏债型，由于配置了相对较高的股票比例，年内收益则都为负。债券型基金中，中信稳定双利债基、国泰金龙债基、华夏债券基金位列前三名，基金收益从 11.47－12.72% 不等。在这些基金的投资收益中，债券投资的收益显然贡献良多。

三、基金的五宗罪

2008 年基金全行业大亏，固然有宏观经济环境及中国股市的大熊造成的因素，但不断有投资者撰文对基金公司进行口诛笔伐，基金面临着严重的信任危机。

1. 体制弊端无约束

基金公司本身在风险控制、内部治理以及操作上同样存在着诸多弊端。以规模求效益，而不是以业绩求生存，是目前基金行业的通病。相对而言，基金公司对于发行新基金、老基金分拆异常热衷，而对于到底能够为基民带来多大的回报则漠不关心。基金公司靠基金份额的总量计提管理费，且旱涝保收。因此，基金追求的不是给投资者更多的回报，而是在乎基金的盘子。投资亏钱了,基金的管理费照提,反正不是亏自己的钱。这种没有约束的机制,使中国的基金成为一个怪胎。

2. 追涨杀跌扰市场

国家推出证券投资基金的目的,意在通过基金倡导正确的投资理念与维护市场的稳定。初衷虽好,至少没有达到目的。2007 年股市高歌猛进之际,基金勇于高位追涨建仓;2008 年一路下滑的行情则敢于低位砸盘。吹大的是泡沫,放大的则是风险。国家推出证券投资基金的初衷可以说根本没有得到体现。在谁比谁傻的博傻中,基金拿着基民的资金追涨杀跌,根本不考虑风险;而在股市低迷时,却相互比赛砸盘,丧失了基本的职业道德。

3. 老鼠建仓谋私利

"老鼠仓"已经成为中国基金领域公开的秘密,长期以来极大地危害着投资这饿的利益,也损害着中国证券市场的健康。基金经理在低位时利用自己亲属的账户买进股票,建立"老鼠仓"。然后利用基金的资金进行拉升,并在高位由基金全部接盘"老鼠仓"的股票,其结果就是"老鼠仓"赚个钵满盆盈,而把风险甩给了基金,最终使基金高位套牢,使基金亏损累累。"老鼠仓"就是一种财富转移的方式,是基金中某些人化基金资金为私人资金的一种方式,本质上与贪污、盗窃没有区别,其危害极大,严重扰乱了证券市场的秩序。上投摩根基金经理唐建"老鼠仓"行为已被中国证监会查实,成为中国证券市场内幕交易被查处的第一人。但是,揪了个唐建,还有很多个唐建隐藏在暗处。而被唐建们损害的广大基民的损失,又如何去挽回?

4. 为避赎回大砸盘

一个耸人听闻的消息在媒体流传已久,那就是在股市狂跌,基金净值猛缩水的当口,基金为了避免投资者的集中赎回风险,采取了疯狂砸盘的举措,使基金净值快速下降,导致基民深套而取消赎回的打算。这个行为可以说是恶毒之极,而且没有任何把柄可以被抓。当全国投资者胆战心惊之际,

我们的专家理财却在做着这种无耻的勾当,使基民的财富顷刻间挥发。

5. 互相算计狂打压

另一个流传的说法也够狠的,说是基金经理为了获得排名的理想位置,对形成排名威胁的其他基金出手,先收集对方重仓的股票,然后不计成本进行打压,导致对方基金的净值降低,使其失去竞争力。这样看来,广大基民把资金委托给基金,是处于对基金专家理财的信任,而眼下的基金,和社会上的"黑庄"又有何区别?

四、基金应该怎样玩?

1. 理性看待基金排名

很多基民每天都关注基金的排名,因净值的升降而激动,为排名的变化而喜怒无常。更多的基金投资者,在看基金的排名筹划牛年的基金投资计划。基金过去的业绩是其投资能力的最直接证明,因此看排名选基金有一定道理。但问题在于怎么看排名?首先是参考什么阶段的业绩排名。过于短期和过于长期的业绩排名参考作用都比较有限。而在市场环境可能发生较大变化的情况下,过去的业绩排名参考作用就会下降。其次是业绩排名的稳定性,绝大部分基金短期业绩排名的稳定性比较差,因此,应该重点评估基金在中期的业绩持续性,即半年或一年业绩持续性。在 2008 年上半年,股市运行趋势已经明显发生逆转的情况下,参考 2007 年的基金业绩排名就出现了重大偏差。在 2008 年下半年参考上半年的业绩排名,也出现了较大偏差,原因就在于市场环境都在发生质的变化。同样,2008 年极度恶化的市场环境在 2009 年不会重现,股市将趋于震荡,因此 2008 年的业绩排名对 2009 年参考作用也有限。

2. 关注基金的竞争力

单纯看排名很难对基金的未来表现做出判断,基金业绩背后的原因才是区分好基金和坏基金的关键。首先应该区分基金的业绩是归结于投资能力、持股风格还是偶然性因素。这就需要具体去分析基金的投资运作思路，其投资理念和投资风格。如果是持股风格因素主导，那么基金业绩会跟随股市风格的变化而出现较大波动；如果业绩来源于激进的投资风格，那么业绩的波动在所难免。关键是公司团队的综合竞争力，基金公司的竞争力包括基金公司治理/高管、投研团队、投资理念/流程、投资评估机制、风险管理等几个核心要素。各方面表现均衡、发展稳健的基金公司，更加值得长期信赖。

3. 研究基金的投资风格

偏股基金有各自的投资风格，基金经理有各自的能力专长，在不同的市场环境下，基金业绩表现就会有天壤之别。基金的操作中，相当多的经理体现出很强的策略惯性，坚持选股理念的基金在市场节节下跌时仍然固守较高仓位，善于把握宏观和大势变化的基金经理则始终谨慎，而善于波段操作的基金经理则在每一次反弹中都表现活跃。而不同基金之间的风格差异在快速下跌的市场中体现得淋漓尽致，基金擅长选股还是擅长选时导致了业绩的巨大分化。在"熊市"里，显然对基金投资风格也要有新思维，在熊市体现出来的稳健风格，在市场复苏期是否有效？股市走出底部需要选股还是选时？这都是需要灵活地掌握，不能教条化。

4. 反向操作选基金

在过去的一年多，有些基金净值亏损较大而排名垫地，这是因为基金持仓比例过高、重仓股票跌幅巨大所致。前期跌幅巨大的股票，在反转时往往会有不错的市场表现，所谓"跌得凶，弹得高"。那么，这些股票在反转时可能升幅非常可观；相反，大量持有前期狂涨股票的基金，未来的涨幅可能已经非常小了。基金净值只代表其过去的表现，与今后的市场表现没有直接关系。基金净值对买入的投资者来讲也没有意义，投资者仅关心自己买入后的净值增加。而过去净值跌幅不大的基金，其重仓股票也比较抗跌，但在反弹或反转行情里，其涨幅可能远远低于其他股票。所以，在目前的时期里，选择基金不能以以前的眼光，更应该进行反向操作来选基。

5. 定投安排巧计划

基金定投是每个月固定投资于某一个或几个基金，由于额度限定，在净值高的时候，购买的基金份额就少一点，净值下跌时购买的份额就多一点。基金定投可以有效地降低风险，适合长期投资，其回报远远高于一般投资工具的收益。定投首选中长期业绩好的股票型基金，但如果只定投一只基金，把未来三、五年的成绩押在它的上面，仍是有风险的。所以选择两到三只中长期排名靠前的股票型基金，构造一个定投组合是不错的打算。不同行业、板块的涨跌是轮动的，投资不同行业的股票型基金的业绩表现也会呈现出阶段性特征，定投组合还可以起到互补的作用。也可以根据基金的不同风格进行配置，如选择部分投资激进型激进，部分投资稳健型激进，这样可以保证可靠的回报。

6. 基金组合不可少

投资者要吸取过去集中配置股票基金的教训，在股市走向发生变化时，股票型基金的净值减少平均在50%左右，致使很多基金跌进5毛，甚至出现了3毛基金，投资者损失惨重。血的教训应该铭记，那是全攻全守把资金全部投在了同一种类型上，一荣俱荣，一损俱损，关键是忘记了组合投资。尤其2009年股市和债市都有机会，但波动可能都比较大，投资者应该根据自身的情况按比例分别配置一定的股票基金、债券基金、超短债基金和货币基金。而以基金投资为主的投资者，则应该按照一定比例配置不同的基金。股票型基金风险较高，可适当再配置些债券型基金、货币型基金；另外随着股市的回暖，周期性配置指数基金，如300和180指数基金、ETF等都可以考虑。即使是同类基金，也可以考虑多选择几种，甚至根据基金风格进行错配,以免历史悲剧重演。

五、封闭式基金投资价值仍具

封闭式基金由于其制度设计上的缺陷,在近年的行情中屡屡被投资者所弃。据 Wind 统计数据,2008 年封闭式基金的净值减少达到了47.32%,接近股票型基金,其优势已经荡然无存。那么目前封基还有没有投资价值呢?

封闭式基金在二级市场上的交易价格低于实际净值时,这种情况称为"折价"。折价率=(单位份额净值-单位市价)/单位份额净值。根据此公式,折价率大于零(即净值大于市价)时为折价,折价率小于零(即净值小于市价)时为溢价。除了投资目标和管理水平外,折价率是评估封闭式基金的一个重要因素。国外解决封闭式基金大幅度折价的方法有:封闭转开放、基金提前清算、基金要约收购、基金单位回购、基金管理分配等。因此,临近封闭期结束的时候,折价率就非常重要了。因为基金封闭期满,不管是转开放还是清盘,都按基金净值赎回,折价率就是基金持有人获得的差价收入。前些年很多封转开的基金持有者都美美地享受了这份大餐。不过,越是离封闭期近的基金,其折价率就越小,如果接近零的话,也就没有差价了。如果所投资的基金净值上升,二级市场的交易价活跃,折价率会缩小,投资价值显现。对于封闭期较近的基金,这样的操作是比较妥当的。从选择的角度来看,折价率相近的封闭式基金,股票仓位越低,相对承担风险较小,安全边际就会比较高,但是同时也损失了市场上涨的潜在收益。即将到期的小盘封闭式基金比较适合稳健投资者,而折价率较高的大盘封闭式基金适合风险承受力强并追求高收益的投资者。对于近两年到期的封闭式基金,可以选取折价率在10%以上的业绩优秀的基金,采取持有到期的操作策略;对于还有5年以上才到期的大盘封闭式 基金,可以选择业绩稳定且受益此次分红较多的基金。

大部分基金投资者看中的是基金的套利机会,但是套利并不是没有风险,还要根据市场的情况采取合适的操作手段。对于折价率,如果逐步扩大,相对说进入比较安全的区域,但也要承担持续扩大所致的风险;只有折价率逐步缩小,投资价值才凸现,投资的回报才有指望。如果看准底部,买入封闭式基金,当市场恢复活跃后,可以享用其差价。另外,封闭式基金的一个优势是分红规模大,除掉管理费,盈利基本上分配,比股票中的铁公鸡强多了。不过2008年全盘亏损,将面临无利可分,那就别指望什么了。

CHAPTER | 4

第四章

房地产投资：现在还是将来

　　说起房地产，很多人立刻就警觉起来，因为这场百年不遇的金融风暴，始作俑者就是美国房地产次级债。正是由于美国在次级债上的过度金融创新，造成了多米诺骨牌般的连锁反应，进而动摇了全球经济的稳定。而在我国，房地产一向都是不缺少话题，房价的波动，牵动了多少百姓的心思。房地产的稳定与否，也被看做是中国经济发展的晴雨表。房地产，是多少中国人投资的梦想，又关系到千家万户的生活安定。房地产炒作，成就了多少人一夜暴富，同时又因为炒作而引起房价盘升，牵动着亿万人的神经。总之，房地产升，房地产降，都关系到社会的和谐。房地产，不能承受之重！

第一节　风口浪尖闲说房地产

随着城镇住房制度改革深入推进,居民住房观念发生重要转变,住房商品化的新体制基本确立,房地产市场体系逐步建立,房地产投资持续快速增长,以住宅为主的房地产业已经成为国民经济的支柱产业。从1998年住房制度改革、房地产全面市场化以来,已经走过了十年的路程。

一、中国房地产市场十年风雨路

1998年6月,国务院召开第四次全国住房制度改革工作会议,并于会议之后发布《关于进一步深化城镇住房制度改革加快住房建设的通知》(国发〔1998〕23号),正式宣布停止住房的实物分配,逐步实行住房分配货币化,从此我国房地产行业进入了新的发展阶段。1998年以来房地产业增加值占国内生产总值的比重稳定处于4%以上,并体现了逐渐上升的趋势;房地产业投资的增加直接扩大了国民经济中的投资需求,并带动其他相关行业发展,对我国经济增长的总体贡献达到了20%以上。[①] 房地产市场的发展对于改善人民群众的居住条件、拉动经济增长、扩大就业以及加快城市建设都 发挥了重要作用。目前,住房实物分配已经在全国范围内停止,多数城市实施了住房分配货币化。公有住房改革稳步推进,新的住房供应体系初步建立,推动了房地产市场的活跃。全国商品房建设迭创新高,居民住房支出已经成为房地产市场需求的主体,成为房地产业发展的根本动力,房地产业的发展有力地推动了城镇住宅建设。房地产开发投资快速增长,住房市场化进

---

① 参见:《2008年3季度中国房地产市场报告》,http://house. sina. com. cn/news/2008－11－25/1923285142. html

程加快,商品住房供求两旺。5 年来,全国房地产开发投资年均增长 19.5%。房地产开发投资占固定资产投资的比重由 12.7% 提高到 17.9%。房地产开发投资增长直接和间接拉动 GDP 增长每年保持在 2 个百分点左右。2007 年全国房地产固定资产投资总额达到 28 543 亿元,比上年同比增长 32.2%。[①]大规模的住房建设显著地改善了群众住房条件,也促进社会和谐,社会安定,社会团结,初步实现了"居有其屋"的小康目标,为我国的社会主义改革开放和经济发展创造了一个安定的社会环境。

当然,我们也应当看到,当前我国房地产市场发展还不平衡,在房地产业快速发展过程中出现了一些值得关注的、亟待解决的问题,部分地区房地产市场存在的问题还相当严重,已经严重影响到和谐社会的建设。国内某些地区房地产结构性矛盾突出、结构性供需矛盾加剧、房价虚高。目前,一些地区住房与非住房、高档住房与低价位住房结构不合理、比例不够协调。某些大中城市在房地产开发中忽视了供需关系,房地产开发企业为了追求高利润,热衷于高档商品房、大户型、别墅的开发,炒作"概念房",超越人民群众的购买承受能力,造成了高档商品房供过于求,价格虚高。某些地方中低价位商品住房供不应求,对经济适用住房建设支持力度不够、建设标准和购买对象把关不严。房地产市场监控力度不够,消费需求对投资的拉动作用小,房地产开发投资增幅过大,房地产市场供需结构有严重失衡倾向。房地产市场价格与消费者的购买力之间出现了严重错位,特别是土地交易中的投机因素,引发了土地价格上涨,加大了房地产开发成本,导致房价上升。另外,由于房子价格和其他商品不同之处就在于,其价格并非主要由成本和效用决定,而是在很大程度上由级差地租决定。在建设土地由拨给改成拍卖后,房地产的建设成本急剧上升。各地的土地拍卖红火,地价节节攀升,最终通过转嫁到房地产价格的方式来解决,导致了 2000 年以来全国大中城

---

① 数据参见:《2007 年国民经济和社会发展统计公报》,国家统计局

市房地产价格的猛升,进一步突出了房地产市场的发展矛盾。面对房地产业的快速发展,政府调控能力却显得十分软弱。2005 年,国务院提出了八条调控措施;2006 年,又针对房地产市场有关问题又高调出台了"国六条"政策。但是,房价却在国家"高压"态势下依然出现大幅度上涨。房地产市场"过热"说成为政府和经济界人士十分关心的话题,过热的主要标志是围绕房地产市场表现出来的一些问题。

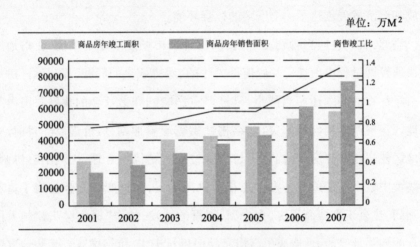

图 4-1 2001~2007 年全国商品房供求形势

房地产市场的过热,导致了市场风险迅速加大。根据银监会的检查结果显示,在各项制度逐步健全、严格审查的情况下,有的省市房贷不良率仍连续三年呈上升趋势。以上海为例,至 2006 年 9 月末,中资银行个人房贷不良率为 0.86%,而 2004 年只有 0.1% 左右,两年间房贷不良率上升了 7 倍多。银监会发布的《商业银行房地产贷款风险管理指引(征求意见稿)》这一规范性文件是政府对房地产过热现象的确认,从中国人民银行《关于进一步加强房地产信贷业务管理的通知》到《商业银行房地产贷款风险管理指引(征求意见稿)》发布,再到国务院总理温家宝主持召开国务院常务会议,支持央行对房地产业过热进行降温的努力,"过热"是非常明白的。从 2007 年8 月 15 日起央行上调存款类金融机构人民币存款准备金率 0.5 个百分点起,经历了多次的准备金和利率上调,对房地产市场过热形成了比较明显的抑制作用。房地产这匹狂马终于开始放慢脚步,各地的房地产价格开始下滑,随之房地产成交逐步萎缩、楼盘开工减少,商品房存量开始出现积压。

房地产市场成为中国社会的一个悖论问题,为房地产市场发展鼓噪的有之,对其大加鞭挞者也众。而房地产市场的结构性矛盾更是激化了国内不同阶层老百姓的对立,成为广泛引起关注的是非中心。著名经济学家茅于轼在"2006 中国金融专家年会"上指出,高储蓄、财富分配过于集中以及缺乏投资渠道,是导致目前我国房地产畸形发展的三个原因。茅于轼认为,目前中国有非常高的经济增长率,也有非常高的储蓄率,同时民众直接投资的渠道非常少,而银行利率又低,在这样的情况下,买房就成了民众主要的投资方式。由于我国的收入分配很不平均,大多数的钱集中到了少数人手中,这在一定程度上造成了目前房地产市场结构扭曲的现状。①

一方面,政府希望通过房地产市场来拉动消费,刺激经济发展。另一方面,房地产市场的扭曲发展又使其成为罪恶根源而群起攻之,必置之死地而后快。

二、房价上涨牵动亿万心

全国商品房价格从 2001 年起就逐年攀升,从 2 000 元/平方米左右起步,2007 年达到了 3 885 元/平方米。其中 2005 年开始涨幅出现加速趋势,2007 年的同比达到 14.9%。而这仅仅是全国商品房的平均水平,在一线大城市如北京、上海、广州、深圳、杭州、南京等地,商品房的价格平均超过了10 000元/平方米。上述城市的中心城区由于可供土地稀缺,房价更是直线上升。上海全市 2002 年平均房价在 4 894 元/平方米,而相对偏一点的城区

---

① 参见"茅于轼：三大原因导致我国房地产市场畸形发展",http://news. xinhuanet. com/house/ 2006 - 03/20/content_4320632. htm

徐汇区是 6 495 元/平方米;2003 年全市平均 5 843 元/平方米,徐汇区为 8 150元/平方米;到了 2004 年,全市平均达到 6 518 元/平方米,徐汇区 8 658 元/平方米,而区域面积最小的卢湾区则高达 14 310 元/平方米;到了全国房价开始出现拐点的 2008 年初,上海的房价依然坚挺,成交已经很少有万元以下的了,中心地段居然在 3 万以上。北京的房价在进入 2000 年后,走过了一段平稳发展期,政策扶持、市场健康有序的大环境下,房价不但没有上涨,反而连续有小幅下降。2004 年是一个转折期,房价由此一发不可收拾,发生了明显的上升趋势,三年时间北京商品房价格由 5 053 元/平方米涨到的 14 000 元/平方米以上,上涨幅度达到 185%,2007 年的商品房均价较 2006 年又上涨超过 50%,已步入房产发展的畸形期。深圳作为一个新兴工业城市,外来移民比例高,对商品房的需求相对比较大,加上 2004 年 4 月,国务院批复并原则同意修订后的《深圳市城市总体规划(1996 – 2010)》,对深圳市的人口和建设规模作出规定:到 2005 年,全市总人口控制在 420 万人以内,2010 年控制在 430 万人以内;城镇建设用地 2005 年控制在 425 平方公里以内,2010 年控制在 480 平方公里以内;人均住宅面积由 2000 年的 18 平方米/人提高到 2010 年的 20 平方米/人,新增住房面积 1 500 万平方米。这在一定程度上刺激了开发商的神经,从而渐进式地挑动着消费者的购房欲。2000 – 2007 年,深圳市商品住宅均价每平方米分别为 5 412 元、5 531 元、5 539 元、5 680 元、5 980 元、7 040 元、9 956、1 5000 元。[1] 其中 2007 年是深圳房价上升极度疯狂的一年,从一月份的 10 872 元/平方米,上升到 10 月份的 17 350 元/平方米,以后略有回落,短短 10 个月房价暴涨竟达 70%![2]

---

① 部分数据见:"虚高还是需高 深圳楼市泡沫真相调查",http://www.lrn.cn/landmarket/land-price/semarketanalyse/shenzhen/200712/t20071206_175424.htm

② 数据见中国行业研究网 http://www.chinairn.com

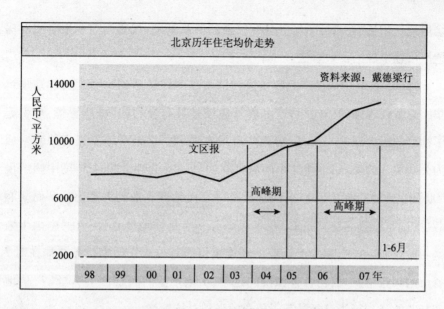

图 4-2　北京市历年住宅均价走势(图片来源：戴德梁行)

第二节　房价暴涨谁之过?

房价像脱缰野马,狂奔不止,离普通消费者的购买力越来越远。那么房价究竟为何如此义无反顾向上走呢? 这里面的因素,还真的是错综复杂。有开发商暴利、囤积拉价、地方政府推高、供求关系紧张、投机炒作、调控失误等多方面的原因。

一、房产商暴利造成高价

2006 年有关媒体在上海向 647 名市民进行的随机访问结果显示,有78.7%的受访者依然认为目前房地产还是暴利行业。① "暴利说"是一直围

---

① 参见:"楼市调查:老百姓眼中房地产仍是暴利行业吗?",http://news. xinhuanet. com/house/ 2006 -03/06/content_4264384. htm

绕房地产市场的一种声音,并且有较强的群众基础,代表当前草根阶层对房地产市场发展的一般看法。

"2005首届中国地产品牌价值评估与品牌评选活动"论坛上,北京华远集团总裁任志强的一句"房产品牌就应该是具有暴利的"举座皆惊,也引起了社会的极大反响。于是,房地产有没有暴利? 房地产该不该有暴利? 成为公众关注的焦点,也使这个问题具有明显的社会性。2004年度中国纳税500强企业排行榜中,300名内都没有一家房地产企业的名字出现。而胡润版《中国富豪排名榜》上前100名起码有一半是房地产老板。在《中国十大暴利行业》调查中,房地产企业已经连续位居首位。在国家税务总局在对7省市的调查中发现,在各种涉税问题中,房地产业的问题占了90%。[①] 房地产行业的暴利行为已经激起了公众的强烈对抗情绪。

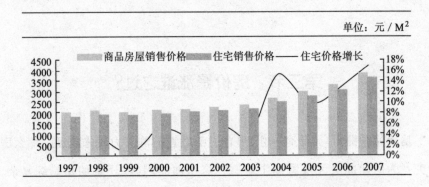

图4-3 2001~2007年全国商品房售价及增长情况

二、开发商囤积拉高房价

在开发商中,存在着较为普遍的采取各种隐蔽手段违规销售、炒作、囤积房源、哄抬房价的行为,这是造成房价上涨较快的主要原因之一。到2007

---

① 参见:"房地产居中国十大暴利行业之首 企业成纳税侏儒",http://news.xinhuanet.com/for-tune/2005-09/12/content_3477357.htm

年底，全国房地产开发商囤地面积约 10 亿平方米，按照容积率 3 来计算，建成的商品房面积可达 30 亿平方米，而 2006 年全国商品房施工面积为 19.41 亿平方米，囤地面积已远远超过一年总施工面积，囤地现象到了非常严重的地步。所谓的"地荒"，并不仅仅是实际意义上的供应土地紧缺，大量的土地囤积在开发商手中，他们故意拉长开发周期，造成上市新盘数量紧缩，房地产市场有限供给和无限需求之间的矛盾很难得以解决。这一问题已成为中国楼市的一个毒瘤，极大地损害了广大消费者的利益。

三、地方政府寻租推高房价

中国社会科学院金融研究所研究员易宪容认为，房地产暴利本质是掠夺，靠的是利用政府权力对城市弱势民众及农民土地资源的掠夺。中国社会科学院金融研究所尹中立博士认为，我国部分城市的房地产价格持续上涨表现出了强烈的中国特色：它是地方政府主导下的房地产价格上涨。从这个方面来说，房地产价格的暴涨，地方政府其实在为虎作伥。"房价加速器"机理主要在于市场的类比效应：政府先推出地块，后推出土地价格决定的房产价格，并以此决定了市场上存量房产的二级市场价格很多地方的房价出现跳空缺口上涨，都源于土地拍卖。政府以低价将弱势阶层的土地予以掠夺，然后高价进行拍卖，致使房价中土地成本上升从而推高房价。更为恶劣的是，很多地方政府与开发商形成了利益共同体，进行利益输送，压低征地成本，获得暴利。而地方政府官员利用土地供应特权进行寻租的腐败行经更是层出不穷。如苏州市原副市长姜人杰即是一例，在姜担任主管副市长时期，利用其子开设的拍卖公司将土地低价拍卖，然后与开发商瓜分超额收益，而开发商则羊毛出在羊身上，必然进行成本转嫁，房价自然提高。

据全国工商联在全国政协递交的《我国房价为何居高不下》的大会发言显示，房价中流向政府的部分（土地成本＋税收）所占比例上海是 64.5%，北京为 48.28%，广州为 46.94%。土地财政让政府成为房地产开发的最大受

益者,而这部分是刚性的,这使得房价居高不下,降低了公众的购买力。

四、供求关系紧张拉动房价

1998 年住房制度改革后,居民住房消费得到前所未有的刺激,政府实施了积极的税收政策和住房金融政策,各地区住房建设力度猛增,银行业适时推出了购房按揭业务,长期处于压抑状态的社会购房需求在一段时间内得到集中释放,住房销售市场的合理需求增加。在沿海经济发达地区,城市化进程加快,由于外来人口剧增,导致住房需求猛增,其商品房价格也稳步上升。北京作为中国政治、经济和文化的中心,历年来吸引了大批的外来人口进京发展,商品房蓝印户口的政策更是刺激了外来人口的购房欲望。在移民城市深圳,更是以外来人口为主,人口年轻化程度较高,成家立业的需求较大。全国性的住房需求上升对房价有一定的推动作用,而一些地区供求关系失衡更是拉动房价上升。

五、房地产投机炒高房价

房地产是国际上三大投资对象之一,历年来国内投资意识加强,已经形成了房产投资的潮流。由于投资房地产者大部分不是以居住为目的,很多人均购买两套以上的住房进行投资,等待房价上涨后获取差价收益。由于房地产投资均有较强的逢高获利了结的心理,投机性极强,所以很多人视之为投机。一般认为,房地产市场的投机比例极限是 20% ,如果超过这个警戒线的话,将会引起房地产市场价格的失衡。深圳市综合研究院房地产研究员周旭认为:"房地产价格的震荡原因,是由于 20% 的投机因素所引起的。房地产价格震荡最主要的因素不是主要的自住购买人群,而是极少投资人群所引起的对供求总量关系的一种调整,这是很重要的。房地产有一个供求关系的平衡术,其实我们目前的供应量远远大于需求量,但就是这 10% 到 20% 投机部分的影响,导致了人们对房地产未来趋紧一种心理 预期估计,这种因素必然影响到房价。"

　　像深圳，炒房已经成为一种潮流，而北上炒楼的香港居民的加入更是火上浇油。据调查，深圳在 2004 年时，购房者中的 1/3 属于投资客。2003 年，温州炒房团大规模购买福州房产，3 年后，福州大多数楼盘价格上涨了一倍以上，部分甚至达到了 150%。此后，温州炒房团的足迹，又循着上海、北京等沿海发达城市，向内陆二、三线城市迁移，温州炒房团"走到哪，涨到哪"的名声开始流传。国土资源部 2004 年就指出，个别地方游资炒作房地产造成房价泡沫，造成非理性上涨。温州炒房团，事实上只是中国高达数万亿元的民间闲散资金寻求投资渠道的一个缩影。2003 年急剧拉升的房地产投资，对民间资金来说，是暗示了这一市场的潜在升值空间。所谓资本逐利而动，炒房团自然应运而生。

六、调控政策反推房价

　　在房地产飞速上升之际，政府出手进行了调控，但是并没有从根本上解决房价上涨的根本问题以抑制房价的狂奔，而是通过税收手段来进行。2005 年、2006 年国家两次调整房产交易税，对于房地产市场的格局产生不小的影响，税收是调节市场的有效杠杆，但当房地产市场成为稀缺市场时，它无疑会成为转嫁推高房价的无形的手。很快，市场即把房产交易产生的税收转嫁到房价中进行消化，这反过来进一步刺激了房价的升高，使调控目的根本无法达到。

第三节　房地产市场拐点到来

　　房地产市场的不景气源自国家自 2003 年开始的对宏观经济的调控，房地产作为调控对象首当其冲。本轮紧缩从 2003 年算起来也已延续 5 年多，许多紧缩政策的效应是陆续、累积发挥出来的。无论是能源原材料成本、出口成本、环保成本、劳工成本还是资金成本都全面上升，出口加工制造企业已经无法承受，导致"中国制造"这台中国经济增长非常重要的发动机开始熄火，贸易顺差为负增长就是一个非常强烈的信号。而以房地产为代表的城市化土木工程建设是中国经济增长的另外一台重要发动机，但是其受到的紧缩压力同样不断加码。房贷利率从 2005 年以后上调了 7 次，利息负担增加接近 50%，再加上釜底抽薪的按揭贷款限制政策，房地产的供需格局、市场预期开始改变，房地产作为中国经济增长发动机的熄火之势相当明显。在持续紧缩之后，即使没有任何新的紧缩政策，已有紧缩政策的惯性效应也会将经济继续推入下滑的地步。

一、房地产市场走进下降通道

而压垮房地产市场的"最后一根稻草"，现在看来可以是任何一件微不足道的事。美国次贷危机所引发的全球金融风暴也已经延伸至中国，房地产市场无疑又被当头棒喝。在 2006 年，全国人大就有代表提出提高首付比例至 50% 以遏止炒房，取消预售制等措施。遏止房价成为房地产市场调控的主要目标，全国房价从 2007 年开始出现了下滑的趋势，而 2008 年部分地区房价下滑速度有明显加快的迹象。一些著名的开发商的楼盘也开始加入到降价的行列，其中以老牌上市公司万科的降价最为引人关注。万科董事局主席王石在房地产业界独家提出"拐点论"，认为："一些城市的楼市已经开始出现'拐点'的迹象。从需求量角度判断，广州萎缩了 44%，北京相比去年同期下降 9.2%，上海下降 15%。现在，那种盲目担心'不买价格会更贵'的买房心理预期已趋于理性。这种理性回归在广州、深圳已得到体现，从全国来看，也可以这样说。"①万通集团董事长冯仑则表示，从最近的政策和市

---

① 参见："王石 VS 潘石屹 交锋'拐点论'"，《上海证券报》，2008 年 2 月 14 日

场反应来看，房地产业进入了一个市场结构调整的阶段。近几年政府出台了很多抑制房价过热的政策，其针对的重点是开发商，希望开发商能够降低房价，舆论也开始对开发商发起道德谴责，因为他们认为房价是开发商炒起来的，政府也已经意识到房价的问题是一个很综合的问题。

国家统计局发布的数据显示，2008 年 11 月份全国房地产开发景气指数为 98.46，比 10 月份回落 1.22 点，比去年同期回落 8.13 点；国房景气指数已连续 12 个月环比回落。从全国 70 个大中城市房屋销售价格来看，房价涨幅逐月明显回落。2008 年 11 月同比涨幅为 0.2%，10 月份同比涨幅为 1.6%，而 9 月份涨幅为 3.5%，8 月份为 5.3%、7 月份为 7%、6 月份为 8.2%、5 月份为 9.2%、4 月份为 10.1%。1～11 月，全国完成房地产开发投资 26 546 亿元，同比增长 22.7%，增幅比 1～10 月回落 1.9 个百分点。其中，商品住宅完成投资 19 333 亿元，同比增长 25.2%，回落 2.2 个百分点，占房地产开发投资的比重为 72.8%。截至 2008 年 11 月末，全国商品房空置面积 1.36 亿平方米，同比增长 15.3%，增幅比 1～10 月提高 2.2 个百分点。其中，空置商品住宅 7 084 万平方米，同比增长 22.9%，增幅提高 4.9 个百分点。国家统计局公布的经济运行数据显示，2008 年房地产投资增速进一步下滑，在 9 月份开始低于固定资产投资平均增速之后，房地产的投资与固定资产投资差距进一步拉大。尽管 2008 年楼市持续不景气，但从全年来看，房价还是维持了小幅上涨的局面。70 个大中城市房屋销售价格比上年上涨 6.5%，但其中 12 月同比下降 0.4%，这是自 2005 年 7 月全国房价统计对象调整以来首现同比下跌；环比下降 0.5%，降幅与 11 月持平，连续 5 个月价格环比下跌。从 2008 年 1 月份全国房价同比涨幅 11.3% 达到历史最高点之后，房价虽然依然显示同比上涨，但涨幅逐月回落，到 12 月份首次出现负增长，显示楼市在 2008 年下半年开始的低迷状态依旧。① 据《中国房地产 2008 年年鉴》反

---

① 参见中国统计信息网相关数据。

映,2008 年成交量跌幅最大的城市无一例外是 2007 年房价上涨过重的城市。数据显示,上述城市 2007 年 12 月的房价指数同比涨幅分别高达 14.8%、13.5%、9.3%、15%、7.2%。广州则以 15.1% 的跌幅成为 2008 年房价下降最多的城市,但这使得广州楼市的成交量在 2008 年逆势上升了 24.7%。深圳,这个位于广东沿海的经济繁荣城市,曾于 2007 年 8 月,创造了中国城市商品住宅均价的最高纪录——18 000 元/平方米,这个价格较一年前翻了一番。但到了 2008 年 8 月下旬,深圳的房价跌了 1/3,90% 的项目都存在打折降价行为。这两年来,深圳市房价所经历的"过山车"式的涨跌轮回,从某种程序上预言了中国一线城市房地产的未来。

造成房价下跌的主要原因在于成交量的大幅度萎缩使得开发商不得不降价促销。以上海为例,2008 年全年新建住宅销售 1 965.86 万平方米,下降 40.1%;二手房销售面积 1 413.41 万平方米,下降 29.1%。2008 年新建住房价格水平由涨转降,上半年小幅上涨,下半年微幅下降,全年新房和二手房价格环比分别下降 1.9% 和 1.7%。万科在珠三角刮起降价风后,也带到了上海,旗下 8 个楼盘新开盘即降价打折,幅度之大前所未有。而国内其他城市的降价潮也到处刮开,有的则以各种名义的促销赠送进行暗降,价格战的火药味非常浓厚。2008 年 第三季度,北京楼市价格就已经开始松动,但当时楼市的降价依然遮遮掩掩,只是部分开发商拿出很少一部分楼盘试探市场。11 月,由北京城开集团有限责任公司与北京城建兴华地产有限公司联合开发的首城国际,以 1.08 万元/平方米的价格展开预订。该项目紧邻东三环双井地铁站,其比周边的二手房价格还要低出约 5 000 元/平方米。由于销售压力大增,大部分开发商都选择了降价销售,北京楼市进入全面降价阶段。这一态势延续到 2009 年春节后,近 20 个楼盘节后以各种名目促销,价格再度跳水。一方面是大幅的降价,另一方面购房者似乎并不买账。春节后,北京楼市的成交量仍然低迷。

伴随着价格的调整,房地产市场陷入低迷,突出表现在成交量的急剧萎缩,房屋销售量与销售额大幅下挫。2008 年 1 ~ 12 月,全国商品房销售面积 6.2 亿平方米,同比下降 19.7%。其中,商品住宅销售面积下降 20.3%;商品房销售额 24 071 亿元,同比下降 19.5%。其中,商品住宅销售额下降 20.1%。从全国各地的情况来看,不同地域的成交量均有萎缩,大中城市萎缩更为严重,同比降幅甚至超过 50%。与此同时,商品房空置面积大幅增加。截至 2008 年 12 月末,全国商品房空置面积 1.64 亿平方米,同比增长 21.8%,增幅比 1 ~ 11 月提高 6.5 个百分点。其中,空置商品住宅 9 069 万平方米,同比增长 32.3%,增幅提高 9.4 个百分点。①

二、房地产"救市"风生云起,政府到底救不救?

面对房地产市场的萎缩,政府是否该"救市"的争论也在媒体出现。在大家对楼市救还是不救的争论中,一些地方政府及相关部门已开始悄悄地行动了。包括南京、芜湖以及长沙在内的部分二线城市似乎已经等不及对政策要做一些"微调"了,其用意则在于改善一下房地产市场中已现的疲态。南京市几个开发商申请许久未能获批的开发贷款都在近一段时期陆续到账,极大地缓解了开发商的资金压力;南京市国土局"采取有效措施促进土地市场平稳发展",将出让的土地规模从原先的 200 亩左右降低到 100 亩以下,有土地的土地出让金付款期限被延长到一年;长沙市人民政府近期出台了《关于促进我市房地产业健康发展的若干意见》(下称《意见》),《意见》细化到将交易税调整为 1.1%;多项房地产税费减免或延迟收取;以及公积金贷款首付降为 20%;厦门市政府则从 2008 年 8 月 1 日起调整"购房入户"政策和普通住房标准。在厦门市同安、翔安两区(大同街道、祥平街道、大嶝镇除外)购买商品住房的,除享受原有"购房入户"政策外,新增"购买 70 - 80 平方米的,可办理不超过 2 人的常住户口"的政策。

---

① 数据见中国统计信息网

但是,中央政府对房地产"救市"却始终没有明确的措施。而专家学者环绕是否要"救市"则展开了热火朝天的辩论。支持"救市说"的理由认为:

(1)不救市将令中国经济陷入严重困难;

(2)房价低迷造成个人住房贷款违约增加(断供);

(3)预售资金管理缺位可能会产生信贷资金风险;

(4)房企资金趋紧造成开发贷款不良率上升;

(5)政府不会让房地产市场成为第二个股市。

"救市说"的代表人物是著名经济学家赵晓博士,他认为:房地产是中国经济的重要支柱产业,其对经济增长直接和间接拉动的作用可以占到20%到30%的比重。因此,房地产的兴衰关系到整个宏观经济的走向。基于目前日益严峻的形势以及"稻草压垮骆驼"现象的警醒,很显然,政府对房地产的紧缩政策要往回调了,不仅不能无节制地抑制和压缩,还要有放松的举措。①

反对"救市"的声音显然大了不少,其中中国社会科学院研究员易宪容的观点比较突出。易宪容认为国内房地产市场在经过早几年或近十年快速发展,房价快速飙升的阶段之后,已经开始进入房地产周期性调整时期。按照一般的市场法则,这种房地产周期性调整是任何人都无法改变的。② 反对方的阵容强大,提出不救的理由洋洋洒洒有10条之多:

(1)房地产开发投资并未减少,反而增长速度越来越快;

(2)自筹资金成为房企主要资金来源,紧缩信贷影响不大;

(3)房屋销售量下降,但销售总额并没有减少;

(4)当前下降的是交易量而不是房价,房价仍未调整到位;

(5)救市会给中国经济雪上加霜,甚至导致经济危机;

---

① 参见:"赵晓预警宏观经济与楼市 紧缩钟摆须回调",http://bj. house. sina. com. cn/chat/2008 - 07 - 08/1417261796. html

② 参见:"房价下行是房地产开发商的存活之路",http://blog. sina. com. cn/s/blog _ 46f41dcf0100a609. html? tj = 1

(6)房企报表显示60%多的公司利润持续增长;

(7)救楼市只会带来延滞的金融风暴;

(8)救楼市将进一步加剧社会贫富分化;

(9)政府救市就是直接扰乱市场秩序,维护暴利;

(10)只要宏观经济的基本面是好的,楼市根本不需救。

上海的房地产专家们则认为上海不存在"救市"之说,即使销量下跌也是为了整个市场更加健康有序发展,而非全面崩盘,甚至提出了"房地产救市是个伪命题"的观点。复旦大学房地产研究中心主任华伟在对包括沈阳、杭州等几个城市进行调查之后也发现,全国楼市走向也并非那么糟糕,并未掉头逆转。即使是在深圳楼市这一对全国信心打击最大的区域,关内的二手房交易价格也依然在微涨,而所谓的房价出现较大打折,不过是工业污染以及远郊区域的局部现象,之后这些信息被夸大扭曲了而已。反对救市者认为,救市的被救者都是推涨房价的骨干分子,如地方政府、开发商、投机消费者、炒房阶层与代理机构等。如果中国现在救市,可能以政府默认价格合理性的方式,间接为开发商团体输送利益;绞杀善良民众安居愿望的同时,更可能直接引发类似美国救市的逆向信息选择。易宪容更是直言:"房地产不可救、不需救、不能救!"

三、政府救市:犹抱琵琶半遮面

1. 政策终于吹暖风

2008年8月27日,央行、银监会联合出台《关于金融促进节约集约用地的通知》,禁止各金融机构发放贷款给开发商买地;土地储备贷款采取抵押方式的,贷款抵押率最高不得超过抵押物评估价值的70%,贷款期限原则上不超过2年;作为房地产行业奥运会后出台的首个重要政策,对房地产而言更像是个紧箍咒。就在大家争论救不救市的问题面红耳赤之际,2008年第三季度政府对房地产市场终于有了松动。

2008 年 10 月 22 日,财政部新闻办公室发布通告,其中针对房地产的有:从 2008 年 11 月 1 日起,对个人首次购买 90 平方米及以下普通住房的,契税税率暂统一下调到 1%;对个人销售或购买住房暂免征收印花税;对个人销售住房暂免征收土地增值税。地方政府可制定鼓励住房消费的收费减免政策;金融机构对居民首次购买普通自住房和改善型普通自住房提供贷款,其贷款利率的下限可扩大为贷款基准利率的 0.7 倍,最低首付款比例调整为 20%。同时,下调个人住房公积金贷款利率,各档次利率分别下调 0.27 个百分点。

2008 年 10 月 27 日,央行决定将商业性个人住房贷款利率的下限扩大为贷款基准利率的 0.7 倍。但各银行在具体执行上可以自己制订细则,工商银行对 7 折优惠利率提出了 2 年内无不良还款记录的前提。农业银行从 2009 年 1 月份开始,只要初始贷款发放金额在 30 万元(含)以上、原执行利率为同期同档次基准利率 0.85 倍的贷款,而且没有拖欠还款等不良记录,贷款利率无需客户亲自去银行进行申请。建设银行的门槛是最低的,但在具体执行中各分行有附加条件的报道。中国银行 被市民反映为条件最苛刻,在上海的中行分行申请 7 则房贷利率优惠时,被要求有一定的存款,要求开通信用卡都成为附加条件。其他银行也纷纷出台自己的贷款利率 7 折的措施,办法各有千秋。总的来说,大家期盼已久的房地产政策终于有了松动。

2008 年 12 月 17 日,温家宝主持召开国务院常务会议研究部署促进房地产市场健康发展的政策措施。会议研究和制订了以下措施:(1)加大保障性住房建设力度。争取用 3 年时间,解决近 750 万户城市低收入住房困难家庭和 240 万户林区、垦区、煤矿等棚户区居民的住房问题,并积极推进农村危房改造。中央继续加大廉租住房建设和棚户区改造投资支持力度,适当提高中西部地区补助标准。选择部分有条件的地区试点,将本地区部分住房公积金闲置资金补充用于经济适用住房等建设。(2)进一步鼓励普通商品住房消费。对已贷款购买一套住房但人均面积低于当地平均水平,再申请购买第二套普通自住房的居民,比照执行首次贷款购买普通自住房的优惠政策。对住房转让环节营业税暂定一年实行减免政策。其中,将现行个人购买普通住房超过5年(含5年)改为超过2年(含2年)转让的,免征营业税;将个人购买普通住房不足2年转让的,由按其转让收入全额征收营业税,改为按其转让收入减去购买住房原价的差额征收营业税。(3)引导房地产开发企业积极应对市场变化,促进商品住房销售。支持合理融资需求,加大对中低价位、中小套型普通商品住房建设特别是在建项目的信贷支持,对有实力有信誉的房地产开发企业兼并重组提供融资和相关金融服务。按照法定程序取消城市房地产税。

被市场看做是政府对房地产"救市"的重量级政策是2008年12月21日国务院办公厅发布的《关于促进房地产市场健康发展的若干意见》,一共有13条,被市场称为"国办13条"。意见提出,加大保障性住房建设力度,多渠道筹集建设资金,开展住房公积金用于住房建设的试点。进一步鼓励普通商品住房消费,加大对自住型和改善型住房消费的信贷支持力度,对住房转让环节营业税暂定一年实行减免政策,取消城市房地产税。意见要求,商业银行要根据信贷原则和监管要求,加大对中低价位、中小套型普通商品住房建设特别是在建项目的信贷支持力度;对有实力有信誉的房地产开发企业兼并重组有关企业或项目,提供融资支持和相关金融服务。支持资信条件较好的企业经批准发行企业债券,开展房地产投资信托基金试点,拓宽直接融资渠道。意见还提出,稳定房地产市场实行由省级人民政府负总责,市、县人民政府抓落实的工作责任制。

媒体在2008年末还广传购房退个人所得税的办法,但很快住房和城乡建设部、财政部均正式出面否认,但不排除地方政府推行此项政策。2009年春节前夕,重庆市传出推行购房退税措施。有国内媒体报道,国务院已下发文件,叫停重庆市购房退税政策。但据《财经》记者核实,国务院并未对此下发过任何正式文件,也有媒体确证重庆受到国务院口头质询。1998年,上海市在推行房改后,为刺激居民买房,曾出台类似购房退税政策,规定自当年6

月1日起至2003年5月31日止,凡在上海购买或差价换购商品住房并在上海缴纳个人所得税的中外籍个人,且是商品房产权证的法定拥有人,可享受购房后起算的个人所得税抵扣。该政策有效地刺激了上海房地产市场的迅速成长,期间上海住房市场的交易量平均同比增幅达22%,房价累积上涨65%,房地产投资也一路增长,2004年的同比增长达到了30%,为历史最高点。不过,重庆市制定的购房退税政策,只是划定在首次置业的范围内。这一限定如严格执行,对刺激房市成交量增长的作用可能有限。

2. 地方政府救市急吼吼

与中央的暧昧政策不同的是,地方政府在房地产救市方面可是旗帜鲜明。除了风头浪尖的重庆市,其他城市也纷纷自作主张高调刺激楼市。2008年下半年开始,至少有20多个地方政府相继推出其房地产救市新政,其声势可谓浩大,实际成效却并不显著。新年伊始,几个地方政府推出的救市新政,却具有极大的震撼力,虽然是单独作战,对楼市产生的威力却不能小觑。厦门市出台《关于调整我市购房入户政策的意见》将购房入户政策扩大到岛内。2011年12月31日之前,凡购买厦门岛内指定新开发地区的100平方米以上商品住房的,也可办理不超过2人的岛内常住户口。不仅在厦门,杭州、武汉、成都、天津等城市相继制定了类似的"购房入户"政策,还有一些地方尝试"购房抵税""购房补贴"等措施。某地明确表示,"首次(含改善型)购买住房并以按揭方式支付的,其按揭贷款本息可抵扣产权人缴纳的个人所得税地方留成部分"。福州、广州等地的政府部门负责人表示,将考虑采取现金补贴的方式,鼓励符合条件的市民购买空置商品房。"购房入户"政策并不新鲜,上海等大城市十多年前就利用这一政策来刺激楼市发展,政策多少导致城市人口过快膨胀,并带来教育、就业、社会保障负担较重等一系列问题,不少城市相继取消。

针对"购房退税""购房补贴"等政策,人们开始质疑政策的合理性和公平性。"购房入户、购房抵税、购房补贴"等主要内容的地方政府新一轮"救市"措施刚一露面即引发争议。有人算了一笔账,在出台"购房退税"的一些城市,以工资薪水收入为例,按《个人所得税法》以及个人所得税税率来计算:月收入2 000元以下者从政策中得到的"好处"为零;月收入3 000元以上的,收入越高则得到的退税"好处"越多。一些福州市民认为,"购房退税"政策只对买得起房的人有利,而买得起房的人收入都较高,反而最应该得到补贴的低收入者无法从政策中受益,政策的不合理性显而易见,也有失社会公平。就算低收入者能够从中享受到一点"好处",每个月为数有限的退税相对于高房价也只是"杯水车薪"。闽江学院经济师林忠华认为,购房入户表面上是地方政府解决当前房地产问题的一种办法,实质是让普通老百姓为楼市泡沫买单。北京大学杨开忠教授表示,购房入户政策是拉动楼市需求的一种可选择的手段。用"准入制"来代替目前户籍人口控制指标制,不仅能够刺激房地产市场需求,有效拉动住房市场消费,而且可以加快户籍体制改革,使户籍管理更公开、透明和公平。北京大学房地产研究所所长陈国强认为:"地方政府的'救市'政策效应具有双面性,即它不但具有正面效应,也具有负面的效应。负面的效应主要表现在微观层面,无论对于开发商,还是对于购房者、消费者,基于对未来政策的预期,基于对未来市场变化的侥幸心态,使得当前楼市回暖的行情仍然只属于少数率先降价的开发企业,而部分消费者却依旧选择观望,这种观望不仅是对于房价的观望,也有对于政策的观望。"

第四节　投资房地产：等等,看看,再想想

一、房价是否见底难见分晓

当前房价是否见底?这不仅是市场关注的问题,也是决策层最关心的

热点问题。中房协及相关政府部门召集业内专家再次探讨这个问题，得出的结论仍是：不确定。中房协副会长、秘书长朱中一在"2009第九届中国房地产发展年会"上表示，2009年房地产市场形势严峻，行业不可能期望再出现2007年那样的非理性房市，等待房市复苏。2008年底出台的"131号文"应该是房地产调控政策的指导精神，其中已经出了营业税减免等很多具体的政策。据此分析，中央再出重大刺激政策的可能性很小。中央已放权给地方，下一步房地产刺激政策主要看地方政府。2008年，全国商品房销售面积6.21亿平方米，其中住宅销售5.59平方米，较上年下降了19.7%。与此同时，2008年全年商品房开工9.8亿平方米，虽然同比仅增长了2.3%，但是仍是销售面积的1.58倍，全国主要城市房地产库存压力增大。截至2008年底，全国在施工商品房约24亿平方米，是过去三年平均销售面积的4倍。正常情况下，全国年均商品房销售面积在7亿平方米左右，而2008年不仅遭遇了商品房销售下降，还遭遇了供应面积增加，出现了"两碰头"。2008年，房地产开发投资额高于商品房销售额6 508.41亿元，开发企业的资金压力明显增加。全年房地产企业本年资金来源38 146亿元，同比增长1.8%。其中，国内贷款7 257亿元，增长3.4%。企业自筹资金15 081亿元，增长28.1%。其他资金15 082亿元，同比下降了16.4%。其中，个人按揭贷款3 573亿元，下降了29.7%。搜房网研究报告称，2008年房市不景气造成全国60个大中城市土地流标1 600宗，面积8 000多万平方米，土地价款损失2 000亿元，政府损失税收180亿元。未来3年内供求矛盾将是影响房价的主要问题。北京、深圳、武汉等地出清库存房的周期超过15个月。多位业内人士认为，房地产市场复苏取决于中国经济的复苏。如果2009年中国经济能走出一个V型复苏曲线，则2009年7-8月份有望实现房价和交易量的见底反弹。如果是W型复苏，则房地产市场复苏时间最早也要到2009年底。据中国房地产业协会副会长兼秘书长朱中一透露，2008年全国完成商品房住宅的销售面积是12 000万平方米，商品房的销售额24 071亿元，其中商品住宅的销售是 24 024 亿元。新建商品住宅的销售面积同比下降 20.3%,下降的省区市达到 26 个,其中北京、福建、湖北、广东等省区市城市同比下降幅度在 20% 以上。与此同时,商品住宅的空置面积达 9 069 万平方米,同比增长 23.3%。毋庸置疑,要消化巨大的库存,仍然需要价格的配合。①

国家统计局公布的数据显示,2008 年 70 个大中城市房屋销售价格比上年上涨 6.5%,但其中 12 月同比下降 0.4%,这是自 2005 年 7 月全国房价统计对象调整以来首次出现同比下跌。牛年春节,不少城市的楼盘降价促销力度加大。在国内外经济形势以及国家宏观调控政策的影响下,东部地区楼市的走势将更复杂多变。部分改善型需求和投资型需求的购买行为将向后推迟,首次购房的自住性需求将更为谨慎。在需求难以启动、供给方资金链紧张的情况下,开发企业会采取进一步降价的措施。厦门市房价 2008 年均价从最高时的每平方米 15 000 多元跌到了万元以下。厦门市一家大型房地产中介的负责人说,按照现在的这个城市工薪阶层家庭平均年收入 4 万多元计算,可以说承受不了 50 万元以上的住房;如果按 90 平方米计算,工薪阶层能够承受的合理房价不应该高于每平方米 5 500 元。易居中国的房地产报告显示,2009 年,东部地区房价将进入深度调整期,房价理性回落的趋势明显;中部地区情况分化,房价有涨有落;西部地区房价下调的空间较小。业内普遍预期,房价在 2009 年仍处在一个调整空间中,但与 2008 年相比,趋势会有所不同。如一些楼盘已主动调价且销售良好,则价格再次下跌的空间较小;可还有很大一部分楼盘价格变动很小,那么,它们就很可能成为明年价格调整的主力。易居房地产研究院发展研究所所长李战军则预测,在 2008 到 2010 年的一个中期内,将有望看到各地楼市在量价关系上呈现出"量缩价升——量缩价跌——量升价跌——量升价稳"等几个波段;而价格的宏观表现则取决于两大目前还不确定的因素一是全国商品房投资建设规

---

① 参见:"四成城市房价跌回一年前 开发商苦苦等待'春天'",《文汇报》,2009 年 2 月 22 日

模能不能有效扩大,二是保障性住房投资建设能不能真正落实。前者有可能造成市场价格的反弹,后者则能够有效平抑市场价格。[1]

在 2009 年住房和城乡建设部全国建设工作会议上,部长姜伟新透露,一直以来大量存积的住房公积金有望用以建设经济适用房。据姜伟新介绍,2008 年全国住房公积金缴纳规模达到了 2.02 万亿元,而闲置公积金高达 6 000 亿元,总占比高达 27.27%。也就是说,将有 6 000 亿巨资砸向经济适用房市场。国务院发展研究中心金融研究所范建军博士表示:"经济适用房市场份额的增大,势必减少可使用的土地面积,进而影响到商品房的供给,由于经济适用房有可观的价格优势,最终对商品房市场是一个挤出效应。"可以这么说,住房公积金入市将带来大批价格低廉的经济适用房,对房地产市场将形成一定的冲击,导致价格的进一步下滑,至少也在一定程度上抑制了房价的回升。

中国社会科学院发布的 2009 年《经济蓝皮书》中指出:2009 年在国际、国内经济形势以及国家宏观调控政策的影响下,房地产市场将步入较长时间的调整期。蓝皮书指出,2009 年将延续 2008 年房市的低迷,短期内房价面临进一步回调。炒房者将因投机能力下降而不同程度地退出市场,留存在市场中真正的住房需求者将会对房地产产品提出更高的要求,未来市场竞争会更加激烈。而中国人民大学"中国宏观经济分析与预测课题组"也发布报告称,中国房地产行业的调整将在 2009 年全面爆发。房价虽然会继续调整,但绝不会大跌,反而可能会出现转机。北京大学房地产研究所所长陈国强认为,从去年第四季度开始,国家加大保障性住房建设力度、降低房地产交易税费、支持居民购房的相关政策措施的出台,一定程度上刺激了市场信心,商品住宅的成交量有所回升。但政策调整并没有终结市场观望。

在这种情况下,可以得出这样一个观点:2009 年的楼市对于购房者来说

---

[1] 参见:"2009 房地产市场继续接受拷问",《上海证券报》,2008 年 12 月 31 日

是介入的好时机,但是不能贸然出手,需要多观察、多分析,时刻捕捉市场调整期的购房机会。

二、住宅房投资回报趋向微利

很多分析人士都建议,居住型购房到了可以考虑的时刻,但投资者仍然不适合入市。如果不是属于等着购房的类型,不仿再观察市场的局势发展,明确了房地产市场探底回升,宏观经济回暖走出低谷逐渐复苏,此时投资房地产可能比较安全。因此,合适的投资机会起码要到2009年下半年,那时宏观经济可能有一定的起色,房地产市场可以止跌,然后进入缓慢的恢复阶段。有一点要明确的是,今后的房地产价格要出现前些年那样的翻番态势可能比较困难了,经过治理整顿,中国的房地产市场将步入稳定的发展阶段,而投资房地产的回报周期将会比以前漫长。过去房价普遍存在虚高的现象,空中楼阁式的房价毕竟不能长期得到支撑。

在2008年中,北京的房地产投资回报率已经明显下降。北京几大板块的住宅投资回报率均呈下滑趋势。以亚奥地区为例,目前的投资回报率为2.9%,上年同期为3.9%;大望路地区当年为3.9%,而上年同期为4.4%。总体来说,典型区域的租金回报率均在下降。算起来,这个回报水平比当时贷款利率还要低,也进一步说明了房价有虚高的成分。倘若一个城市的房价上涨过快或长时间居高不下,而房屋租赁市场未给予有效的上涨支撑,租价比出现大幅下降则表明该地区房屋销售价格存在虚高现象、房地产市场充斥着较多投机需求,将为房地产市场的稳步发展埋下隐患。

从这个角度分析,未来中国的房价将得到有效控制,过去那种"买入——等待上涨——抛出"的投资模式已经变得不可能,而住房租赁市场的低迷也导致投资回报打折,介入房地产投资应该深思。

三、商业地产——风景这边独好

金融风暴下的中国房地产业有点矛盾:一面是住宅类房地产的深度低

迷,而另一面却是以零售物业为代表的商业地产的暗潮涌动。一些外资已经大举进入中国内地市场收购商业地产项目,抄底行动已经拉开序幕。广州合富辉煌集团董事副总经理黎振伟认为,中国政府已经在力推安居房,宏观调控的大方向导致中国的住宅房价不可能再继续提得很高。而商业地产不涉及民生,又是近几年才新兴起的投资领域,可提升运作的空间很大,所以外资机构眼下更热衷追捧零售商业。目前,中国住宅地产的投资回报率大概为 3% ~5%,而商业地产的回报率则有 6% ~8%。

2008 年是北京商铺市场成绩斐然的一年。全年新增供应创历史新高,市场存量飙升 45%。北京奥运会的承办,带动市场对优质商铺空间的需求同创历史新高。由于零售商意欲利用奥运会筹办过程中所出现的巨大商机,使得当年高达 92.5 万平方米的新增商铺空间被零售商租赁一空,接近 2007 年的三倍,是 1998 年前一历史高位的两倍多。尽管需求在奥运会后显著下降,然而市场需求的强劲,尤其是对新竣工购物中心的需求,使得 2008 年全年的市场空置率并未受到新增供应大幅增长的影响,仍保持在相对平稳的水平,整个北京商铺市场的年平均租金攀升至 7 238 元/平方米,创历史新高。2008 年第四季度,新进入上海零售市场的国际零售商包括玛莎百货、唐恩都乐等也新开多家店铺,继续其扩张策略。由于对优质商铺的需求未见下降,上海市中心商铺的底楼平均租金较上季度增长了 3.1%。上海中心区域商场目前还未出现任何零售商撤出的迹象。市场整体空置率仍维持在 6.5% 的低位。位于黄浦区的 353 广场和浦东的 96 广场均在第四季度开张营业,从而为上海零售市场新增 8.6 万平方米物业面积。天津的写字楼租金上涨了将近 20%,空置率则降至历史最低点 12.3%。从 2007 年开始到 2008 年第三季度,来自金融行业的国内外租户表现出对甲级写字楼非常强劲的需求。

在区域市场方面,长三角地区的本地消费预计将有所提升,随之剧增的国内物流配送需求将有望成为今年商业地产市场的重要驱动力。专家认为,二线市场的商业地产项目将更有竞争力。相比较于住宅地产的消费性,商业地产的投资性更强。在住宅地产普遍低迷的情况下,商业地产具有的拉动投资、促进消费的双重功能尤其凸显,因而对扩大内需有着重要意义。在当前国内外经济环境的大背景下,业界人士对商业地产越来越看好。

　　已经有一些对商业地产先知先觉的投资者开始打探合适的商业地产项目,以个人投资者来讲,投资价格高昂的高档写字楼风险比较大,而社区商铺显得优势独特。社区商铺一般位于社区附近或社区内,主要顾客为居住在社区内或社区附近的居民。在国外,居民区的周边都会开出许多品牌折扣店这样的商业设施,国内一些城市的新建小区规模都很大,配套商业设施齐全,其中商铺的开发已经形成趋势。一般来说,投资社区商铺的风险较低,但有一个前提要注意,就是购买商铺时不能被开发商的过分宣传所迷惑,总价不要太高,以免被套,造成资金流动性问题。社区商铺的价位一般是同地段房价的两三倍,在金融危机时期,有部分地方的商铺原投资者因为资金问题准备退出,此时接受可以捡漏,价格要比一般低一点。投资时还要注意这样一个现象,如果一间商铺售价在跌,但是租金却保持稳定或者还在上涨,那么这间商铺是值得投资的;反之,如果一间商铺售价在下跌,租金同样在跌,甚至租金下跌的比例超过售价下跌的比例,那么该商铺目前就不适合投资。另外,社区的品质对投资前景有很大的影响,这也是投资社区商铺应该考虑的。像一些城乡结合部的社区,居住群体比较复杂,总体消费水平不高,其商铺的发展前景相当有限;而一些配套完善的时尚社区,居住人群的消费水平普遍比较高,而未来发展规划还有很多余地,这样的商铺投资价值显然比前者不是高一档。故投资商铺应该进行实地考察,统计人流量,观察周边的商业设施,分析小区居民的构成(如是投资买房多还是居住购房多),了解未来社区的规划前景等。只有做足功课,才能投资有保障。

CHAPTER | 5

第五章

寻找"原始股"——走进艺术收藏品投资的天地

在中国经济快速发展的今天,物质文明已经不能完全满足人们对生活的需要,文化和精神文明的消费需求正日益高涨,文化产业正成为知本经济时代的一个新的经济增长点。据权威部门统计,目前我国艺术品收藏爱好者和投资者已达7 000万人,年交易额近200亿元,参与人员和成交额还在以每年10 -20%的速度递增①,艺术品投资正成为与房地产投资、证券投资并驾齐驱的三大投资方式之一,成为经济投资界的一大热点。盛世玩收藏,中国的艺术品投资市场仍然属于起步阶段,投资者如果眼光独到,完全是一个"原始股",一旦市场发育成熟,回报将非常可观。

---

① 参见袁昆:"艺术品投资,暂露冰山一角",http://www.szbasic.com/zazhi/0801/0801 -01.html

第一节　中国的艺术品投资市场正在走向成熟

艺术品投资属中长线投资,由于优秀的艺术精品具超地域的征服性和流通性,且属艺术家高峰期的心血结晶品,具有不可取代之唯一性和限量性,随着社会经济繁荣,需求将远超所供,价格必然上升,其增值远远超过金融及地产投资。2008 年上海艺博会的主题就是"艺术投资就是储蓄未来"。提出这样的主题或许是为了吸引更多的人来关注艺术、投资艺术。确实,当今收藏界中收藏者大多是以投资为主,真正为艺术而喜好收藏的人恐怕极为有限。根据一项国际统计资料显示,艺术品确是稳妥且获利丰厚的投资项目之一,美国近十年来投资盈利按投资种类分别为:房地产 4.7%、股票17%、艺术收藏品则为 24%。以中国画为例,从 1985 年之后的 20 年间,作品价格普遍上升了数十倍乃至百倍。至于欧美地区,由于经过较长的艺术市场发展,名家精品价格已达不可思议的高价位,实际上亦符合艺术品投资的合理规律,对中国画市场的未来前景具参考价值[①]。

从 1980 年起,中国艺术品正式踏上价格回升的轨道,并以每年 20 - 30% 的幅度持续平稳上升。20 世纪 80 - 90 年代,中国绘画在港台及海外华人力量的支持下,价格上升了十倍;2000 年随着中国经济的兴盛,中国艺术品的主要支持力量渐由海外转移至国内,价格亦在不知不觉中上升,只是这样的价格还属偏低,仍然未引起投资者的足够重视。中国艺术品市场由 2004 年起进入急速上升的轨道,作品价格出现年升幅数倍的现象,并在 2005 年达到"火暴"的程度。在这段时间里,中央电视台推出的《百家讲坛》栏目

---

① 参见郭浩满:"中国艺术品收藏与投资讲座",http://www.wanfung.com.cn/eng/xsysc_show.asp? nodeid =7&cid =139

中,收藏家马未都的讲座"马未都说收藏",以一个民间学者的身份,站上央视这个顶层平台开讲有关陶瓷、家具等收藏方面的文化话题,无疑给目前火暴的收藏市场又添了一把火。央视另一个黄金品牌栏目"鉴宝",则给民间的收藏活动火上浇油,极大地促进了中国的全民收藏投资热情。

从上个世纪80年代开始,各地陆续出现了古玩、文物市场,满足了普通百姓的收藏需求,活跃了国内的收藏气氛。经过20多年的发展,这些古玩、文物市场已经成为艺术品收藏投资的重要平台。

一、国内有代表性的古玩市场

1. 潘家园旧货市场

中国最大的文物集散地和收藏品市场,本地的、外地的古玩贩及农民都来赶场,带来各种古董、文物、杂器。在这里徜徉于丰富多彩的民间古旧货品之间,讨价还价,沙里淘金,别有一番乐趣。市场占地4.85万平方米,分为工艺品大棚区、古旧家具区、古旧字画书刊区、古玩区等四个经营区,共有3 000多个摊位。潘家园的文物交易在天不亮就有进行,凌晨4点半,马路边上,昏暗的灯光、斑驳的树影、攒动的人头,这就是鼎鼎大名的潘家园"鬼市"。潘家园是一个既能寻梦又能卖梦的地方,是一个能给收藏家带来乐趣和财富的地方,这里的故事和潘家园旧货市场上卖的货品一样,亦真亦假,捉摸不透。潘家园演绎着一幕幕神奇,有关"捡漏"的传说不绝于耳,而名声在外却吸引了包括外国政要在内的各方寻宝人。潘家园已经成为中国最具有神气色彩的地方,是收藏爱好者的圣地。

2. 北京琉璃厂

琉璃厂在北京宣武区和平门外,辽时为海王村,元明时曾设琉璃窑厂,因有"琉璃厂"之称。清初古董商开始在此经营,乾隆时已成为古玩字画、古籍碑帖及文房四宝的集散地。建国后这里更富有文化街的特色。驰名中外

的荣宝斋及中国书店和文物商店的许多门市部如文奎堂、邃雅斋、宝古斋、庆云堂等先后在此设立。历史上的文人雅客与琉璃厂都有着千丝万缕的联系,近代的著名书画家的作品在这里都可以寻觅踪影,大文豪鲁迅在北京期间,就经常光顾琉璃厂。琉璃厂成为中国最著名、最悠久的文化产业聚集地。

3. 北京古玩城

是全国古玩业最大的集散地之一,营业面积达 1 万多平方米。城内有 300 多家在文物部门监管下经营古玩的店铺,主要经营古旧陶瓷、珠宝钻翠、古旧家具、中外字画、古旧钟表、玉器骨雕、地毯刺绣、金属工艺、奇石根雕、纸墨笔砚、景泰蓝、文革文物等 10 大类上千个品种。藏品相对比较高档,珍品精品也比较多。

4. 上海城隍庙古玩市场

城隍庙古玩市场是上海最大的古玩市场,它由华宝楼地下古玩市场、藏宝楼古玩工艺品市场、上海老街沿街古玩小店组成。藏宝楼生意最为兴隆,每逢节假日,有数万人的客流量。藏宝楼 4 层是个室内地摊市场,吸引着来自华东地区及天津、河北、湖南等地的农民古玩小贩。由于这里主要是古玩内行及上海古玩小贩的交易、批发中心,藏品的价格相对来说较便宜。再加上这里原是福佑路古玩地摊市场的延续,其名声所带来的无形资产略胜过华宝楼,所以,淘旧货、觅宝者均喜欢来此市场。每逢双休日,藏宝楼都有地摊市场,来自各地的古董贩子们纷纷进场设摊。

5. 上海东台路古玩市场

东台路古玩市场,在国内的古玩界,几乎没有人不知道它,更有"北(北京)有琉璃厂,南(上海)有东台路"之说。东台路古玩市场与北京琉璃厂两地南北相映,形成了国内最大的两个专业古玩市场。东台路古玩市场已成为不少国内外旅游者到上海的必游之地,以前这里是喝早茶的茶客在这里交换自己收藏小古董的地方,慢慢才发展成现在东台路上百多家的古董店铺。近年来东台路古玩市场旅游、观光、购物的中外古玩收藏者接踵而来,络绎不绝,形成了一道新的市场风景线。

6. 南京夫子庙

位于秦淮河畔的夫子庙,自古就是人们居住、商贾云集的繁华地段,是古代达官贵人、文人墨客、巨贾富绅购销古玩之处。现今的南京夫子庙主要有夫子庙古玩工艺品市场、古玩城和淘宝市场三个古玩交流市场。夫子庙古玩工艺品市场是以销售古董及近现代艺术品为主的专业性市场,形成于20世纪80年代初,位于夫子庙大成殿左右的东、西市内。古玩城坐落于夫子庙瞻园路,是由古玩界170多户精英斥资亿元打造的字画古玩集散地。淘宝市场目前是夫子庙牌坊内最大的古玩交流市场,位于古玩城东北方向。2007年,淘宝市场被正式定名为"夫子庙古玩字画商城"。

7. 南京朝天宫

南京市朝天宫古玩市场从上世纪80年代以来就一直是江苏省最负盛名的私人古玩交易中心。朝天宫是明代官员们学习朝礼的地方,典型的明代建筑,现是南京市博物馆所在。朝天宫古玩市场现已形成室内门面房、室外棚架柜台和露天临时摊位的经营格局,可适应不同层次经营者和收藏爱好者的需求。

8. 成都送仙桥

成都送仙桥古玩艺术城坐落在闻名遐迩的成都浣花文化风景区内,与杜甫草堂、青羊宫、浣花溪公园毗邻。2002年,送仙桥古玩艺术城被成都市人民政府列为城市黄金旅游线"都市一日游"重要景点。2003年8月,四川省全省旅游大会把送仙桥古玩艺术城列为成都旅游发展规划五张名片之一。2004年全国工商联评选中国十大古玩城,送仙桥古玩艺术城高票当选第二名。送仙桥已经成为西南地区最大的艺术品交易中心。

9. 西安古玩城

作为中国历史上建都时间最长、朝代最多的城市,西安的文化底蕴之深厚是不容置疑的。西安古玩城就是西安最大的古玩交易场所,坐落在朱雀大街。西安古玩城的一个最大的特点便是这里的文物商店专业性很强,很少有小而全的商店,一家商店便是一个主题,有专门的古陶商店,也有专门的古瓷商店、古币商店、古玉商店、古画商店、青铜古镜商店、唐三彩商店等等,买主可以更方便的挑选自己想购买的古玩。而且,正是这种分门别类,也印证了古玩城里有一批眼力高的鉴赏家,在全国都是数一数二的水平。

二、中国艺术品拍卖市场的完善

艺术品收藏投资,离不开拍卖平台的支撑。随着国内艺术品市场的逐步成熟,专业的艺术品拍卖公司如雨后春笋般的涌现。1993 年中国嘉德敲下了中国艺术品拍卖市场的第一锤,拉开了中国艺术品拍卖的序幕。从 1993 年到 2000 年可以说是发展的第一阶段,当时在国内以及香港的主要拍卖场上,买家基本上是以海外藏家为主,而主要拍品也是以近现代书画为主。由于 90 年代末的亚洲今人危机影响,市场比较低迷,另外一方面,当时的拍卖公司无论从数量、规范化程度以及运作的市场化程度上都比较低,艺术品拍卖更没有能够引起整个社会的关注;从 2000~2003 年短短的三年间,拍卖行业经历了一个平稳发展的时期,拍卖行业的经营已经比 2000 年前有了很大改善,每年总成交额有所突破并保持在 10~15 亿人民币之间;随后的 2004 年春拍却出人意料地以超过 31 亿人民币、9.2 倍的成交额增量收盘。中国艺术品拍卖进入了一个全新的阶段,2003~2008 这 5 年间,艺术品拍卖市场总成交额以平均每年 55% 的高速度在增长,瓷杂工艺品、中国近代书画、中国油画、当代艺术,佛造像等品种轮番起舞,艺术品拍卖引起了社会巨大的关注。

目前,从事艺术品拍卖的国内企业大大小小有几百家,分布在各大中城市。而国际上艺术品拍卖两大巨头——佳士得和苏富比也进行大量中国艺术品的拍卖,且交易量巨大,远远超过国内拍卖市场的总量。根据雅昌艺术市场监测中心发布的首个《中国艺术品拍卖市场调查报告》显示,中国艺术品拍卖市场三梯队已经逐渐形成,香港佳士得、苏富比两大巨头将严守"全球性中国艺术品交易中心"头把交椅,北京的嘉德、保利、中贸圣佳将在个别板块对两大巨头形成局部威胁,北京翰海、匡时、长风拍卖、荣宝斋等20家仍处于变动期的拍卖公司则列为第三梯队。2008年春季中国艺术品拍卖会成交总额达125亿2 868万元人民币,第一梯队的两家公司占到了28.04%的市场份额,在瓷杂工艺品、当代艺术、珠宝、钟表等具有全球概念的收藏品类方面都具有绝对优势。中国嘉德、北京保利、中贸圣佳三家公司2008年春季拍卖总成交额都超过了5亿人民币,特别是中国嘉德达到了9.93亿,鹤立鸡群。这"三驾马车"的市场份额从上年全年的18.21%上升到22.62%,进一步压缩了其他中小拍卖公司的生存空间。[①]

第二节 艺术品投资的价值与风险

一、发掘艺术品投资价值洼地

从晚清至文化大革命十年浩劫的中国百年近代史,是一部衰败、动荡、贫穷和落后的历史,中国人连吃饭都顾不上,谈何能力支持和欣赏自己民族的艺术品。艺术品的收藏也仅仅在少数家世殷实的爱好者圈子里发展。十年文革中,"破四旧"之风盛行,中华文化遭受了有史以来少有的浩劫。收藏被视为封、资、修,大批藏品被毁,国内的艺术品收藏活动陷于停顿。

---

① 参见:《中国艺术品拍卖市场调查报告(2008年春季)》,雅昌艺术市场监测中心

改革开放以来,中国社会正在经历着历史性的变革,经济的腾飞、人民生活水平的不断提高,为艺术品收藏又提供了良好的土壤。20 世纪 90 年代开始,国内的艺术品投资市场开始起步,到了 2004 年左右,艺术品市场迎来了一个高潮。中国艺术品市场出现了前所未有的热闹,艺术作品价格以倍数急升,并可用"火暴"二字来形容。例如林风眠的一张作品 2004 年以 20 几万成交,到 2005 年拍卖价为 200 多万,不到 8 个月上升了 6 倍,这种现象引起很多艺术家、收藏家和广大爱好者的关注。在 2003 年到 2006 年间,古董艺术品价格飞速上涨,有人曾经说:"炒股票不如炒古玩"。许多艺术品都存在着不同程度上的价格水分和泡沫,导致藏家和买家都迷失了方向,什么古董可以投资,什么古董涨幅大,什么古董艺术造诣高,在那个时间里已经无法辨别了,滥竽充数的艺术品依然成交火暴。金融风暴的到来使得艺术品市场中的价格水分被彻底挤干,优劣的艺术品被拉开差距。那些被人为炒作脱离价值轨道的艺术品,可能会出现价格大幅下落的景象,一些藏家由于资金链的关系也会抛售一些藏品,或多或少会对市场形成一定的冲击。在信心不足的情况下,抛售手中的艺术品是有可能的事情,但是对于大部分富豪来说,投资艺术品所占的资产,往往占总资产的小部分,即使抛售,也解不了燃眉之急,往往不会优先考虑抛售。可以这么说,真正的精品是经得起考验的,大起大落的往往是炒作过头的作品。就在 2008 年 9 月 15 日,雷曼兄弟公司破产几小时后,英国艺术家达明安 • 赫斯特在伦敦佳士得拍卖会上,以 1.115 亿英镑的拍卖额创下英国艺术品市场史上最高纪录。①

现在,艺术品市场的表现已经非常的平静,以前不管三七二十一乱炒作的情况得到了遏止。收藏投资者也学会了理性,艺术品投资市场将更加有序地得到发展。一些艺术品的估价将趋于合理,投资者可以以理想的价位收藏合适的艺术品。现在已经有人意识到在现有情况下买入有价值的艺术

---

① 参见:"艺术品投资'底部'正现",http://money.sohu.com/20081027/n260265912.shtml

品,在金融危机过后,艺术品市场恢复火热的时候,也许会大赚一笔。有研究资料证明,金融环境不好时反而成了艺术品交易旺盛期,很多人会在经济危机后购买艺术品。20 世纪 20 年代末的大萧条和 70 年代的石油危机中,虽然社会的整体财富在缩水,但是艺术品市场表现并不差。收藏界专家普遍认为,目前的经济危机,对艺术品市场的影响不会是颠覆性的,更不会导致市场崩盘。艺术品收藏最大的风险还在于眼力,艺术收藏品特别是文物和艺术精品是不可再生的,对于普通收藏者来说,只要是看准了,在市场价位回落的情况下,是挑战更是机遇。投资者要有一个长期持有的心理准备,国外艺术品的平均持有时间为 30 年,很难说两三年就可以有一个很高的回报。因此,艺术品市场的重新洗牌,也是收藏家艺术鉴赏力逐渐提升的过程。① 总的来说,中国的艺术品投资市场还处在成长期,经过了 20 年的发展,平均每年上升 20%,目前已经从"黄土的价格"上升到了"黄铜的价格",但离其真正的历史价值还有很大的差距。

进入 2008 年,全球金融风暴进一步深化,经济形式进一步恶化,对艺术品市场的冲击也显而易见。据《中国艺术品市场拍卖报告(2008 秋)》,2008年秋拍因金融风暴对当代艺术的不利预测和各种传闻尘嚣日上,使得油画及当代艺术成为最受瞩目却最不被看好的板块。当代艺术在过去几年天价频出,艺术市场得到了前所未有的关注度,其结果则是吸引了更多的投资者进一步助高了当代艺术的整体价格。也正因如此,当代艺术被认为是聚集了最多商业投机行为的板块。油画及当代艺术板块 2008 年秋拍不论专场数量还是上拍数量均下落到与 2007 年春拍相近的水平线上,同比分别下降37.78%和 41.55%。2008 年秋拍油画及当代艺术板块成交总额不到 14 亿,仅为 2007 年该板块成交总额的 36.09%,几乎跌回 2005 年秋拍的水平。在价格方面,天价当代艺术品开始回归,2008 年秋拍高价油画及当代艺术品排

---

① 参见:"传统艺术品拍卖未遇寒冬危机下也有机遇",http://money. sohu. com/20081114/n260632825. shtml

行中的成交价比春拍同名次拍品均下降 50% 至 60% 左右。该季里油画及当代艺术板块的流拍率为 42%，仍低于中国书画(56%)及瓷杂(53%)。①

近年来，中国艺术家的作品受到了国内外收藏家们的青睐，拍卖价直线上升。相比国内拍卖市场，不管在规模还是成交方面，与海外还存在一定的差距。因此，有专家认为中国的艺术品市场还处在发展的低级阶段，有价值的宝贝非常的多，非常有发掘价值。目前，中国的当代油画家已经引起了国际上的普遍关注，市场价格扶摇直上。但观察后可以发现，近年创天价的作品无一不是在海外。而近代大家徐悲鸿在抗战时的名作《放下你的鞭子》7 632万的记录也是在香港苏富比创下的，这也从一个侧面可以管见一斑。而中国传统书画家的作品，相对来说，艺术成就一点不差，但平均价格仍然处在非常低的水平。调查一下可以发现，如果考察中国油画家作品的价格轨迹，那么传统书画家的作品价格简直相当于"原始股"了。根据 2008 年秋拍"中国近现代书画"进入成交总额前 100 位艺术家的统计数据，仅有 27 位艺术家的作品平均成交价超过 10 万。从这个角度看，确实目前中国艺术品市场在褪尽铅华后，是一个值得关注的投资价值洼地。

二、投资艺术品也有风险

1. 炒作风险

中国现当代艺术品市场，炒作之风炽盛。像张晓刚、曾梵志、岳敏君、王怀义等活跃在当今艺术领域顶端的大师级作品，上世纪 80 年代可是连几千元都卖不掉，90 年代卖几万元已经欣喜若狂，而现在动不动就是上千万。当然，并不是怀疑这些大师们的艺术水平，但是价格如此扶摇直上，不能不说其中有炒作的水分。2007 年 12 月，中国艺术家蔡国强《APEC 景观焰火表演十四幅草图》在佳士得香港秋季拍卖会上以 7 424.75 万港元的成交价创下

---

① 参见：《中国艺术品拍卖市场调查报告(2008 年秋拍)》，雅昌艺术市场监测中心

当时中国当代艺术品世界拍卖纪录。由此,中国当代艺术品市场的价格像打了强心剂一般节节高攀。到了 2008 年香港佳士得春拍上,415 件中国当代艺术家的热门作品有 373 件成交,成交总额竟高达 5.3 亿港元。对此,著名收藏家张锐指出,当代艺术品市场存在不少"天价做局"的艺术炒作人,他们和艺术家、画廊甚至艺术批评家凑在一起,精心设局。有些艺术家在他们的建议下自卖自买,制造虚假的天价泡沫①。而一旦泡沫破裂,击鼓传花者将承担巨大的风险。

著名艺术评论家、策展人朱其在文章中还曝光了艺术炒作人或炒作集团"天价做局"的流程:首先,找到某个在艺术圈有一定知名度并且市场价格在 10 万元左右的画家,跟他签一个三年协议,每年 40 张画,三年就是 120张,每张以 30 万元到 50 万元左右的价格收购。一年后就开始在拍卖会上炒作,炒家会安排"自己人"和一群真买家坐在一起,假装举牌竞拍,制造一种"很多人抢着买"的现场气氛。只要在拍卖会上以高价卖掉十分之一的作品,就将成本全部收回了。剩下的画在拍卖会上慢慢用天价游戏"钓鱼",卖出一张就是暴利。②

艺术评论家方志凌认为:"在中国当代艺术不长的历史上,真正达到与那些天价相符的艺术高度的艺术家和艺术作品并不多,许多所谓代表艺术家的天价作品实际上只具有一种短时间内的流行价值而缺乏真正的精神深度和艺术表达的强度。"③

2. 造假风险

造假是艺术品投资的大敌,如果不慎购进赝品,意味着投资者血本无归,这是艺术品投资最大的风险。艺术品的造假由来已久,甚至还成了一个

---

① 参见:"著名收藏家张锐痛批当代艺术品市场存价格泡沫",《劳动报》,2008 年 10 月 10 日
② 参见:"当代艺术品拍卖:天价做局与暴利游戏",http://money.sohu.com/20081021/n260151500.shtml
③ 参见方志凌:"理性与疯狂——当下的当代艺术",《东方艺术》,2008 年第 5 期(上半月)

行业。中国历史上古董造假就非常多，远在唐宋时期，仿制古董就已经非常普遍。不过，唐宋时代的赝品，放到今天，本身就是古董了，遇到了也是造化。由于古代艺术品的市场价值，促使古往今来大批高手加入其中。像现在国家投资组织攻关，恢复已经失传的一些古代工艺和技艺，仿制出几可乱真的艺术品，本身也是一件有意义的事。像清代乾隆年间对古代瓷器进行的复制，也有很高的艺术价值。这种有目的的复制，在艺术品领域称为"高仿"，一般的"高仿"都会留下明显的记痕，是对古代艺术品的一种再现。但是，如果刻意把复制品以真品的名义出售牟利，则是彻底的造假行为。现在，不但是古董，只要是有利可图，当代作品也存在造假，只是仿造古董的获利相对丰厚。作家吴树耗费近5年写成的纪实文学作品《谁在收藏中国》，在国内首次揭开了文物市场内的众多内幕、黑幕。

艺术品造假已经从原来的偷偷摸摸单干发展到光明正大的造假作坊，由造假作坊而造假企业，由造假企业而造假企业集群。分工合作，配合默契，在许多地方都出现了规模化、集团化、专业化的队伍，并渐已形成了一个产业链，有的甚至发展成为当地的"支柱产业"。而且造假水准在现代高科技的帮助下，也是芝麻开花节节高。现在瓷器造假从窑变到包浆可以一次成型，运用三维扫描技术，做出的东西和原物一模一样，硅橡胶翻模技术的运用，使仿品上的花纹与原物没有任何差别。有些化学溶液能使铜锈从赝品中自然长出来，抠都抠不掉，而在过去，假锈怕烫、怕高温，一碰就掉。所以现在的很多赝品，不是专家很难鉴别。

景德镇号称中国瓷都，这里也是仿古瓷器的生产中心。仿古瓷市场中，中低档仿品占了多数，高精仿品数量不多。樊家井村里有不少小作坊和店铺制作中低档仿古瓷，其间还有专门"作旧"的加工店铺。而筲箕坞等地的仿古瓷水平相对较高。樊家井地处景德镇火车站附近，这里原本是农村，20世纪90年代仿古瓷火了以后，这里逐步演变为一个具有四百余家个体作坊、专门从事古瓷仿造和交易活动的集散地。先是被当地人称作"抚州佬"、"南昌佬"的本省瓷器贩子长年来往于此,后来随着元代、明代和清代官窑瓷的热销,这里渐渐聚集了包括港台在内的全国各地的陶商瓷贩。近两年,日本、新加坡等国家的文物商人,也在此地频繁出没。有的窑厂可以算得上是个陶瓷科研单位,从陶土的配方、人工练泥、器皿成型到釉的配置、绘画方法和原料、烧制方法等等,完全依据用出土文物所作的科学检测数据为标准,每一道工序都精心操作、一丝不苟。为捕捉官窑的神韵,他们放弃价格低廉的煤烧、气烧等方法,恢复柴窑烧制。每烧一窑瓷器,最少要消耗松柴 4 卡车,耗时 22 个小时。尽管如此精细、不惜成本,但大多数时候一柴窑坯子只能烧成一两件瓷器,所以这种高仿品造价十分昂贵,卖出去也就便宜不了,每件元明清"官窑器"的卖价一般都不低于 20 万元。据说,樊家井一些顶级的高仿作坊,其制作方法完全按照古法,拉坯高手甚至可以拉出与真品不差分毫分量的坯胎。他们高仿的瓷器,基本上可以骗过大部分省级博物馆的专家,在国际拍卖市场上也屡见踪影。但是,高仿者们称,他们从来就跟人讲清楚是高仿,从来没有当古董卖钱,至于拍卖市场怎么拍,并不是他们的事。

在书画界,名家作品被仿制是一个公开的秘密。张大千、齐白石、范曾等都是经常被仿冒的对象,仿制当代书画名家作品已经形成了一个产业链。一批身怀绝技的科班出身的画工,在画坛闯荡多年没有成名,沦为替老板作画的画工。由于受到良好的专业训练,他们的技能没有话说,有的人专门研究某个名家,从画风、笔法、神气,无不精研;有的专司绘画,有的专攻书法,而印章现在采用电脑扫描电子刻制,与真章无异;至于绘制方法,从传统的覆纸描摹到使用投影照射,俨然产业化经营。这种仿作,一般的专家根本无法鉴别,而普通的收藏爱好者,走眼也是必然的。有些仿制书画作品甚至登堂入室,通过著名的拍卖公司高价成交,则让人胆寒。2008 年岁末的一场官司,却对艺术品拍卖市场提出了诚信的考量。230 万元巨款拍得的艺术大家吴冠中画作《池塘》,却被作者本人认定为赝品。为了挽回损失,买画人苏某将拍卖公司北京翰海拍卖有限公司以及委托人萧某一并推上了法院的被告席。虽然,仿吴冠中的画作被拍卖已是司空见惯的现象,但这场官司因为吴冠中的名气、艺术品市场的人气、拍卖行常被诟病的风气,加之媒体记者出庭等几方面因素的共同发酵,还是在收藏界、法律界引起了很大反响。①

3. 流动性风险

艺术品投资也有流动性风险,这就是你投资的艺术品兑现的可能性。当艺术品市场处在上升或高涨期,艺术品过手是比较容易的,这时候流动性是没有问题的;但在市场处于下行或低谷时,流动性问题就非常重要了。一般来说,艺术品都是奢侈品,价值上比较昂贵,需要占用较多的资金,其交易往往限于特殊领域,甚至必须在特定的中介平台才能实现交易。因此,艺术品投资必须要考虑这个问题了,那就是这件艺术品在收藏领域的受欢迎程度、占用资金规模等等。并不是所有的艺术品都会受到追捧,艺术品甚至也存在周期性。有些艺术品在某个地区市场受到欢迎,并不等于在所有市场都能接受。像非洲艺术品,在欧美已经广为接受,但是你别指望国内的收藏家会慷慨解囊买下你的藏品;国内拍卖市场上受欢迎的艺术品,在国际市场上可能无人问津。中国传统艺术品在国际市场上要比中国当代艺术品远远受追捧,尤其上中国古代瓷器,屡屡在海外拍卖中创出新高。这些稀缺性艺术品的流动性是非常好的,一件元青花永远在拍卖市场受欢迎,存世数量仅有两位数的宋代汝瓷,在拍卖市场上简直难睹芳容,这样的艺术品永远不用担心流动性。不过,个人投资者要涉足这个领域,似乎是没有可能的。

个人投资者最可能进入的是中低层次的艺术品市场,流动性问题尤其突出。如果是玩古物,中低层次的玩家只能玩大路,而这种东西却是数量庞杂,品质不一,珍稀度是根本说不上的,平时淘来自己把玩,倒也不成问题,

---

① 参见:"吴冠中假画案续口官员称中国艺术品市场存诚信危机",《法制日报》,2008 年 12 月 16 日

一旦你要出手,这可不好说了。你别指望你的大路宝贝会出现买家竞相出价的红火场面。除非你自己有闲工夫也去练摊,否则这种普通收藏品很不方便出手。2008年秋拍各拍卖公司在寻求稳健而保值的同时,也都在尽可能的规避风险,减少甚至取消当代艺术拍品成为这季拍卖公司应对市场环境的重要策略。2008佳士得秋拍夜场广受关注的曾梵志的《从群众中来,到群众中去》最终遭遇流拍,这只是当代名家遭遇流拍的一个案例,曾梵志2008年春拍作品成交率达到93.1%,而秋拍仅为56%。在春拍里排名油画及当代艺术成交额前10位的艺术家作品成交率最低73%,最高93%,而秋拍则在56%至81%之间。如果持有该类天价艺术品,则在金融危机时期恐怕唯有压箱子底了。

第三节 艺术品投资应该怎么玩?

艺术品投资需要一定的经济基础,也需要一定的修养。但作为投资,并不是价钱贵的东西一定能够回报好,也不一定名家的东西一定能够升值快。艺术品投资,不可能像投资股票那样碰巧了可以半年就翻番,可能需要"养"很长时间;艺术品投资要有眼力,要能够发掘今后能够为市场青睐的宝贝。

一、中长线投资原则

艺术品投资不可能瞬间暴涨,需要一个"养"的过程,需要一定的周期和时间,但从回报来看,绝对不亚于其他投资,俗话说"土地五年涨一倍,古董十年涨六倍",就是这个理。像谢稚柳的精品《峨嵋金顶图》曾在1992年苏富比拍卖会上,一位海外买家以34万港元购进,当时,这已是谢稚柳作品中的最高价。但时隔8年,当这幅力作再次亮相苏富比时,受到了买家热烈追捧,最后以103.5万港元拍出,不仅再创谢稚柳作品的新高,而且8年中升值

2 倍。由此可见,只要眼光好,中长线投资艺术品回报是相当可观的。

二、投资精品原则

艺术品市场上历来有这样的说法:"只要东西好,不怕卖不掉;只要东西好,不怕卖不高"。它告诉我们只要投资的是精品,总会卖出好价钱。从拍卖场上看,精品与一般作品的价位往往有天壤之别,即使大名家的精品与应酬之作也有悬殊差别。像张大千、齐白石的作品既有上千万元的作品,也有几万元的作品。因此,对藏家来说,挑选精品投资至关重要。现在有一种看法认为,在金融风暴下,艺术品精品市场成为了避风港,尤其是经典的艺术品,其价值的保值性使人们对其抱有很强的信心。

三、逢低吸纳原则

艺术品市场是需要"捡漏"和"淘全"的,不论在集市上或是艺术品拍卖场上都有机会,实际就看你的眼光是不是到位。如果眼光好,对市场价位又熟悉,那么,就有可能买到便宜货。1997 年上海一家拍卖行曾推出著名画家黄幻吾的《漓江山水手卷》,当时买家只以 2 万元价格买入,4 年后,当该幅作品在上海敬华拍卖行亮相时,却以 9.02 万元成交,短短 4 年竟赚了 3 倍多。①

四、不熟悉不投资原则

艺术品投资一定要投资者本人对投资对象有一定的了解,需要事先做功课,不能跟风,人云亦云。投资之前必须先了解投资艺术品的背景,了解作者的艺术风格、创作背景,了解过去拍卖的行情,如果可能,还要了解拟投资艺术品的流传过程。只有充分了解艺术品,才能有把握,不吃药。投资艺术品切忌不能做墙头草,要有自己的主见和判断,不能让卖家替你做主。

---

① 参见:"艺术投资能否等于储蓄未来",《大江南收藏报》

五、量力投资原则

艺术品市场也分为高、中、低三个阶段,划分的界限主要是价格。在金融风暴这个严冬,个人投资者考虑最多的是风险,任何一项投资活动都要事先比较风险,而后着手。因此,个人投资者在进入艺术收藏品投资时,还是要考虑再三,你能够承受多少风险? 你的投资资金是否充足? 有其他用途的资金千万别贸然进入投资领域,要选择适合自己进入的投资层次。

第四节　古董收藏投资个人要慎重

"如果你不懂,还是不要碰古董。"古董又称古玩,历来是上至帝王下到落第文人的雅好。但是这行的水太深,具体有多深,相信现实的例子也很多了。看过马未都的书听过他讲座的人对老马走眼的事也略知一二。玩古董这行的人都交过学费,只是有的交得多,有的交得少而已。吴树的《谁在收藏中国》深刻揭露了文物收藏领域的造假黑幕,京城著名的"片儿白"白明在古董这行跌打滚爬多年,祖上又是古玩世家,他以自己的切肤之痛写成了本《打眼》,是古玩爱好者很好的入门级教材,书中也展示了古玩收藏之路遍布荆棘,充满陷阱。古玩这领域包含的门类众多,有书画、铜器、陶瓷、玉器、古籍、钱币、家具,以及其他统称杂项的,哪一门都博大精深,别说融会贯通,就是在某一门里对一个专项有点研究就不容易了。研究玩古董,你得对相关历史背景了如指掌,要对器物的制作工艺深得个中三昧,还要研究具体的制作者的个人风格、特征。要研究原材料,还要研究制作流程,要考究其流传,还要知道作假的方法及识别门道。一不小心走眼,损失就大了,花了大价钱,换了个工艺品,哪还叫投资? 可能很多人一直津津乐道唠叨着五斤猪肉换天价古画的故事,其实先不说真假,就是古画放你跟前,你是否有火眼真睛？那种捡漏的事，是可不求可遇的，概率可能比中六合彩大奖不会高到哪里。专家也告诫道，目前有价值的古董，价格也已经高到天上了，参与者都是"收藏家"们。这"收藏家"和收藏者虽然一字之差，可是差得可远了。收藏家首先得家道丰厚，没有过亿也得上千万，和靠薪水指望投资增值的老百姓不是一回事！第二在这行里得浸淫多年，有很深的道行，得是个专家，整天想靠捡漏发现宝贝然后拍卖个天价是真不现实。

清朝覆灭后，前清遗老、八旗子弟及达官贵人们家道潦倒，靠古玩维持家用的不少。像末代皇帝溥仪就不止一次从宫里偷出国宝级的古玩在市上兜售，宫里的太监及妃嫔们也暗中盗卖古玩。著名的"三希堂"法帖中的《伯远帖》和《中秋帖》就是在那时被光绪的瑾妃偷卖的。抗战后，伪满宫中流出的国宝古玩也在市场广为流传；"文革"后，劫后余生的文物也频频在市场上露面，其时收藏之风尚未兴起，国人生活水平仍然较低，像马未都这样有先见之明的捷足先等，过了把捡漏的瘾。但时过境迁，这种机会绝无仅有了。当然，爱好者在潘家园自得其乐是另外回事。古董其实并不适合个人投资者，至于现在各地古玩市场遍地开花到处可淘的小件杂玩，可以作为爱好进行收藏，也不排除可以获得一定的增值，但毕竟有限，且珍贵性较低，比较容易觅购，不确定性也多，作为投资工具并不理想。而且，这一行打眼的风险极大，应该慎重。

一、古书画投资

流传有序的名人古书画一般价也不低，几十万上百万也寻常，不适合一般投资者。另外，仿制书画是国内制假者的长项，其水平之高是有目共睹的。捡漏的机会小，打眼的可能极高。在古代，仿制书画就相当盛行。明代苏州一带仿制甚众，有"苏州片"之称。如明代苏州专诸巷钦氏父子兄弟专门伪造宋元以来大家的书画，数量甚多，有"钦家样"的恶名。到了清代中叶，他们的子孙仍在苏州一带以卖假画为生。苏州地区伪造书画的风气延续到民国初年,都没有多大的改变。扬州、绍兴、广州、江西一带历代制作书画赝品也均有名,近世上海更是后来居上,出现了专门的赝品制作集团。这些赝品仿作极为逼真,一般人很难鉴别。

风险度:★★★★★(别指望用猪肉换古画)

收益度:★★☆☆☆(水平一般、历史不久的也值不了几个钱)

流动性:★★★★☆(书画携带方便,容易转手流动)

个人投资者适合度:☆☆☆☆☆(黑体星代表可能性,空心星代表不可能性)

二、善本古籍投资

中国是造纸、印刷术的故乡,古代文化的发达催生了出版业的繁荣,大量的文化人都有藏书的癖好,爱书、藏书是文人雅士的风气。历史上藏书家代代相传,使大量历史古籍得以流传。宋代的刻书就极为讲究,从版式上讲,前期多白口,四周单边;后期仍多白口,左右双边、上下单边,少数四周双边。宋代刻书的字体,是将唐代诸位大家的字体运用于刻书了,如唐代的大书法家褚、颜、欧、柳诸家在书法上的最大成就就是把楷书推向了高峰,而刻书的字体又恰恰需要这种端庄凝重的楷字。宋代刻书的用纸,过去搞版本的人多称为白麻纸、黄麻纸和竹纸。宋版书历来为藏家所重,有"一叶宋版一量金"之说,可见其珍贵。元承南宋书风,字体多模赵孟頫,字不避讳,且多简体,颇具特色。明版书的风格前后变化较大,其最亮丽的当数插图,线条飘逸、画面精美,是中国书籍插图的一个高峰。明代《永乐大典》是皇家修书的典范,是古代图书出版史的壮举,其水平之高前无古人。清代刻书的字体,在清初时尚沿袭前明旧习,至康熙发生了变化,形成了一种非颜非柳也非赵的"馆格体"(也称"馆阁体")。至嘉庆年间,刻书字体也失去了旧日的舒展圆秀,而变成呆板乏神的样子。清代各地刻书盛行,版本众多,也是目前最常见的古籍。《四库全书》是继《永乐大典》后的又一部皇家修订的图书大全,达到了中国古代书籍出版的顶峰。因为古籍不同于书画,它的存世量

固定,而且非常有限,买家群体也是以藏家为主。真正好的藏品,一旦交易就很少会再出现在市场上。这样一来,上乘的藏品上拍量日益减少,专家将古籍善本市场形象地比作"一座可以挖得绝的矿"。古籍造假不是一件容易的事,如果想要仿制一本明清刻本,首先要开一个工场,再请一批工人。其成本远远高于拍卖价格,仿冒者还必须具有一定程度的古代文化素质,不然连看都看不懂,就无从造假。

风险度:★★☆☆☆(造假成本太高了)

收益度:★★★★★(其实这个领域都是专业级的,很少有人卖,收益是象征性的)

流动性:★★★★★(一出手就被抢)

个人投资者适合度:★☆☆☆☆

民国时期的图书数量可观、内容丰富,且由于距今较近,损坏或流失较少,时下价格相对偏低,许多私人藏家在经济上都能承受。初人者选择这一类别的图书投资比较适合。

风险度:★★☆☆☆(目前还不值得)

收益度:★★★☆☆(市场在慢慢热起来)

流动性:★★★★☆(价格不高,接手容易)

个人投资者适合度:★★★★☆

三、青铜器投资

如果要投资青铜,那么说明投资者已经到了古玩投资的顶级层次了。青铜器是先秦时期公卿贵胄之家的礼器和餐器,秦汉以后则以青铜镜的造诣较高。中国古代已经具有较高的青铜冶炼和铸造技术,青铜文化代表着中国古代科技和艺术水平的一个顶峰。艺术平高的青铜大器基本上都在博物馆里了,近代出土的也基本上为国家所收,民间流传的高质量青铜器不是很多,精美者更是少见。收藏青铜器不是一般人力所能及,且青铜器的仿制在历史上就非常盛行,个人投资者玩青铜器的难度比较高,不推荐普通投资者入行。

风险度:★★★★★(不用说了)

收益度:★★☆☆☆(如果淘到比较精美的,也是造化)

流动性:★★★★☆(好东西也是容易出手的)

个人投资者适合度:★★☆☆☆

四、高古陶瓷投资

1. 古陶器

古代陶器的收藏历来不是很流行,出土精美者也不多。陶器的历史一般都比较悠久,艺术上比较粗犷,风格上比较原始。由于古代陶器的制作工艺不复杂,仿制也容易。使用现代科技进行老化处理甚至可以乱真,故玩起来不爽!

风险度:★★★★★(假的真的都像后院里的)

收益度:★☆☆☆☆(很难说)

流动性:★★☆☆☆(不是大热门,市场追捧不火)

个人投资者适合度:★★☆☆☆

2. 高古瓷器

瓷器是中国最有代表性的艺术,CHINA 已经成为中国的名字。我国的陶瓷发展,早期以陶器为主,东汉时原始青瓷开始出现,南北朝时发展到比较成熟的阶段。中国古代的瓷文化以宋代最为辉煌,官、哥、汝、定、钧五个窑口是其代表。五大窑口均为皇家御窑,水平之高自然非民窑可比。明清两代的官窑更上一层楼,斗彩、粉彩、珐琅彩等精美绝伦。故宫收藏历朝历代的官窑艺术瓷器共40余万件,其中大陆有36万件之多,台湾也有4万余件,全藏在两地的故宫。末代皇帝偷盗出宫和八国联军掠夺走的官窑艺术

瓷器是极有限的,不可能有成千上万件流散于宫外。文化部艺术市场司副司长张新建曾经说,国内的艺术品中拍卖90%的官窑瓷器是假货。投资官窑瓷器有很高的收益预期,但是一旦走眼,损失也惊人。从收藏者的结构来看,宋元及以前的所谓高古瓷器因鉴定赏析困难导致的曲高和寡,大部分藏家都回避高古瓷器。个人投资者从资金和鉴别能力两方面看,也不宜介入高古瓷器投资。

汝瓷:窑口位于河南汝州,也称汝官窑,是五大窑口中最具有传奇性的。汝瓷制作工艺精湛,用料考究,配方独特,烧成技艺高超,由于铁还原达到了最佳效果,超越了当时所有的窑口,是中国青瓷发展史上划时代的创举。汝瓷烧造约在北宋哲宗元祐元年(1086)到徽宗崇宁五年(1106),前后兴盛不过20余年,故传世品极少,就随着金兵的铁蹄而消逝。汝瓷历代均视若珍宝,与商彝周鼎比贵。汝瓷釉色之优美,那种"雨过天晴云破处"的境界,是可遇不可求的。汝瓷仅供宫内御用,烧造十分困难,成品率极低,残次者就地打碎深埋,民间绝无使用。在南宋时即一片难求,可见其珍!现在,流传于世的汝瓷仅有67件半,均流传有序,近年在河南汝窑遗址挖掘也有较完整的出土,但均由国家收藏。随便哪件汝瓷都价值连城。国际上汝瓷的拍卖也极罕见,但是拍卖价并不高,可能是买家心有疑虑吧。上世纪80年代,汝瓷在国内被复制成功,水平逐步上升,仿制品在坊间也常见。于是经常有爱好者声称捡漏得到了宋汝瓷,有个收藏者更是称家藏汝瓷20多件,其藏量堪比台北故宫。其实,大家省了这份心吧,捡漏找到宋汝瓷,比被陨石击中的概率还要低。

风险度:★★★★★(基本肯定要打眼)

收益度:☆☆☆☆☆(打水漂是100%的)

流动性:☆☆☆☆☆(没有人会买你的)

个人投资者适合度:☆☆☆☆☆

钧瓷:窑口在河南禹州,古属钧州,古名。钧窑创始于唐代,历经宋、金至元代,胎质细腻,釉色华丽夺目、种类之多不胜枚举;有玫瑰紫、海棠红、茄子紫、天蓝、胭脂、朱砂、火红,还有窑变。器型以碗盘为多,但以花盆最为出色,传说为宋徽宗建艮岳时栽种盆景、花卉专用。钧窑瓷极其珍贵,这在民间有众多的说法,比如"纵有家产万贯,不如钧瓷一件"。"钧瓷无对,窑变无双","入窑一色,出窑万彩"等等。钧瓷的窑变釉色浑然天成,绝世无双。釉药中有活动性配方,且与窑炉结构关系密切,所用燃料、窑装之稀密、外在因素的寒暑、晴雨、风向,窑工们的应变配合能力都密切相关。古人有"十窑九不成"、"要想穷烧钧窑"的说法,可见其稀贵。

风险度:★★★★★(理由不用再说了)

收益度:☆☆☆☆☆(如果以高价买仿品肯定是负收益)

流动性:☆☆☆☆☆(除非碰到比你还傻的)

个人投资者适合度:☆☆☆☆☆

定窑:定窑以白瓷闻名,也有黑定和紫定,更为稀见。是继唐代的邢窑白瓷之后兴起的一大瓷窑体系。主要产地在今河北省曲阳县,因该地区唐宋时期属定州管辖,故名定窑。北宋是定窑发展的鼎盛时期,制瓷技术有许多创造和进步。北宋中后期,定窑由于瓷质精良、色泽淡雅,纹饰秀美,被宋朝政府选为宫廷用瓷,使其身价大增,产品风靡一时。定窑瓷主要以装饰花纹见长,划花、刻花、印花等技术炉火纯青,有很高的艺术价值。故宫博物院收藏的"定州白瓷孩儿枕",是定窑瓷器的代表作之一。由于定瓷作为民窑在历史上烧造期较长,数量较多,今天还能较长在市场上看到,但作为御窑的时间并不长,烧造的精品极罕见。定瓷的拍卖价在境内外差异比较大,适当投资还是可行的。

风险度:★★★★☆(偶尔可能有捡漏的机会)

收益度:★★☆☆☆(觅到精品自然升值,但是假货也多)

流动性:★★☆☆☆(收藏者比较能够接受)

个人投资者适合度:★★☆☆☆

官窑：北宋官窑亦称"汴京官窑"，1125年后因宋金战乱，宋室南迁，北宋官窑历时15年，此后即销声匿迹。靖康之难，宋高宗赵构偏安东南，定都临安（今浙江杭州）。在杭州凤凰山设立修内司官窑，也称"内窑"。并在南郊的乌龟山八卦田郊坛下附近别立新窑，即郊坛下官窑。这是北宋汴京官窑的继续，历史上称为南宋官窑。北宋官窑胎骨与汝瓷极似，精细坚密，分为深、浅灰色。釉面光润，釉下并有一层深酱色"护胎釉"。而南宋官窑的胎土多呈黑褐色、灰褐色、灰色及红褐色等，胎质轻薄，釉层较厚，釉色有粉青、月白、油灰和米黄等多种，以粉青为上，浑厚滋润，纯净莹澈。其造型端庄，线条洗练，多为素面，既无精美的雕饰，又无艳彩的描绘，且多用凸凹直棱或弦纹为饰，在釉面自然优美的片纹点缀下颇显高贵典雅。同时，由于胎料中含铁量极高，致使器物的口缘釉薄处露出胎色，称为"紫口"。器足底端刮釉露胎处呈黑褐或深灰色，称为"铁足"。"紫口铁足"是官窑瓷器的重要特征。也许是釉色和苍天之色相似，官瓷尤为历代皇帝所推崇和喜爱。宋官窑的精品历来受追捧，国内拍卖也是常见，北京三希堂国际在2006年曾经以1 800万元拍卖了一件南宋官窑瓜棱瓶。

风险度：★★★★☆（捡漏的机会不是很有可能）

收益度：★★☆☆☆（觅到精品固然好，看你眼力了）

流动性：★★☆☆☆（大家都在等呢）

个人投资者适合度：★★☆☆☆

哥窑、弟窑：嘉靖四十五年刊刻的《七修类稿续稿》称"哥窑与龙泉窑皆出处州龙泉县。南宋时有章生一、生二弟兄各主一窑，生一所陶者为哥窑，以名故也，章生二所陶者为龙泉，以地名也。"传世哥窑瓷器不见于宋墓出土，其窑址也未发现，故研究者普遍认为哥窑属于宋代官办瓷窑。明代迄今，古陶瓷领域一直存在"官哥不分"之说。哥窑瓷土脉微紫，质薄，有油灰色、米色、粉青色三种瓷釉彩，表面满裂纹，裂纹有冰裂、梅花片、墨纹、细碎纹等形状。因为土质含铁量较高，烧胚时发生氧化，瓷器胚呈紫黑铁色，瓷器没有涂釉的底部显现瓷胚本来的铁色,叫"铁足",而釉彩较薄的口部呈紫色,叫"紫口"。弟窑一般称龙泉窑,胎体施厚釉烧制,以釉色见长,有天青、梅子青、粉青、豆绿等釉色,其釉温润晶莹、苍翠夺目。历史上龙泉窑大量出口,在日本等地影响极大。

风险度:★★★☆☆(如果有耐心,并且好眼力,还是有发现)

收益度:★★★★☆(如果是精品,升值很吓人)

流动性:★★★★★(日本人非常喜欢,接盘大大的)

个人投资者适合度:★★★☆☆

元青花:现在瓷器收藏群里谈论最多的要数元青花了。青花瓷始于唐,元青花史上几乎没有记载。元统治者来自马背,对易碎的瓷器一向不重视,这种青花瓷的发色材料含钴,当时主要从西亚一带进口,而元青花当时估计主要用于对外贸易,故今天在西亚土耳其、伊朗以及欧洲的博物馆比较多。元青花开中国陶瓷装饰的一个先河,之前瓷器的装饰都不怎么强烈。像"鬼谷下山罐"的颜色、画艺、质量,今天看都是登峰造极的水准,永不过时。元青花大罐"鬼谷下山罐"创下了2.3亿的中国古代艺术品的天价。在这之前,元青花在国内很少见,一直有人怀疑元代有青花瓷的存在呢!现在,可能很多人都希望在后院挖出个元青花来呢,市场上也不断有人拿出元青花瓷的大件,甚至号称有"鬼谷下山罐"系列中的一件……其实,真正的元青花,拍卖价很少低于500万人民币的,看看下面这个统计数字就知道了,别指望捡漏用几万元弄个元青花了。

表5-1　　　　　　　　拍卖价最贵的元青花瓷器

器　名	尺寸(cm)	成交价(人民币)	拍卖公司	拍卖日期
元青花鬼谷子下山图罐	27.5	228 341 978	伦敦佳士得	2005～07～12
元青花锦香亭图罐	27.3	49 989 600	香港佳士得	2005～11～28
缠枝牡丹纹双鱼耳大罐	50.5	23 217 975	香港佳士得	2004～04～26
元青花岁寒三友图罐	22.9	22 684 000	香港佳士得	2006～05～30
元青花鱼纹罐	31	28 000 000	伦敦佳士得	2006～07～11
元青花缠枝牡丹纹罐	30	14 520 000	北京华辰	2006～06～04

器　名	尺寸(cm)	成交价(人民币)	拍卖公司	拍卖日期
元青花云龙戏珠纹兽耳大罐	39	10 158 775	香港佳士得	2003～10～27
元青花赶珠云龙纹罐	27	9 624 800	香港苏富比	2005～05～02
元青花莲池水禽松竹梅纹碗	24.4	9 500 000	天津德丰	2002～06～23
元青花垂肩八吉祥缠枝花卉纹罐	17.2	9 031 200	香港苏富比	2006～04～10
元青花缠枝牡丹罐	26.7	6 849 057	北京翰海	2005～12～12

资料来源:《中华遗产》,2008年11期

风险度:★★★★★(别指望有祖上传下来的,早不出来,现在崩出来了)

收益度:★★☆☆☆(景德镇高仿的水平也不低,只要价格拿来低,也值几个钱)

流动性:★★☆☆☆(看看近年的拍卖成交记录就清楚了)

个人投资者适合度:☆☆☆☆☆

相对来说,明清瓷的收藏具有较好的群众基础,历来受推崇。如果经济情况允许,本人也有一定的鉴赏力,可以谨慎介入。但是,投资者应该分清官窑瓷与民窑瓷的区别。明清景德镇等地的官窑由朝廷派员督造,料、工均精,产品专供皇家御用,次品均就地打碎填埋,故流传皆精品,水平自非民窑可比。而主要生产日常用

图5-1 元青花
"鬼谷子下山罐"

品瓷的民窑产品做工及用料则差远了,其数量也众,投资价值也远不及。所以,并不是明清瓷都在一个价位,官窑瓷才是值得投资的。

明代瓷:明代是大量使用瓷制礼器的朝代,在诸多的祭祀活动中,对瓷制礼器的用色、数量、形制、纹饰等都有明确的规定。明代瓷制礼器在嘉靖、万历时期烧造的数量最多。从釉色看,尤以青花最多,其次分别为龙泉釉、德化白釉、五彩、斗彩、三彩、孔雀绿、珐花、白釉黑彩等。明代瓷制礼器的器形以鼎为最多,其次为尊、瓶、瓶、爵、簋、鬲等;此时的纹饰图案或仿商周的夔龙纹、饕餮纹、云雷纹、回纹、乳钉纹、蕉叶纹;在装饰手法上也采用了商代

的"二层花"的手法。明代瓷制礼器在礼教、礼制思想的高度政治化的过程中表现出高度的艺术化;而高度艺术化的瓷制礼器在以礼教、礼制的明代社会中也发挥了巨大的作用。明代帝王对祭祀活动的高度重视,以及景德镇御器厂瓷器制作水平的空前提高,都为瓷制礼器的高度艺术化提供了条件。明瓷在拍卖市场上非常活跃,宣德、嘉靖、成化瓷的水平非常高,价格也高,像 2007 年由辽宁国际商品拍卖有限公司组织举办的秋季艺术品拍卖会上,一款明嘉靖时期的五彩鱼藻纹大罐就以 2 700 万元成交。

风险度:★★★★☆(这可是樊家井那边最拿手的)

收益度:★★★★☆(如果是真货那是没得说的)

流动性:★★★★★(只要东西精,何怕没人拍)

个人投资者适合度:★★☆☆☆

清三代瓷:清三代瓷的持续受宠,既有工艺方面的原因,康雍乾三朝的瓷器可谓清瓷工艺的最高代表;其次也和藏家构成的变化、收藏方式和目的的变迁等相关。中国的制瓷工艺发展到清代,在康熙、雍正、乾隆三朝时期达到了历史最高水平,无论质量、数量都是前代不可比拟的,这可视为清三代瓷器能成为市场热点的一个基础条件。江西景德镇在这一时期始终保持中国瓷都的地位,它的官窑瓷器代表了当时中国瓷器的最高水平。青花瓷在清代仍是瓷器中的主要产品,斗彩、五彩、素三彩则继续在更高水准上烧制。康熙朝又创新了珐琅彩、粉彩和釉下三彩等新品种,各种单色釉有增无减。康熙、雍正、乾隆烧制的青花器无论是器型还是釉色都极力追崇明代永乐、宣德和成化三朝,尤其是康熙青花,色调青翠艳丽,层次分明,浓淡笔韵能分五色,如水墨画一般,含蓄而生动。五彩瓷器康熙时最为精绝,胎骨轻薄,釉色洁白莹亮,画工细腻,色彩柔和,线条流畅,让人爱不释手。雍乾时粉彩的成就最为突出,色调温润,鲜艳而不妖冶,立体感强烈,常常让人叹为观止。此外,这一时期仿宋代汝、官、哥、定、均五大名窑的作品也很成功,有的几可乱真,洒蓝、天蓝、祭蓝、冬青、茶叶末等单色釉亦是佳作多多。目前,

清三代瓷拍卖已经成为撑场面的主角,海内外拍至千万以上的拍品也不是孤例,在春秋两季拍卖会上,清三代瓷在前十位中可以排几个。不过,清三代瓷的仿制也是近代各地重点攻关项目,景德镇目前仿制清三代已经炉火纯青,仿品屡屡现身国内外拍卖市场,一不小心高价拍进"樊家井造"可是欲哭无泪啊!

风险度:★★★★☆(需要炼就火眼金睛)

收益度:★★★★☆(如果是真货可得恭喜啦)

流动性:★★★★★(这是目前市场上最受欢迎的品种)

个人投资者适合度:★★★☆☆

五、明清家具投资

中国古典家具自明清以来,无论从选材用料、工艺技术、风格设计等方面,逐渐形成了鲜明的时代特色。近年来古典家具所承载的文化内涵逐渐开始受到尊崇,各类精巧绝伦的古典家具不仅成为艺术殿堂的重要收藏,也成为文物界、收藏界研究的课题。明清家具的收藏早期主要在海外,上个世纪90年代起国内也渐渐兴起"玩木器"之风。目前最具升值潜力的家具有两类:一类是明代和清早期在文人指点下制作的明式家具,木质一般都是黄花梨;另一类是清朝康熙、雍正、乾隆三代由皇帝亲自监督,宫廷艺术家指导,挑选全国最好的工匠在紫禁城里制作的清代宫廷家具,木质一般是紫檀木。这两类家具存世量至今总共不超过1万件,虽然当今价格已很高,但从投资角度看,这两类家具仍是最具升值空间的,年升值率约为20%左右,而且几乎没有风险,但条件必须是珍品,而且保存良好。

还有一类为明清民间家具,价格便宜,很少有伪品。不过其升值空间相对要小得多,保存十年增值幅度大约在几千元内。这类家具大多是榆木、核桃木、楸木等软木木材,其中江南产的艺术价值较高,山西产的大多仿北京宫廷式样,广东的则受西洋风格影响。我国农村地区过去还存在大量的老家具,其中明清时代的比例不小,但经过古旧家具经营商的多年挖掘,来源渐渐枯竭,其价格也只涨不跌。

明清家具的材质以"一黄"(黄花梨)、"二黑"(紫檀)、"三红"(老红木、鸡翅木、铁力木等)、"四白"(楠木、榉木、柞针木等)为排列顺序。"一黄、二黑"材质珍贵,一般在明清都只有皇家才能使用了,像紫檀木在清朝时已经无法进口了,只能拆旧材了。民间家具的材质一般差一点,大户人家的也有红木的,普通的大概就是"四白"成分了。真正具有很高收藏价值的明清家具在市场上很少流通,初入者主要缺乏辨别材质的能力,往往被忽悠。即使材质没有问题,也要辨别等级,每一种材料也分高、中、低档。另外,明清家具从整体造型看是线条流畅优美、结构合理的,而仿古家具结构过于现代,这个都需要下工夫的。

风险度:★★★★☆(高档家具当然有仿制,或者以普通的越级)

收益度:★★★☆☆(高档的20%的年收益是没有问题的,低档么……)

流动性:★★★★☆(高档的很容易转手,中低档的遍地开花,转手除非也去摆摊,另外体积过大,房子小的慎入)

个人投资者适合度:★★☆☆☆

第五节　当代艺术品投资怎么做?

一、当代艺术陶瓷投资攻略

初入门的投资者不仿选择当代陶瓷作为切入点,比起高古瓷器,当代艺术陶瓷有很多精品工艺水平在传统基础上有很多突破和创新,加上借助高科技手段,无论是在器型还是在用色和题材上,有些精品甚至更胜过古代官窑瓷器,具有强烈的时代感。近年来,当代陶瓷广受关注,而具有投资价值的,并非所有投资产品,而应该是艺术陶瓷。艺术陶瓷是当代出现的相对纯艺术的陶瓷作品,它是由陶瓷艺术家充分利用陶瓷材料的特点和自己的技巧,使用自己特有的陶瓷艺术语言来阐释自己的感受见解和发现。这些作品体现着作者的一切素质和感情,即使是一件普通的创作品,也明显的带着作者技巧和艺术思想的烙印。艺术陶瓷的作者是艺术家,它形成的器物称之为作品。如果和书法艺术作品、绘画艺术作品、雕塑艺术作品收藏相比较,艺术陶瓷作品除具备这些艺术门类的收藏因素外,还有它本身是火中烧出的艺术,更具有唯一性和艺术效果的偶然性。从艺术角度看,当代的陶瓷艺术大师们的水准都达到了很高的水平,表现题材多样,价位相对比较低,一旦成为市场热点,投资回报收益十分丰厚。当代艺术大师大多健在,作品被仿制相对少,炒作情况也不多,乘低吸纳这类作品,有人比喻为买原始股。"也许今天还是名不见经传的作品,几年之后就会身价百倍。"不少收藏专家都对当代瓷市场表现出了乐观态度,普遍认为只要用良性的手段推动市场的发展,当代艺术瓷的前景不可限量。

中国工艺美术大师刘远长表示,一件工艺陶瓷,它的价值体现在四个方面:第一是它的艺术价值,只有收藏真正有艺术价值的作品才会有更好的升值空间;第二是工艺标准,陶瓷制作有 18 道工艺,要经历火的考验,这是一件好的陶瓷艺术品的基本工艺价值;第三是陶瓷要与时代、事件相联系,刻有时代的标志,这也就是所谓的历史价值,艺术价值与历史价值兼备的陶瓷作品具有很大的投资价值;最后一个是供求价值,作为艺术收藏品,"物以稀为贵",陶瓷作品的收藏价值总是与发行数量成反比的。收藏艺术陶瓷要量力而行。经济不十分富裕的投资者,可以购买小彩盘、小花瓶、小异型壶,以及陈设与实用兼而有之的文具、茶具等;其次,陈设艺术瓷作为商品,价格并非越高越好。比如釉下彩和青花瓷,要看画功是否熟练、清晰,色泽是否莹润、透明,分清釉上还是釉下彩,装饰注重工笔式写意,必须是手工绘制,不是印花、贴花,而且颜色要光亮。再就是对陈设艺术陶瓷的选购,既要看整体效果,也要察看器形是否周正,有无变形,釉面是否光洁,色度有无异样有无裂纹,有瑕疵的瓷器再好看也不值钱。

1. 景德镇艺术陶瓷

景德镇在中国陶瓷行业一直是执牛耳的,代表了当今中国陶瓷艺术的最高水平。近代,景德镇历史出现了"珠山八友"①,在继承我国优秀景德镇陶瓷传统的基础上,汲取民间景德镇陶瓷艺术的营养,以扬州八怪为典范,以海派艺术家为榜样,容纳西方陶瓷艺术风格和技法,用充溢的时代气息和满腔的爱国热情,投入瓷艺创作,冲破明清官窑的藩篱,像一股清泉,活跃了瓷坛。"珠山八友"的作品现在已经非常珍贵,价值也处在高位。新中国成立后,景德镇的艺术陶瓷发展迅速,涌现出一批较高水平的艺术大师。

目前,景德镇共有中国工艺美术大师 23 名、中国陶瓷艺术大师 9 名、江西省工艺美术大师 49 名,艺术院校教授及研究员 39 名,还有一大批由原轻工部和省级评定的高级工艺师。像王锡良、秦锡麟、黄卖九、赖德全、饶晓晴、王怀俊、宁勤征、李文跃、李菊生、钟莲生、郭文连、陆军、陆如、汪桂英等艺术大师的作品市场价格都在十几万到几十万之间,近十年来他们作品的价值已经增长了数倍,有的达到十倍以上,回报非常可观。专家认为,这些艺术大师的作品价值远远没有得到充分的体现,未来继续大幅增长的也正是它们!

图 5-2 陆如作品青花釉里红《映日荷花别样红》瓶

(成交价 40.32 万元,北京翰海 2008 秋拍品)

有一个现象也要注意,景德镇艺术瓷近年来已经进行过多次炒作,水分

① 珠山是景德镇的一个小山丘,明清两代御窑设此,民国年间,一批制瓷高手会集在此吟诗唱酬,时人谓"珠山八友",但人数并不确切是八人。一说乃王琦、王大凡、程意亭、汪野亭、邓碧珊、徐仲南、田鹤仙和刘雨岑;另一种说法是王琦、王大凡、程意亭、汪野亭、邓碧珊、何许人、毕伯涛和刘雨岑。

和泡沫是毫无疑问有一点的。另外,现在艺术大师的评选也有点走味,大师帽子漫天飞。景德镇目前集中了陶瓷行业 2/3 的国家级大师,数量之多是国内任何一个工艺美术领域无法比拟的。有人说过,景德镇如果只有 10 个大师,那是景德镇的骄傲,如果有 30 个那绝对是场灾难!话虽有点糙,但理却在。大师中也不乏沽名钓誉者,靠关系靠后门成了大师的不是没有。因此,投资大师作品也要擦亮眼睛,以防走眼!

风险度:★★★★☆(大师也有水分,并不是件件皆精品,部分大师作品有仿冒)

收益度:★★★★★(前景应该很好)

流动性:★★★☆☆(曲高总有和寡现象,部分高价作品要出手可能不容易)

个人投资者适合度:★★★★☆

也有人独辟蹊径,关注景德镇中青年艺术家的作品,现在的大师当初也是中青年么!挑选一些艺术上比较成熟,并且有独创性的作者,作品的题材、风格、画技等各方面都比较出色的进行投资,养一段时间后定会有丰厚回报。像李一新的作品,前些年的价位比较低的,后来他升了省级高工,并成为省大师,作品大受市场追捧,早期投资者则够滋润的了。在省级高工中,少壮派的艺术家们思路独特,风格创新大胆,比较符合当今艺术市场的走势,慧眼挖掘应该是可行的。即使现在职称不高的,如果具备未来大师素质,长期培育也未尝不可。如青年陶艺家严维明,作品使用高温色釉作釉下绘画,产生丰富的窑变效果,即有精细工笔的细微和丰富的色彩。又有笔墨淋漓的写意气魄。最独出的是利用色釉所产生的丰富肌理和材质的特殊效果,创造了其他绘画和艺术所达不到的效果,由于工艺难度复杂,每件作品都是孤品,不易仿造;近年他又探索以贵州蜡染技术进行瓷艺创作,风格独特。

图 5 - 3　严维明《泽国》系列（左）和蜡染效果瓷《纹》

（图片来源：绿宝石玉瓷网）

2. 醴陵艺术陶瓷

醴陵陶瓷生产已有近两千年的历史，1907 年至 1908 年，湖南瓷业学堂研制出草青、海碧、艳黑、赭色和玛瑙红等多种釉下颜料。湖南瓷业制造公司的绘画名师和瓷业学堂陶画班的毕业生，经过反复研制，采用自制釉下色料，运用国画双勾分水填色和"三烧制"法，生产出令人耳目一新的釉下五彩瓷器。釉下五彩瓷器瓷质细腻，画工精美，清新雅丽，别具一格，釉层下五彩缤纷，呈现出栩栩如生的画面，具有较高的艺术价值和使用价值。1909 年到1911 年，醴陵釉下五彩瓷分别参展武汉劝业会、南洋劝业会和意大利都灵国际赛会，连续获得金牌奖；1915 年，醴陵釉下五彩扁豆瓶参加巴拿马太平洋万国博览会获得金牌奖，从此醴陵瓷器名扬天下。但是民国年间，军阀混战、百业凋零，醴陵陶瓷生产陷于停顿，技术人员四散，一直到上各世纪 50 年代才恢复生产。醴陵瓷在新中国瓷业的地位是烧制"毛瓷"造就的，1958 年4 月 11 日，中共湖南省委奉命为中央首长试制一批茶杯，这一光荣任务由当时的醴陵陶瓷研究所（现为湖南省陶瓷研究所）承担。从 1958 年起至 1974年止，醴陵窑曾多次为毛主席制作生活专用瓷，包括餐具、茶具、文具、烟灰

缸、牙盒等。由于种种原因,散落民间的主席用瓷数量非常稀少。1997年广州嘉德拍卖会上主席用瓷第一次公开露面,当时作为拍品的红月季花碗尚有釉裂,但因收藏价值高,即便如此也颇受藏家追捧,最终以8.8万元成交。

"毛瓷"是特殊时代的特殊产物,流失在外的数量极少,受到市场的追捧并不稀奇。现在,醴陵等地使用"毛瓷"技术复制,称为"红官窑"的系列瓷器也以天价投放市场。但是,应该明确的是,"毛瓷"仅仅是当初专为毛泽东主席市场的专用瓷,现在的复刻版"红官窑",其意义已经完全不同了,因为制作极为精致,难度大,也是十分难得的精品,但已经含有较多的水分。跟风者有一定的风险,应该慎重。也有媒体报道称现在市场上的所谓"毛瓷"根本就没有真品,这就更要小心了。

风险度:★★★★☆(如果炒作过度,也有麻烦,但愿你别是最后一棒)

收益度:★★★★★(当大家很疯的时候,口袋都是张着的)

流动性:★★★★★(现在有供不应求的样子)

个人投资者适合度:★☆☆☆☆

醴陵的釉下五彩瓷艺术水平非常高,大师辈出,有极高的收藏投资价值。与景德镇不同的是,醴陵瓷没有经过大规模的炒作,几乎是原生态,高水平作品的价位与景德镇的简直没法比。像目前醴陵健在的2位中国工艺美术大师邓文科和陈扬龙来说,他们的精品也不过十几万元,普通作品在1-5万间。像温月斌、李人中、易炳宣、丁华汉、孙新水、唐锡怀、佘华、李日铭、熊声贵等老一辈艺术家们的作品,一般都在万元上下,精品的话也不是很高,在书画界就相当于一个初出道的小青年的价位。而中青年一辈中,也是人才迭出,如获得全国陶瓷艺术大赛金奖的张小兰、湖南省工艺美术大师黄永平,以及陈忠义、刘劲松、丁海波、朱占平、巫建平、彭玲等人的作品也深得社会欢迎,他们的作品目前的价位一般都仅有几千元。现在一些有眼光的收藏者已经深入当地,购买有潜力的作品。可以预见,醴陵艺术陶瓷精品今后的升值空间是非常大的,投资回报必定丰厚。

风险度:★★☆☆☆(目前价位比较低,安全性好)

收益度:★★★★☆(前景应该是很好,有一定未知因素)

流动性:★★★☆☆(市场认可度还不算高)

个人投资者适合度:★★★★☆

图5-4　张小兰《太阳风》和黄永平《湘西风情》

(图片来源:左 www. xl-art. cn;右瓷艺堂)

3. 石湾艺术陶瓷

石湾陶瓷是我国陶瓷史上的一朵奇葩,早在新石器时代晚期的贝丘遗址中已揭开其烧陶历史,出现大型窑场的历史可上溯到唐代,明至清初以仿钧著称,世称"广钧"和"佛山钧"。清末民初艺术陶瓷又进入了新时期,这一时期的重要标志是石湾的人物陶塑创作空前繁荣,出现了以陈渭岩、潘玉书为代表的一批善塑人物的陶艺家,逐渐以造型生动传神及其丰富的思想内涵,由民间工艺领域跃进了艺术殿堂,并成为世界陶塑艺术的一个重要组成部分。与北方陶瓷的端庄典雅、华贵精美和规整严谨不同,石湾艺术陶瓷有着浓厚的乡土特色,主要是造型生动传神,不论人物、动物或器皿的刻画,都致力于艺术典型化的塑造。每件作品都有鲜明的个性特征,各种造型达到了"百物百形,千人千面"的艺术境界,较少雷同,人称"石湾公仔"。

"石湾公仔"的领军人物包括刘泽棉、廖红标、黄松坚、刘炳、梅文鼎、钟汝荣等艺术大师,他们的作品在海内外有较大的影响力,市场地位也不错。由于公仔的生产模式是先由作者设计制作出原作,然后制模大量翻制,满足市场需求。从投资角度看,大量制作的大路货公仔充其量就是件工艺品,有欣赏价值,但投资价值不高。现在,某些大师的原作得到了市场的青睐,国家级大师的原作通常可以超过 10 万,个别作品甚至达到 30 以上,在拍卖会上也有过 70 万的情况。省级大师们的原作一般在 1～3 万,比较容易接受。毕竟原作不

图 5－5　封伟民限量版《雄霸天下》

（图片来源:鸿之陶陶艺工作室

www.shiwantao.com.cn）

太多,数量限制的"限量版"近年开始流行。像新年来临,刘泽棉、廖红标等大师制作的生肖牛限量版虽然价格不菲,仍然红火。年轻一辈中,也出现一批勇于创新的人才,像封伟民的作品,人物刻画非常传神,其武将系列风格独特,有一种震撼的力度,有现代雕塑的语言,非常值得收藏。

风险度:★★☆☆☆(目前价位比较低,投资欣赏两相宜)

收益度:★★★★☆(市场发育良好的话很不错)

流动性:★★★☆☆(目前有一定的地域性,很多地方不知道这玩意)

个人投资者适合度:★★★☆☆

4. 当代龙泉青瓷

现代的龙泉青瓷忠实地继承了中国传统的艺术风格,在继承和仿古的基础上,更有新的突破,研究成功紫铜色釉、高温黑色釉、虎斑色釉、赫色釉、茶叶末色釉、乌金釉和天青釉等。工艺美术设计装饰上,有"青瓷薄胎"、"青瓷玲珑"、"青瓷釉下彩"、"象形开片"、"文武开片"、"青白结合"、"哥弟窑结

合"等。当代龙泉瓷在继承传统的基础上,加入了一些新兴元素。一批艺术大师像徐朝兴、毛正聪、夏侯文、张绍斌等技艺已臻炉火纯青,其作品具有很高的艺术与收藏价值。中国工艺美术大师徐朝兴是国家非物质文化遗产保护项目代表性传承人,在50年的岁月中,见证了龙泉青瓷的复苏,他独创的跳刀技法,通过在飞速旋转的坯体上"千刀万剐",将千"线"万"点"通过特殊的排列与组合划刻在坯体上,形成效果奇特的水波、几何或多维图形,给人以无限遐想与回味的空间。徐朝兴的作品深得国内外藏家的喜爱,2005年他的作品青瓷五管瓶创出了70万元的天价。毛正聪担任龙泉青瓷研究所所长多年,获奖作品"哥窑文武开片挂盘",充分利用纹片的窑变技术,把握金丝铁线的纵横走向,将哥窑的开片纹饰技术发挥到极致,在似与非似之间,拓展了人们的想象空间。所创作的直径61厘米哥窑大挂盘在全国美术设计创作评比中脱颖而出,获得一等奖。目前毛正聪获得国家级奖的精品已达20余件,其粉青蜻蜓纹池海曾经在拍卖中拍出26万元的好价钱。中青年中的叶小春、陈爱明、卢伟孙、徐定昌、陈善林等功力也达到了非常高的境界。如叶小春经过多年的试制,终于复制成功失传几百年的冰裂纹,成为获得国家专利的龙泉第一人。浙江本土民营企业家汇聚,是今后艺术品市场繁荣的保证。近年来龙泉青瓷已经在收藏市场热起来,一旦形成投资高潮,当代龙泉青瓷必将爆发新行情。

图 5.6 徐朝兴跳刀黄釉碗(左)和毛正聪粉青蜻蜓纹池海

(图片来源:青瓷网 www.qingci.com)

风险度:★★☆☆☆(造假现象还不多)

收益度：★★★★☆（要看市场的发展了）

流动性：★★★☆☆（除了几个大师的作品，其他的还没有到抢的地步）

个人投资者适合度：★★★★☆

在当代艺术陶瓷中，还有一些窑口也具有一定的投资价值，但是由于区域、风格等因素，还没有被市场所广泛认可，作为投资还要斟酌。

山东淄博陶瓷也享有盛名，拥有陈怡谟、冯乃藻等中国工艺美术大师及李梓源、张明文、杨玉芳、尹干等中国陶瓷艺术大师。其中杨玉芳的陶塑人物非常具有乡土气息，屡获国家级大奖。近年来淄博流行刻瓷艺术，吸收了我国传统的绘画技艺和他家之长，笔、墨、色与刀法融会贯通。像李梓源、张明文等大师在刻瓷艺术方面的造诣都非常深厚，尹干创作的"山村"系列刻瓷在全国展出也受到爱好者的关注。淄博的名家刻瓷作品这几年的价位也是节节攀升，顶级大师作品在5～10万的水平。目前来讲淄博陶瓷在全国的影响还不大，有一定的地方局限性，投资的话有一定的风险。但如果认准未来的前景，现在介入也许是个好机会。

上海的当代艺术陶瓷近年来也形成了一定的气候，诞生了"海派艺术陶瓷"，目前在国内已经具有一定知名度的是"申窑"和"汉光瓷"。"申窑"诞生于千禧年，开创了中国瓷器的一个新的历史，那就是著名画家参与瓷器制作的历史。瓷器在诞生的过程中，融进了画家们的创作热情，从而在世纪之交的上海，瓷器制品尽展中国人的那份精神气质，成为上海文化界的一道新的风景。沪上著名画家俞晓夫、黄阿忠、马小娟、石禅成为了申窑的签约画家，目前其作品已经在海内外具有一定名气。"汉光瓷"由中国陶瓷艺术大师李遊宇一手打造，集中国陶瓷艺术大成，把中国陶瓷艺术推向一个新的高度。"汉光瓷"的白度、透广度、釉面硬度是目前国内最高的，达到世界著名陶瓷品牌的水平，加上其全手工制作和彩绘形式，极具收藏和投资价值。

福建德化白瓷在国内也享有盛名，艺术大师苏清河、许庆泰等人的作品现在已经价格不菲，年青一代的苏杜村、郑雄彭、郑雄伟、徐才提等人的作品也具有很高的艺术价值。定窑白瓷的刻花艺术是一绝,"定瓷第一人"中国工艺美术大师陈文增的作品在收藏家中非常受欢迎,蔺占献、和焕、赵平欧等人的作品也具有很高的艺术价值。钧窑的任星航、汝窑的朱文立、孟玉松等大师的作品也都具有投资价值。与前面的艺术陶瓷相比,这些窑口目前在国内收藏界的受欢迎程度相对低一些,预期投资回报具有不确定性,需要投资者自己有辨别能力。

紫砂壶肇始于宋,传苏东坡曾居阳羡手制提梁泥壶,今被称作"东坡壶"者是也。到明代时,宜兴一带制壶已经形成产业,供春就是当时制壶名家中名声最盛者。清朝康乾盛世,紫砂壶的制作、鉴赏与收藏达到了顶峰,紫砂壶也成为文人墨客赏玩之珍物。宜兴紫砂壶自古工艺讲究,造型精美,"方非一式,圆不一相",具有非常高的艺术水平。顾景舟、蒋蓉、汪寅仙、徐汉棠、徐秀棠、吕尧臣、谭泉海、鲍志强、周桂珍、顾绍培、李昌鸿、何道洪等国家级的大师艺术造诣均登峰造极,在国内外享有盛名。上个世纪80年代,海外曾经掀起过紫砂壶炒作风,名家作品动辄天价,推动了紫砂文化的发展,但也留下了行业发展的后患。现在宜兴紫砂壶投资最大的问题是市场的混乱、价格随意性大、产品批量不确定、款式缺乏创新,简单重复;而名家高仿遍布市场、原料陷阱多、注浆翻模壶横行,严重影响了紫砂市场的健康发展。从这一点来看,宜兴紫砂壶目前收藏欣赏可行,而投资增值风险极大。投资者入行,千万别动辄就是名家壶,应以中青年作品着手,不能看名头,而要看制作水平,以免打眼蒙受损失。

当代陶瓷投资小贴士

当代瓷器投资必须回避以下几种东西。

(1)批量生产的瓷器。尽管有的是名家设计,但实际上是高档复制品,具有欣赏价值而没有投资价值。日用陶瓷也是批量生产,且以日用性为主、艺术性居次,除了个别特殊性的(如毛瓷),没有投资价值。

(2)代笔作品。有些名家大量利用学生、徒弟等进行代笔,自己仅仅签

名,这种瓷器的投资价值就大打折扣了,但一般不知道底细的话还真难说!像采用分水工艺的作品代工现象就是很突出的,大师们设计画稿后,通过覆稿描样,再进行勾线,然后用料水分水制作,故对采用分水技法的作品要多个心眼。

(3)重大题材瓷。这种东西百分百的是商品,所谓限量往往起码1000、2000的,所谓大师作品其实也就是大师设计,根本不是大师亲笔。说到底和第一类的没有什么区别,只不过精工细作,质量高点罢了。策划方往往在媒体上进行重量级的广告轰炸,以动听的说辞打动投资饥渴症患者,巴巴的奉上3万、5万购买这豪华纪念品。其实这价,已经可以买一件很不错的名家瓷器了,增值前景还有指望。这个东西3万5万买来,5年以后就是1万也没有人要!景德镇某企业是开发重大题材瓷的专业公司,号称由某某、某某大师加盟,结果某某大师在媒体发表声明,称自己被忽悠了,他根本就没有参与设计,就是被请去鉴赏了一番,提了幅字而已,结果题字和照片都被用于广告宣传,并委托子女进行法律交涉。奥运会时很多窑口都推出了特许奥运瓷,名家设计、限量2008套发行,价格当然也漂亮!现在,你可以在网上以1/3的价格看到厂家在抛出来。2008套,数量已经大得吓人了,艺术大师一辈子可能都画不了这么多,怎么可能珍贵?

二、当代书画艺术品投资

近年来中国书画艺术市场异常活跃,老一辈艺术家的作品成为收藏热点,中青年艺术家也迅速成长,有的已经在国际上崭露头角,其作品升值幅度惊人,是投资的大热门。现代书画艺术投资也分高、中、低档,其中高档领域已经炒作得热火朝天,价位也是屡创天价。这个领域并不适合个人投资者的进入,虽然投资回报非常可观,但投入巨大,非寻常百姓敢想,且风险也是巨大!广大普通投资者适合的领域,还是中低档市场。一来投资规模适合,可以承受;二来书画艺术作品投资欣赏两相宜,风险相对比较小,这是

"过冬"的人们最上心的。

1. 中国画及书法作品

徐悲鸿、张大千、齐白石、林风眠、李苦禅、傅抱石、黄宾虹等当代中国画领域的大家作品,是近年拍卖市场最红的,作品屡创天价;少数几位在世的一流艺术大师吴冠中、范曾、韩美林等也是艺术水平达到了巅峰,但作品的市场价位已经处在高位,并不适合个人投资者。比较适合投资的应该把眼光放到中青年层次,这个层面上的作者人数就海了,那么应该如何选择呢?

首先应该做些功课,对当代中国画坛作一个初步的领略,关注那些在历届全国性书画大赛上获奖的,或者经常在各种书画展以及全国性美术杂志上发表作品的中青年艺术家,阅读有关其作品的评论,如果有可能,调查他们作品在各拍卖会上的表现,了解其合适的市场价位。特别要关注的是那些在创作技法上有创新的国画家,只有创新才有生命力,创新的作品可以流传,价值自非等闲能比。一般来说,有潜力的中青年国画家的作品价值每年都会有一定的升幅,以合适的市场价吃进,持有几年的话定会有满意回报。

风险度:★☆☆☆☆(好的作品多,基本上是原始股,当然选股也重要)

收益度:★★★☆☆(持有肯定比存银行好)

流动性:★★★☆☆(书画拍卖比较方便,但普通作品可能会有难度)

个人投资者适合度:★★★★☆

另外,根据媒体的报道,岭南画派最近得到了关注。在现代美术史上,岭南画派与海上画派、京津画派、金陵画派以及长安画派共同被称为中国五大画派。但作为有着最完整理论体系支撑的岭南画派,除了早期的灵魂人物如高奇峰等,价位都是偏低的。岭南画派主张折中中外、融合古今,提倡创新、引入西洋画法,促进兼容、博采众家之长,可以说是当今最完整、最成体系的画派。专家认为,近现代书画下一轮增长一定会是岭南画派。目前岭南画派在市场上的热点人物是新一辈的关山月、黎雄才、方人定、赖少其等,适当关注应有不俗表现。工笔画近年来人才辈出,不管是花鸟还是人物,均有一定的市场基础,刘力上、俞致贞、喻继高等人的作品风光依旧,而李爱国、赵国经、王美芳等人技法推陈出新,开新派工笔画风,其作品的投资价值均被市场看好。

至于书法,现在活跃在书坛的实力派中青年如过江之鲫,但是缺乏在全国具有绝对地位的大家。总体来说,书法目前不是投资热点,很多书法家都是在某一地域具有很大影响,但在其他地区即使同行可能都不一定熟悉。如苏州的中青年书法家谭以文,师从著名左笔大师费新我,水平现在已经炉火纯青,但在国内很多地方,书法爱好者们都没有听说过他。这种情况非常普遍,所以收藏欣赏可以,投资的话不是很适合。

风险度:★★★★☆(缺乏热点,地域性强)

收益度:★★☆☆☆(不确定因素比较多)

流动性:★☆☆☆☆(流动可能限制在一定区域)

个人投资者适合度:★☆☆☆☆

2. 油画

油画是中国艺术品市场发育最充分的,各大拍卖会上油画始终唱主角。虽然一批油画家已经走向国际,作品动不动以千万论,但炒作的痕迹是非常浓厚的,这也带来了巨大的风险。个人投资者一般实力有限,这种千万俱乐部是不适合进入的。

目前,各地出现了不少画家村和创意产业区,主要活跃着一批以油画作者为主体青年艺术家。像北京的798、圆明园、宋庄等都是名声在外,里面也不乏具有很高艺术水平、有潜力的。上世纪80年代时,很多艺术家都曾经在这种艺术部落生活、创作,本着对艺术的追求,他们执作地进行着探索,付出了自己的青春,丝毫没有为市场服务的想法,这个时期的作品现在被认为是最好的。当时大多数艺术家是没有生活保障的,作品也是无人问津。比如张晓刚当时是住在医院里,精神很彷徨,因此创作了医院系列;方力钧也是在圆明园画家村过着清苦的生活。那时候他们没有想着要画什么题材讨好什么人,完全是真诚的创作,因此,那个时期的作品是非常有价值的。当然,现在画家村的艺术家们很难做到这样的境界了,为艺术而创作不得不为生活让路。像岳敏君的面具系列作品走红后,大家都在模仿,以至于画坛有流行"痴呆傻"的说法。所以,投资当代油画更应该有艺术鉴赏力,挖掘真正具有艺术潜力的作品。有专家指出,目前有很好市场潜力的是那些作品在 10万元级的画家,这个层次的作品最有爆发力。著名收藏家张锐曾经以 20 万美元收藏过 21 张画,包括两张张晓刚的《大家庭》、罗中立的一张作品、周春芽的三张作品等,而这些现在都是千万元级别的。

风险度:★★☆☆☆(有潜力的画不会亏)

收益度:★★★★★(涨 10 倍在这个领域不是稀奇事)

流动性:★★★★☆(到了高价位总是会出现流拍的)

个人投资者适合度:★★★☆☆

三、其他适合个人投资进入的收藏品投资领域

1. 邮票收藏与投资

集邮是世界上最流行的收藏活动,具有很好的投资价值。邮票既是通信的邮资凭证,又是收藏者喜爱的艺术珍品。世界各国每年都发行数量繁多的邮票,题材众多,满足不同的爱好者收藏。世界上有一些国家以邮票发行作为国家主要收入来源之一,这些国家都是些袖珍国,如列支敦士登、梵蒂冈、摩纳哥、圣马力诺等。一些珍邮由于历史的原因,数量稀少,或者因为题材独特,多年来市场价节节攀升。像著名的圭亚那洋红色帆船一分邮票,1980 年以 80 万美元的拍卖价成为世界第一珍邮。中国清朝的"红印花小字当一圆"旧票,存世仅一枚,1944 年转让时就值 1 000 美金。如果不是集邮家马任全先生捐给国家,流入现在的拍卖市场的话,也不知道会拍出个什么价来。新中国最具传奇性的邮票是 1980 年 1 月 5 日发行的庚申年生肖猴票,原定发行 800 万枚,因故没有足额发行,而当时大量用于通信贴用,消耗颇

多,新票存世比较少。加上设计上乘,雕刻精美,又是生肖龙头,不断被市场炒作,其价格从面值的8分,历年来不断攀升,最高超过4 000元,升值超过5万倍,成为中国第一邮!尽管如此,市场还是此起彼伏,品相好的猴票还是一票难求,四方连、版票更是难得,2008年11月整版猴票的市场价达到了30万!

目前,国内的集邮市场发展有点畸形,过度炒作加上管理失控,邮票发行一直存在着"怪圈"。新邮炒作之风不绝,被发掘的题材邮票发行上市即被恶炒,在高位又高台跳水。历年来炒新邮不知套住了多少人,很多人损失惨重。10年前,香港回归时炒金箔小型张的经历对很多人来说是一个噩梦。面值50元的金箔张,发行时软折100元、硬折居然要150元,本身水分极大的邮票被市场炒作达到了500元,高位接手的还没有喘气,价格就一路下行,最低时市场上香港、澳门两张金箔张面值100元只要50元,那叫一个惨啊!被套者别说这辈子,下一辈子也不可能翻身了。市场可是耐不得寂寞的,炒作还是在继续。奥运小版票的炒作也是够热的,会徽和吉祥物不干胶小版最高到200元。更离谱的是所谓"奥运小片"的炒作,160元、120元、90元、50元、30元、15元、10.80元……这组数字是奥运福娃小片从2008年8月8日发行后,至9月市场炒作的轨迹。短短的20多天,一个普通邮资片,演绎了股市大起大落的悲剧,套牢了一大批盲目跟风者。

中国"文革"后新邮可以分为这样几个时期,1985年以前、1985~91年、1992年以后。第一个时期发行量比较小,题材好的很多,设计精美,且邮政贴用消耗比较多,投资价值较大;1985年以后市场开始炒作,发行量逐步放大,这阶段某些题材如《三国演义》、《水浒》等还是受欢迎的;1992年之后的新编号邮票,市场价值明显低了,尤其是经过多次恶性炒作,市场很受伤。要投资新邮,千万不能参与炒作,风险之大,远甚股票。

风险度:★★★★★(炒新的话风险绝对大)

收益度:★★★☆☆(经常听说被新邮套住的)

流动性：★★★☆☆（买卖市场发达，但是要考虑买卖差价非常大）

个人投资者适合度：★★☆☆☆

"文革"前的邮票发行量一般不大，邮政使用量比较大，且时间较久，又经过"文革"的冲击，留存数量比较少。这一段时期的《梅兰芳舞台艺术》、《黄山》、《蝴蝶》、《牡丹》、《菊花》等都是极受欢迎的珍贵邮票，市场价值也稳步上升，投资价值突出。"文革"邮票是特殊时期的产物，虽然设计方面充满着那个时代的特色，但该时期全国处在腥风血雨中，集邮作为"封资修"被全面禁止，这个时期留存的邮票不多，全新好品相更是难得。目前，"文革"邮票从"文1语录"到"文19金训华"共19套，市场价格节节高攀，全套新票在6.5-7万间，信销旧票价值大概为新票的1/3到1/4，是中国邮票历年来上升最稳的。

风险度：★★☆☆☆（存世量的保证，但要提防假票）

收益度：★★★★☆（最近没有听说过跌价，只要不是在狂炒的高点接手）

流动性：★★★☆☆（买家都去炒新邮了，有时候会冷场，基本上没有大宗交易）

个人投资者适合度：★★★★☆

另外，国家发行的邮资明信片、封系列也是收藏投资的好对象。目前，国内发行的系列邮资明信片主要有JP（纪念明信片）TP（特种明信片）、FP（风光明信片，1995年前叫YP）、贺年邮资片以及地方邮政发行的邮资明信片；邮资封主要有JF（纪念邮资封）、贺年邮资封和各种地方邮资封。邮资封、片的发行量主导了市场的行情，一些量小的片、封一直受到追捧，价格可在短期内翻倍，但参与炒作的风险极大，像"奥运小片"即是很好的例子。但邮资封、片都是国家发行的有价票品，一般不会多次加印，且发行量比邮票小好多，也适合投资炒作。应该说，如果在新片、封发行日期附近买入，过1-2年，市场价格都会有50-100%不等的升幅，投资回报还是比较可观的。

风险度：★★☆☆☆（量较小，经常被炒，套牢的话很惨）

收益度：★★★☆☆（耐心点应该有很好的回报）

流动性：★★★☆☆（买卖差价比较大，做好练摊的打算）

个人投资者适合度：★★★☆☆

邮票投资小贴士

各地邮票公司热衷开发的邮品，包装精美、溢价狂高，属于地道的工艺品，适合送人，没有投资价值，别指望靠这赚钱。尽管广告说得花好月好，老拿猴票说事，但猴票只有一枚，那是特定时候产生的宝物，所有人拿在手上都等着，还能成为宝物吗？你买进的豪华包装邮册价格要是升5万倍，地球肯定可以倒着转，连本都保不住！那花花绿绿的册子不值钱，里面的邮票都是大路货，去掉了高价工艺品册子，邮票还有几个钱？

3. 连环画收藏与投资

连环画又叫小人书，很多人小时候就是伴着小人书成长的。新中国成立后出版界十分重视连环画的出版，各出版社均设立专门的连环画编辑室，出版了大量优秀的连环画。上个世纪50年代到文革前，是中国连环画出版的黄金岁月，北京的人民美术出版社和上海人民美术出版社是当时国内连环画出版的两个重镇，拥有一批优秀的连环画作者。一些著名的大师也都参与过连环画的创作，像程十发、刘旦宅、刘继卣、陆俨少等都画过连环画。那个时候各地出版了很多经典连环画作品，像上海人美的《三国演义》、《铁道游击队》、《红岩》、《山乡巨变》，北京人美的《水浒传》、《岳飞传》、《西厢记》等脍炙人口。这些连环画经过岁月的销蚀，目前已经很难看到，全品更为罕见，在收藏拍卖中价格上升非常快。老连环画目前品相好，名家所绘的单本往往拍出上万的价格，成套精品更是天价。文革期间的连环画也不乏名家作品，由于题材特殊，留存比较少，近年来也大受青睐，品相好的一般单本都要上千元。

风险度：★★☆☆☆（要保证老、精肯定没有问题）

收益度：★★★★☆（看资源稀缺度）

流动性：★★★★★（上淘宝就可以了）

个人投资者适合度：★★★★★

"文革"后到上世纪80年代中，连环画出现了复苏，老版精品被重印，老画家们继续创作，新一代的画家也不断在成长。这时期各地还是出版了一批优秀的作品，像上海人美的大手笔《李自成》作者阵容强大，虽然最终没有出全，但是已出的20多本全品相市价已经上万，还难得一见。80年代中，随着国外动画片的进入，以及商品经济的冲击，连环画出版一落千丈，陷入低谷。这段时间全国出版社出版的连环画品种繁多，但平庸的也多，尤其是80年代中期大量出现的"跑马书"，根本没有任何投资与欣赏的价值。

风险度：★★★★☆（如果是平庸作品就惨了，跑马书还是生炉子用吧）

收益度：★★☆☆☆（一般作品可以小赚赚）

流动性：★★★★★（也可以论斤卖）

个人投资者适合度：★★☆☆☆

至于2000年以后，上海人美和北京人美，大可堂、中国书店、黑龙江美术出版社等单位大量重印老版连环画，走的是贵族路线。采用大开本、精装本模式，定价动辄几十，完全是满足广大连环画爱好者的，并不适合投资。虽然市场上也出现一些书商囤货炒作。典型的像上海版的50开小精装《穆桂英》、《西游记》三小精、红《东周》和白《东周》等，价格被暴炒数倍乃至百倍。但是这个市场毕竟有限，炒作的背后都是风险。一旦击鼓传花到了手里，风险实在大。炒作新版连环画不是投资正道，回避为上！

CHAPTER | 6

第六章

金玉传世，天地永恒——黄金珠宝及延伸品投资之路

自古以来，人们一直把金银珠宝作为财富来珍藏，并留给子孙作为传家宝。金、银都属于贵金属，之所以值得珍藏，因为其数量稀少，自古就作为货币使用，是财富的象征。金子和银子因为珍贵，人们还广泛地用来制作首饰，穿金戴银历来被看做奢华生活的象征。一部《红楼梦》，金玉良缘的爱情故事更是脍炙人口。更多的时候，黄金是作为财富进行储存的，或制成金条，或铸成元宝，留诸子孙，传给后代。黄金的价值，在于它的稀有，在于它稳定的化学性质，具有永恒的特征。在近代各国都把黄金作为本位货币，政府必须以拥有的黄金数量来决定发行的货币量，黄金成为国家信誉的象征。与黄金有相同作用的，还有其他稀有、能够长期保存的矿产品，比如钻石、宝石、玉石等，都被人们作为财富的象征而渴望拥有。过去的人把金银珠宝进行收藏，以藏富的方式保有财富。而今天，则必须让财富流动，只有流动的财富才能增值，这也是投资的不二法门。

第一节　满城尽带黄金甲，危机时现真本色

黄金作为货币的历史十分悠久，出土的古罗马亚历山大金币距今已有2300多年，波斯金币已有2500多年历史。现存中国最早的金币是春秋战国时楚国铸造的"郢爰"（又叫鬼脸钱），距今也已有2300多年的历史。

一、金银天然是货币，更是投资品

马克思在《资本论》中引用了加利阿尼《货币论》中的一句话："货币天然不是金银，金银天然是货币。"①黄金成为一种世界公认的国际性货币是在十九世纪出现的"金本位制"时期。"金本位制"即黄金可以作为国内支付手段，用于流通结算；可以作为外贸结算的国际硬通货。虽然早在1717年英国首先施行了金本位制，但直到1816年才正式在制度上给予确定。之后德国、瑞典、挪威、荷兰、美国、法国、俄国、日本等国先后宣布施行金本位制。金本位制是黄金货币属性表现的高峰。世界各国实行金本位制长者200余年，短者数十年，而中国一直没有施行过金本位制。之后由于世界大战的爆发，各国纷纷进行黄金管制，金本位制难以维持。二次大战结束前夕，在美国主导下，召开了布雷顿森林会议，通过了相关决议，决定建立以美元为中心的国际货币体系，但美元与黄金挂钩，美国承诺担负起以35美元兑换一盎司黄金的国际义务。但是20世纪60年代相继发生了数次黄金抢购风潮，美国为了维护自身利益，先是放弃了黄金固定官价，后又宣布不再承担兑换黄金义务，因此布雷顿森林货币体系瓦解，于是开始了黄金非货币化改革。这一改革从20世纪70年代初开始，到1978年修改后的《国际货币基金协定》获得

---

① 参见 http://sq. k12. com. cn/discuz/thread－341639－1－1. html 的博文。

批准，可以说制度层面上的黄金非货币化进程已经完成。[①]

黄金的货币功能在逐渐弱化，黄金是一种兼有货币、金融工具和贵金属性质的特殊商品，其价格主要由市场的供求关系决定。目前黄金的一些特性仍然符合货币的内在要求，当前国际金融市场和国际货币制度的实践表明，在现代金融制度下黄金仍然具备明显的货币属性，黄金的非货币化过程需要较长的历史时期，工业用金、生活用金和黄金投资行为的调节应由市场的手段完成。

黄金的非货币化进程最终使黄金完全成为一种商品，黄金饰品（包括首饰、佛像装饰、建筑装饰等）、黄金器具以及工业用金是黄金最基本的用途。现在每年世界黄金供应量的80%以上是由首饰业所吸纳的。由于数量稀少，黄金及黄金制品都价格昂贵。正因为世界上对黄金的需求巨大，而资源有限，黄金价格的波动对整个世界经济也产生了微妙的影响。

二、金子是活的，藏金不如炒金

由于黄金作为一种商品，也和任何其他商品一样具有价格波动，会产生行情。只要有行情，就可以利用行情的波动进行买卖操作来获利。黄金市场的开放程度介于外汇和股票之间，故成为国际上投资者和投机者青睐的对象。专业进行黄金投资的被称为"炒金者"。炒金者必须关注国际与国内金融市场两方面对于金价的影响因素，尤其是美元的汇率变动以及开放中的国内黄金市场对于炒金政策的变革性规定。在国际市场上，金价的变动充满着不确定性，既有黄金本身产量的影响，更多的是国际金融形势和国际政治变化的影响，也有市场行情本身如资金量、市场控制甚至炒金者的情绪和理财决策的影响。黄金虽为保值避险类理财工具，但既是投资理财工具，就有一定的风险，所以个人炒金者同样应该做好心理准备，即投资获利与风

---

① 参见洪千帆、林忠凡：《外汇知识与交易技巧》，中国社会科学出版社，2005年11月

险的预期。

图 6-1 10 年黄金价格走势

（资料来源：www.kitco.cn）

从国际金价这十年来的走势可以看出，黄金价格曾经探底到 252.80 美元/盎司，从 2003 年开始走出了一波牛市行情，中间略有反复，总体一路上扬，最高达到了 1 002.80 美元/盎司的历史高价，突破了 1980 年 850 美元/盎司的记录，10 年中平均价格为 459.09 美元/盎司。推动此次黄金价格大幅上升的原因主要有五个方面：一是由于次贷危机而加深的美元贬值；二是由于石油价格大幅攀升而带来的世界性的通胀压力；三是国际黄金市场供求关系的变动；四是世界经济的不确定性；五是地缘政治的不稳定性。当然，从走势图中也可以看到，在创下 1 000 美元/盎司的历史天价后，黄金价格的下滑幅度也比较大，正是这种不确定性，说明了黄金价格的波动非常剧烈，以消极的藏金策略进行所谓的保值并不可取，进行积极的黄金投资操作不但可以规避风险，还可以获得满意的回报。在目前这个金融风暴来临的隆冬，世界经济仍然充满着变数，与经济走势反向的黄金价格不失为投资的好渠道。

第二节　个人炒金需要技巧

黄金投资的渠道主要有实物金条、纸黄金(账面黄金交易)、金币、金饰品四种。黄金投资和别的投资不同,既不能像银行储蓄那样获取利息,也不能和股票一样分派红利,它唯一的获利渠道就在于"低买高卖",低价位买进,高价位售出,赚取其中的价格差。

一、黄金交易的模式及参与者

现货黄金交易就是在黄金市场通过黄金交易中间商,根据国际黄金价格的行情进行黄金买卖的交易行为。由于黄金交易的行情是全球性的,不像股票市场那样复杂,不可能出现价格操纵那样的黑幕,透明度较高,适合普通投资者参与。

黄金交易必须通过交易市场来进行,也就是要通过黄金交易服务机构来进行。目前,全球性的黄金交易所大致上有欧式、美式和亚式三种模式。

1. 欧式黄金交易所

这类黄金市场里的黄金交易没有一个固定的场所。在伦敦黄金市场,整个市场是由各大金商、下属公司间的相互联系组成,通过金商与客户之间的电话、电传等进行交易;在苏黎世黄金市场,则由三大银行为客户代为买卖并负责结账清算。伦敦和苏黎世市场上的买家和卖价都是较为保密的,交易量也都难于真实估计。

2. 美式黄金交易所

这类黄金交易市场实际上建立在典型的期货市场基础上,其交易类似于在该市场上进行交易的其他种商品。交易所作为一个非赢利机构本身不

参加交易,只是为交易提供场地、设备,同时制定有关法规,确保交易公平、公正地进行,对交易进行严格地监控。

3. 亚式黄金交易所

这类黄金交易一般有专门的黄金交易场所,同时进行黄金的期货和现货交易。交易实行会员制,只有达到一定要求的公司和银行才可能成为会员,并对会员的数量配额有极为严格的控制。虽然进入交易场内的会员数量较少,但是信誉极高。以香港金银业贸易场为例:其场内会员交易采用公开叫价,口头拍板的形式来交易。由于场内的金商严守信用,鲜有违规之事发生。

世界黄金市场的交易参与者大致上有国际金商、银行、对冲基金、各类投资者和经纪公司。

4. 国际金商

最典型的就是伦敦黄金市场上的五大金行,其自身就是一个黄金交易商,由于与世界上各大金矿和黄金商有广泛的联系,而且下属的各个公司又与许多商店和黄金顾客联系,根据自身掌握的情况,不断报出黄金的买价和卖价。

5. 银行

又可以分为两类,一种是仅仅为客户代行买卖和结算,本身并不参加黄金买卖,充当生产者和投资者之间的经纪人,在市场上起到中介作用。也有一些做自营业务的,如在新加坡黄金交易所(UOB)里,就有多家自营商会员是银行的。

6. 对冲基金

近年来,国际对冲基金活跃在国际金融市场的各个角落。一些规模庞大的对冲基金利用与各国政治、工商和金融界千丝万缕的联系,往往较先捕捉到经济基本面的变化,利用管理的庞大资金进行买空和卖空从而加速黄金市场价格的变化而从中渔利。

7. 各种法人机构和个人投资者

这里既包括专门出售黄金的公司,如各大金矿、黄金生产商、专门购买黄金消费的(如各种工业企业)黄金制品商、首饰行以及私人购金收藏者等,也包括专门从事黄金买卖的投资公司、个人投资者等;种类多样,数量众多。但是从对市场风险的喜好程度分,又可以分为风险厌恶者和风险喜好者:前者希望回避风险,将市场价格波动的风险降低到最低程度,包括黄金生产商、黄金消费者等;后者就是各种对冲基金等投资公司,希望从价格涨跌中获得利益。前者希望对黄金保值,而转嫁风险;后者希望获利而愿意承担市场风险。

8. 经纪公司

是专门从事代理非交易所会员进行黄金交易,并收取佣金的经纪商,本身并不拥有黄金,只是派场内代表在交易厅里为客户代理黄金买卖,收取客户的佣金。

二、个人投资者怎样炒金?

个人投资者炒金,可以先到各黄金交易经纪公司开设账户,缴纳资金就可以炒金了。投资者可以通过媒体观察黄金价格的实时走势,随时向经纪商下达交易指令,成交后按照规定的时间以足额的资金进行实物黄金的交割,并缴纳一定比例的佣金和手续费即可。

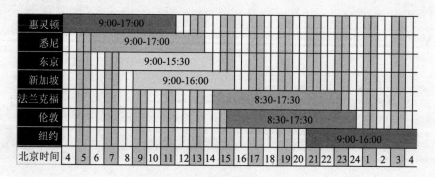

图6-2　黄金交易时间表

　　由于黄金交易覆盖全球,通过不同的交易商,可以滚动交易,比较方便。当然,这也导致全球黄金市场价格的变化是全天候的,变数也较大,风险随之增加。目前,全球的黄金市场主要分布在欧、亚、北美三个区域。欧洲以伦敦、苏黎世黄金市场为代表;亚洲主要以香港为代表;北美主要以纽约、芝加哥和加拿大的温尼伯为代表。全球各大金市的交易时间,以伦敦时间为准,形成伦敦、纽约(芝加哥)连续不停的黄金交易:伦敦每天上午10:30的早盘定价揭开北美金市的序幕。纽约、芝加哥等先后开叫,当伦敦下午定价后,纽约等仍在交易,此后香港也加入进来。伦敦的尾市会影响美国的早市价格,美国的尾市会影响香港的开盘价,而香港的尾市价和美国的收盘价又会影响伦敦的开市价,如此循环。

　　现在通过因特网,个人投资者可以更方便地炒金。各经纪公司都开设了网络交易通道,投资者只要下载客户端交易程序,开通网络交易功能,就可以和炒股票一样炒黄金了。目前国内黄金现货交易是由银行和上海黄金交易所联合推出,由银行接受委托,代理个人进行交易,并提供资金清算和实物黄金提取服务。与实物黄金买卖不同的是,黄金现货交易既可以通过

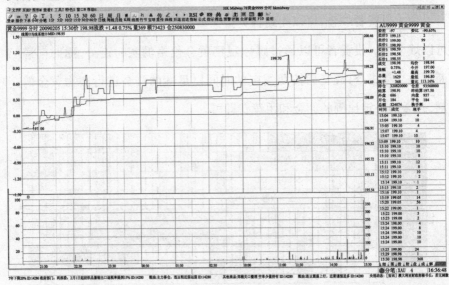

图6-3　黄金交易客户端程序

低吸高抛来赚取差价，也可以随时提取实物金，一旦提取实物黄金就不能由交易所回购了。另外，个人炒金也可通过海外的经纪商进行，其中香港的黄金交易市场比较规范，吸引了国内的很多个人投资者。

1. 纸黄金

就是黄金的纸上交易，投资者的买卖交易记录只在个人预先开立的"黄金账户"上体现，而不涉及实物黄金的交割。盈利模式是完全通过低买高卖，获取差价利润。与实物黄金交易相比，纸黄金交易不需要实物交割，不存在仓储费、运输费和鉴定费等额外的交易费用，投资成本较低，适合较为专业的投资者进行中、短线波段操作。纸黄金交易最大的特点是买卖双方不进行实物黄金的交割，不会遇到实物黄金交易通常存在的"买易卖难"的窘境，非常适合个人投资者介入。目前国内已有三家商业银行开办纸黄金业务，分别是中国银行的"黄金宝"，中国工商银行的"金行家"，中国建设银行的"账户金"。中国银行上海市分行从2003年11月18日起，在全国率先推出了个人黄金实盘买卖业务"黄金宝"。"黄金宝"交易起点低，为10克纸黄金，投资者只需千把块人民币就能进行投资，同时"黄金宝"的报价由国际黄金市场价格直接折算，更加贴近市场变化。2005年，"黄金宝"实现了24小时交易。纸黄金的交易模式分柜台、电话银行、网上银行、自助终端等，渠道比较多，可以满足不同的客户的需求。"黄金宝"结算采用中间价，1盎司=31.1035克，计算公式为：

中间价＝（国际市场黄金价格×当日美元兑人民币即期结售汇中间价）÷31.1035

2. 黄金期货

黄金期货是利用实物黄金作为标的进行远期合约交易，一般采用保证金制度，投资者可以进行信用交易，这样风险也被放大。保证金比例越低，意味着以小搏大的机会越大，收益也越大，但风险也越大。黄金期交所实行当日无负债结算制度,每个交易日收市后要进行结算,如果发生亏损,必须于次日开盘前补足保证金,否则将被强行平仓。因此,如果没有足够的资金,甚至很难在一天中维持一手合约。如果进入交割月,假设黄金期货合约的交割单位是 3 000 克,客户的持仓将会调整为 3 000 克的整倍数,同时保证金也相应增加,因此要维持一张交割单位合约的话最高需要 24 万元,交割的话就需要更多资金。也正因为这样,为了控制好风险,期货公司对客户开户都有最低的资金要求。所以,进行黄金期货交易需要的资金非常大,且风险也较大,个人投资者并不适合。不久,上海黄金交易所的 Au(T + D)将向个人投资者开放,这是一种延期交易的黄金品种,比较适合个人投资。

三、实物金条投资

实物金条最符合人们“藏金”的需求,黄澄澄的金条,看得见、摸得着,看着也放心。金条的投资有标准金条和礼品金条两种,银行和金店都是投资的渠道。

1. 标准金条

是黄金市场上最主要的交易工具,它的形状、规格、成色、重量等都有相应的标准,比如市场上较为常见的是交割单位为 50 克和 100 克的 AU99.99金条。按国际惯例,这种标准金条,在浇铸成型的时候必须标明金条的成色、重量,以及精炼厂的厂铭及编号等等。

目前投资标准金条可以通过银行柜台和金店进行,由于其标准化的规格和成色,交易比较方便,价格随行就市,比较透明。工商银行、中国银行、农业银行和招商银行都已经开办了实物黄金的投资业务,但是它们的交易品种和报价方式都略有区别,投资者要进行对比,选择合适的渠道。不过,实物金条的交割和保管,都会产生相关的投资成本,这也是值得投资者重视的。实物金条交割要提前几天通知银行,并且支付相应的交割费用。金条的保管,安全性考虑十分重要,如果租赁保管箱,这笔费用也不能忽视。此外，国内尚未建立起完善的实物金条交易系统，退出机制还不健全，这也是投资者无法回避的一个现实问题。银行的柜台可以购买金条，却不能回购金条。提取实物黄金的投资者，如果需要紧急变现，就只能把实物黄金出售给首饰店或者金银器皿的加工工厂。由于黄金的收兑业务标准繁多，包括国家标准、银行标准、商家标准，因此投资者在购买黄金时，要充分考虑到商家的信誉、风险规避能力，以及回收黄金跑道的畅通。现在也可在收藏品市场进行实物金条的交易，如很多邮币卡市场都有黄金制品的交易，价格随行就市，但买卖差价比较大，不一定合算。

2. 礼品金条

在我国，经人民银行授权，发行单位为一定的题材发行的金条。目前，比较受社会欢迎的题材有生肖金条和各种纪念金条。由于题材大多比较热门，一般都被收藏者购买。某些题材金有时由很多机构联合发行，每个机构都会收取一定的特许权益金，而且包装设计工艺比普通的金质产品复杂，价格会比普通黄金贵。具体而言，这类题材金价格包含了黄金成本加上特许权益金和特殊工艺费用，以及适当的利润空间，发行价格就高于同步市场的金价。题材金的价格与黄金价格走势密切相关，如果黄金价格下跌，这类题材金的价格也存在下跌空间。而礼品金条的发行价格升水溢价较大，作为投资品种并不适合。

图6-4　牛年生肖金条(左)和奥运纪念金条

与金条相似的还有银条，由于银条不如金条贵重，一般都发行纪念银条，作为礼品收藏。因此银条也只适合收藏，不适合投资。

四、金银币的投资

随着经济的发展和黄金货币形式的演变,目前世界绝大多数国家铸造的金银币已不再执行流通功能,而演变成纪念币和投资币,用来收藏和投资。投资性金银币只是一种"币"形的贵金属储藏与交易手段,其面额只是充当一种货币符号的作用。普制金币作为专门用于黄金投资的法定货币,其主要特点是发行机构在金价的基础上加较低升水溢价发行,以易于投资和收售,国际上主要金币发行国家如美国、加拿大等一般都是通过发行各具本国特色的普制金币供民众投资和收藏。近几年兴起的金银纪念币收藏与投资,成为人们经济、文化生活中的又一个亮点,这是由金银纪念币本身的经济、社会及文化属性决定的。金银纪念币是国家的法定货币,具有一定的主题意义,且限量发行,它不同于金银饰品等金银消费品,不但具有贵金属价值,而且具有丰富的文化内涵,是高品位的收藏珍品。金银纪念币以其稀有性和高附加值的文化价值,兼具收藏和投资价值,它一方面可以满足人们高品位的文化需求,另一方面还能为投资者带来较为稳定的利润回报。目前很多国家包括中国,都建立了金币回购机制,投资者的利益得到保障,故投资风险较小。

在欧美国家,普制金币作为黄金投资产品的理念深入人心。在金融风暴的恐慌下,美国居民大肆抢购金币,2008 年 9 月,美国财政部铸币局宣布暂停发售 24K 水牛金币,2 此前 9 个月已经发售了 16.4 万枚水牛金币,导致库存一空。普制银币也是投资者喜欢的品种,一般与金币配套发行。目前,国际上声誉较高的投资金银

图6-5　墨西哥银币、加拿大金币、澳大利亚银币、美国鹰洋币和英国银币

币有美国鹰洋金银币、加拿大枫叶金银币、澳大利亚普制金银币(图案有袋

鼠、翠鸟和考拉)、墨西哥自由女神金银币、英国不列颠女神金银币和中国熊猫金银币。

中国现代金银币从 1979 年发行建国 30 周年纪念金币开始，即与国际市场接轨，按照国际钱币市场的方式进行销售，由中国人民银行发行，中国金币总公司总经销，对外则委托海外代理机构进行销售。中国现代金银币的销售完全按市场规律运作，起初采用由外国钱币公司、银行代理、包销的方法，以后随着市场的扩大，于 1987 年在北京建立了总经销机构中国金币总公司，在香港及美国、欧洲等地建立了中资的长城硬币投资有限公司，使中国现代金银币的经销网络日益扩大，销售覆盖面遍及欧洲、美洲、亚洲等地。中国熊猫金、银币等已成为国际钱币市场的主要品种，中国已成为世界上金银币重要的出口国之一。

1. 熊猫金银币

从 1982 年开始发行的熊猫普制金银币每年发行不同的版本(除了个别年份图案一样，其余都有不同设计)，至今已经发行近 30 年。由于设计精美、制作上乘、成色高，并且限量发行，深受国内外投资者的喜爱。熊猫金银币已经成为我国投资者青睐的投资品种，其价格一般与国际市场的黄金价关联，但发行时间长久的熊猫金银币本身还由于其收藏价值的凸现而升值，发行量少、品相好的金银币价格更高。现在，国家还发行大规格熊猫币，像一公斤金币发行数量是个位，市场上难露真容，当然价格都是几十万的，但未来的价值可能一鸣惊人。

表6-1　　　　　　　　我国早期熊猫金币全套近期市场价

品名	发行年份	发行量	全套规格	市场价格
1.85 盎司全套熊猫	1982	稀少	4 枚	31 000
1.9 盎司全套熊猫	1983	较少	5 枚	17 500
1.9 盎司全套熊猫	1984	较少	5 枚	16 000
1.9 盎司全套熊猫	1985	较少	5 枚	14 500
1.9 盎司全套熊猫	1986	较多	5 枚	14 200

续表

品名	发行年份	发行量	全套规格	市场价格
1.9 盎司全套熊猫	1987	较多	5 枚	13 000
1.9 盎司全套熊猫	1988	较多	5 枚	13 500
1.9 盎司全套熊猫	1990	较多	5 枚	14 300
1.9 盎司全套熊猫	1991	较少	5 枚	14 500
1.9 盎司全套熊猫	1992	较少	5 枚	14 000
1.9 盎司全套熊猫	1993	较多	5 枚	13 500
1.9 盎司全套熊猫	1994	较少	5 枚	17 800
1.9 盎司全套熊猫	1995	较少	5 枚	20 500
1.9 盎司全套熊猫	1996	较少	5 枚	15 000
1.9 盎司全套熊猫	1997	较少	5 枚	14 500
1.9 盎司全套熊猫	1998	极少	5 枚	26 500
1.9 盎司全套熊猫	1999	较少	5 枚	15 000

资料根据网络金银币交易行情整理

可见,随着年代久远,发行量稀少,熊猫金币的升值幅度非常大。早期购买熊猫金币由于当时金价便宜,多年来不但享受金价上升带来的升幅,还获得了更大的溢价收益。按照目前国内黄金市场价水平,即使是220 元/克,全套 19 盎司的金价折合 13 000 元左右,1982 年熊猫币的市场价超出了金价有 18 000 元,而当时金价只有几十元 1 克。

图 6-6 熊猫金银币

即使 1999 年的全套金币,比现价也有 2 000 元升水,而那时金价只相当于现在的 1/4,投资当时的熊猫金币 10 年来获利超过 400%,非其他投资品种可比。熊猫金币分 1 盎司、1/2 盎司、1/4 盎司、1/10 盎司、1/20 盎司等多种规格,但是作为投资来讲,1 盎司的最适合。这是因为金币的制作成本里包含了设计、模具制作、铸造、装帧、物流、销售等各环节的费用,不管大小其固定成本却基本相同。故分量重的金币升水小,更适合投资。

2. 金银纪念币

与熊猫普制金银币不同,纪念金银币是根据特殊的纪念性题材发行的。由于题材内容的区别、发行量多寡以及市场欢迎程度的不同,金银纪念币的价格并不与黄金的市场价格挂钩。一些发行量稀少、题材热门的纪念金银币会得到市场的炒作,其价格会相当高。目前我国发行的纪念金银币品种比较多,大致上有金银生肖币、彩色金银币、各种题材本色金银币和铂金币,从规格上看比较齐全,小到 1/20 盎司,大到几公斤都有。有些题材往往发行大套纪念币,极受市场欢迎。近年来,我国金银币投资人气正旺,一些热门题材被反复炒作,风险也越来越高。如奥运题材金银币的炒作就经历了冰火两重天的境界。中国人民银行迄今为止共发行了三组第 29 届奥林匹克运动会贵金属纪念币,分别为 2006 年发行的第 29 届奥林匹克运动会贵金属纪念币第一组、2007 年发行的第二组和 2008 年发行的第三组,每组均为 2 金 4 银,发行价分别为 8 370 元、8 460 元和 9 980 元。第一组发行后即被狂炒,价格最高曾到达每套 2.4 万元,比发行价整整 15 000 多元,涨幅接近 200%。第二组发行后也被狂炒,到第三组发行时,一上市就突破 13 000 元。但是随着奥运开幕,所有奥运产品都没有逃脱见光死的命运,第一组现在维持在 12 000 - 13 000元左右徘徊,比高点下落了差不多一半,当初接手的投资者只好坚持站岗了。

图 6-7　29 届奥运会纪念金银币

第三节　不是所有金子都会发亮——黄金及
黄金制品的投资价值分析

黄金、白银和其他贵金属,是市场青睐的投资品种,但是投资者不同与收藏者,其目的主要是获得投资回报,并不是保值。因此,选择贵金属投资应该讲究方式、对象和技巧,要关心世界经济和政治形势的动态,也要关注市场供需的关系,更要考虑投资策略。投资有风险,但是回避风险才是重要的。投资应该认清各种贵金属投资品种的风险,考虑本身的条件,选择适合的品种和渠道操作是非常关键的。

一、黄金现货交易

(1)风险度:★★★★★(市场瞬息万变,个人基本上是短线)

(2)收益度:★★★☆☆(目前市况下价格在往上,低吸高抛有得赚)

(3)流动性:★★★☆☆(一旦交割实物后就很难兑现)

(4)个人投资者适合度:★★☆☆☆

二、黄金期货交易

(1)风险度:★★★★★(风险放大N多倍)

(2)收益度:★★★★★(如果没有方向性错误收益很大,反了呢……)

(3)流动性:★★★★★(T+0交易,流动性最高)

(4)个人投资者适合度:☆☆☆☆☆

三、纸黄金交易

(1)风险度:★★★☆☆(风险肯定有的,相比小些)

(2)收益度:★★★☆☆(与实物黄金应该同步)

(3)流动性:★★★★★(不用担心转手,与股票差不多)

(4)个人投资者适合度:★★★★☆

四、金条投资

(1)风险度:★★★☆☆(价格随金价,不确定性大)

(2)收益度:★★★☆☆(账面上的收益这几年应该可以)

(3)流动性:★★☆☆☆(比较困难,现在也可以去二级市场,但买卖差价很大)

(4)个人投资者适合度:★☆☆☆☆

五、黄金饰品投资

(1)风险度:★★★★☆(因为有溢价,买了就亏,涨了卖不掉,跌了心肝痛)

(2)收益度:★★★☆☆(限于账面上)

(3)流动性:★★☆☆☆(回收时按金价算)

(4)个人投资者适合度:☆☆☆☆☆

六、熊猫金银币投资

(1)风险度:★★★☆☆(总体随金价,不会大起大落)

(2)收益度:★★★☆☆(比较稳定,不可能短期大赚)

(3)流动性:★★★★☆(有回收制度,也可在二级市场交易)

(4)个人投资者适合度:★★★☆☆

七、金银纪念币和贵金属纪念币投资

(1)风险度:★★★★☆(根据题材而定,炒作风险较大)

(2)收益度:★★★★☆(操作好的话可以,套住了就要站岗)

(3)流动性:★★★★★(市场流通完全没有问题)

(4)个人投资者适合度:★★★☆☆

如果个人投资者希望投资黄金,但对行情不熟悉或缺乏一定的专业基础知识,不妨购买一些银行的黄金理财产品,也是一种途径。

投资黄金小贴士

购买投资性黄金产品必须认明出处,必须是国家金融机构发行的,任何商业机构发行的题材黄金产品都只可收藏,没有投资价值。投资者还必须注意的是,现在有一些外国政府,看中国巨大的黄金投资市场,采用中国元素进行设计各种金银币,在国内委托经销商在市场销售。这种金银币虽然含金量方面也进行了标注,但并不可能在国内市场流通,投资价值不能得到体现,购买千万慎重。个别发行方甚至是一些太平洋小国,其金银币在国际上没有权威性,根本不具备增值可能。

现在,市场上还有很多以"币"的名义发行的各种贵金属制品,虽然自命为纪念币、纪念章,但其发行单位不是人民银行,且无面值,不具备流通货币的功能。这类也没有数量限制,完全是商家开发的商品。这种东西实际上是一种"山寨版"纪念币,其标注的贵金属含量没有经过权威部门认证,顶多也是贵金属工艺品而已,根本没有任何投资价值。记住投资黄金商品必须到有国家许可的正规经销商如金店、集藏公司等处购买,一定要索要发票及购货凭证。

至于市场上流行的黄金收藏品,并不适合投资。一方面这些黄金收藏品的发行单位的权威性往往成问题;其次是含金量,有的是薄薄镀一层金,分量也就几克,根本无法剥离检测;溢价高昂,制作单位以高价发行,实属暴利;最后是这类东西根本没有市场,流动性很差,千万别指望有击鼓传花的效果。像近年充斥市场的奥运纪念品,很多都是黄金制品,分别以高溢价发行。国内老百姓的抢购风很大程度上是因为对奥运的憧憬心情以及纪念的目的,时过境迁,热情消退,是没有人来追捧这些高价纪念品的。

第四节 外一章——流通人民币投资

投资流通人民币,主要是指投资流通纪念币和退出流通领域的纸币,因为本身具有或者曾经具有面值，是国家法定货币，非寻常投资品能比，也是目前收藏界的新宠，投资价值凸现。

一、流通纪念币投资

流通纪念币是由央行发行的主题流通货币，一般纪念重大题材，设计精美，且发行有数量上的限制。虽然属于流通币性质，但一般不可能在社会上实际使用，都被爱好者收藏。流通纪念币是市场热门，升值幅度比较大，所以也成为投资对象。我国自 1984 年发行第一套流通纪念币《中华人民共和国成立 35 周年》以来，已经发行了几十套流通纪念币。初期的流通纪念币多以铜镍合金为材质，面值为 1 元，唯有《第六届全国运动会》用的铜锌合金面值为 1 角；在《第十一届亚洲运动会》之后改为钢芯镀镍，《毛泽东诞辰 100 周年》在侧边缘上第一次采用了滚字加星的技术，《庆祝中华人民共和国香港特别行政区成立》又采用了铜合金双色镶嵌。另外，从 1993 年开始又发行面值 5 元的特种流通纪念币，目前发行了《珍稀野生动物》（紫铜材质）、《世界文化遗产》、《宝岛台湾》系列，2003 年开始又发行面值 1 元的《农历生肖》系列特种流通纪念币。

流通纪念币题材丰富，又是国家法定货币，且限量发行，受到投资者的欢迎。流通纪念币易于携带，且交易时可以成卷、成盒，十分便于炒作，成为市场上热门的投资品种。流通纪念币分普制和精制两种版本，其中精制币采用镜面、磨砂等工艺，有的还有防伪暗记，主要向海外发行，数量较少，其价格要比普制币高，也是投资市场欢迎的品种。早期流通纪念币的升值幅度都比较惊人，个别量少题材更是被市场狂炒。《中国人民银行建行 40 周年》的市场价格最贵，最高达到过 2 000 元，现在也在 1 600 - 1 800 元左右，增值几乎 2 000 倍！《宁夏回族自治区成立 20 周年》目前市场价格也有 500 元；《第六届全运会》是流通币中面值最小的，仅 1 角，全套 3 枚，现在价格 380 元，增值 1 200 多倍，这三套纪念币被称为"三大币王"。总体来看，流通

纪念币的市场特性比较活跃,适合投资操作,但炒风较盛,风险也比较大,入行必须谨慎。

图6-8 流通纪念币三大币王

(1)风险度:★★☆☆☆(注意品相,贵重品种也出现假币)

(2)收益度:★★★★☆(即使新发行的,几年也有不俗收益)

(3)流动性:★★★★★(出手比较方便)

(4)个人投资者适合度:★★★★☆

二、人民币钞票投资

"钞票"就是平时大家使用的纸币,日常使用中流通量大,主要承担货币职能。流通中的纸币并无投资价值,作为投资对象的纸币,主要是指退出流通领域的。外国纸币在国内市场并不热门,目前只在收藏爱好者中流通,作为投资对象并不合适。新中国发行的人民币共有五套,目前前三套已经停止流通,第四、第五套仍然在流通中。

1. 第一套人民币

诞生在1948年12月1日,到1955年5月10日停止流通。到1953年12月,第一套人民币发行券别有1元券、5元券、10元券、20元券、50元券、100元券、200元券、500元券、1 000元券、5 000元券、10 000元券、50 000元券等12种;版别共62种。其中,1元券2种、5元券4种、10元券4种、20元券7种、50元券7种、100元券10种、200元券5种、500元券6种、1 000元券6种、5 000元券5种、10 000元券4种、50 000元券2种。由于第一套人民币是在全国解放初期发行的,从设计、印刷到纸张都不统一,当时经济不稳定,币值变化大,早期的几种低面值流通时间特别短,流通范围也不一致,总体流通时间也不长,在新币发行后银行回收旧币,绝大多数都经银行回收销毁了,留存下来的极其稀罕,加上年代久远,保存至

图6-9 第一套人民币

今的十分珍贵。目前,第一套人民币在市场上并不多见,能够收集全套的难度极大,全国能够集全套的没有几个。全套估价在160万元左右,有人甚至预测会升到300万。但不管怎样,现在是有钱也不一定收得到,300万就看人家赚吧!

(1)风险度:☆☆☆☆☆(你有钱也买不到)

(2)收益度:★★★★★(有的话肯定大赚)

(3)流动性:★★★★★(大家都等着你卖呢)

(4)个人投资者适合度:☆☆☆☆☆

2. 第二套人民币

在1953年印制完成,共有主辅币11种面额,15个种类,分别为1分、2分、5分、1角、2角、5角、1元、2元、3元、伍元、拾元。由于当年我国的造币防伪技术还不成熟,3元、5元、10元三种面额的券别由苏联代为印刷,目前全套市价大约在15～20万元。全品相苏联版3元、5元现值约一万多元。1953年苏联版10元人民币收藏价值更高,该币券为加长版,正面图案是丰收图。从当时的生活水平来说,10元钱可抵上一个三口之家一个月的生活费,因此10元币发行得很少,保存下来的也就更少了。苏联版10元一度备受热捧,价格一度达到16万元,不过现时已回落至12万元左右。

(1)风险度:★★☆☆☆(市场已经经过几次炒作,起伏也比较大)

(2)收益度:★★★★☆(如果不是高位站岗应该可以赚)

(3)流动性:★★★★★(价格合适很容易转手)

(4)个人投资者适合度:★★★☆☆

图6-10 第二套人民币

3. 第三套人民币

从1962年4月开始发行,到2000年7月退出流通市场,共流通了38年,是现有五套人民币中流通时间最长的,也是我国首次完全独立设计、印制的一套纸币。第三套人民币因停止流通时间还不是很长,相比前两套人民币,第三套人民币全套存世量也要多一些,对于初涉者来说,比较容易把握。但是第三套人民币中也出现了珍品:分别为1962年版背绿壹角券,分有水印和无水印两种,由于流通时间极短即回收,故市场价格较高,有水印背绿为1.5万,无水印则1500左右;另一种珍品是1960年版枣红壹角券,流通时间也短,存世极少,目前全品市场价格约3000元。其他品种如二元、五元面额的价格也不低。

(1)风险度:★★★☆☆(市场炒作频繁,起伏较大,风险渐高)

(2)收益度:★★★☆☆(合理投资应该是正确的)

(3)流动性:★★★★☆(转手的渠道很多)

(4)个人投资者适合度:★★★★☆

4. 第四套人民币

于1987年4月27日开始陆续发行,该套人民币主币有1元、2元、5元、10元,并且开始发行50元和100元面值的币种;辅币有1角、2角和5角3种,主辅币共9种。分80版、90版两个版别,其中2元、50元、100元分为:

80 版、90 版两个年份；1 元分为 80 版、90 版、96 版三个年份；5 元、10 元、1 角、2 角、5 角只有 80 版一个年份，全套共 14 张，总面额 322.80 元。其中发行较早的 80 年版 1 元、2 元、50 元、100 元比较少见，全品相的 1980 年版 50 元券，因较早就只收不付，最近在收藏品市场上，其价格已经上升到 600 元左右。由于该套人民币发行时间较晚，加上它与第五套人民币目前在流通领域混合使用，所以升值的

图 6-11　第三套人民币枣红 1 角

幅度不大。但是 2002 年发行的《第四套人民币四连张大全套珍藏册》，其中包括了：100 元、50 元(含 80 版、90 版)、10 元、5 元、2 元、1 元、5 角、2 角、1 角各四张联体钞(总面值为 1291.20 元)，带定位册及带水印证书，发行量 25 000 册，当时的发行价为 1750 元，在目前的钱币交易市场上已经飙升到近 2 万元，是近年热门的人民币投资品种。

(1)风险度：★★★☆☆(市场炒作的话风险就大了)

(2)收益度：★★☆☆☆(今后价格肯定会保持上升的)

(3)流动性：★★☆☆☆(大家认为家里都有的)

(4)个人投资者适合度：★★★☆☆

现在流通的第五套人民币，也有 99 版与 05 版两个版别，99 版市场上已经很少露面，全品的几乎看不到了，以后也会稀罕的，有机会就留下吧。

5. 纪念钞投资

纪念钞是国家为重大事件发行的纪念性流通钞，目前我国共发行了三种纪念钞。第一张纪念钞是 1999 年建国 50 周年发行的 50 元券，图案是毛主席在天安门上宣布中华人民共和国成立，由于发行量达到 6 000 万张，该钞的命运不济，市场价仅仅只有 53-55 元，早期炒家悉数被套；第二张纪念钞是 2000 年发行的"迎接新世纪"纪念钞，面值 100 元，图案为千禧龙，是目

前我国唯一的塑料钞票,发行量
1 000万,市场价格目前已经攀升到
300多,但以后的上升空间很难说;
第三张即2008年7月8日发行的奥
运纪念钞,面值10元,图案是鸟巢体
育场、掷铁饼雕像和天坛,发行量

图6-12　我国目前发行的三套纪念钞

600万,一发行即被暴炒,一度达到1 500元高价,以后价格回落至800元左
右,但起伏不定,风险非常大,回避最好!

我国香港和澳门地区为纪念北京奥运也在2008年发行了纪念钞,面值
分别为20港币和澳门元,但都是以带折礼品装方式推出,发行价有较高溢
价。像香港奥运钞在港发行时定价138港币,而在大陆地区发行甚至达到
398元。过高的溢价导致其有较大的下跌空间,在经过一轮暴炒后,很快都
跌破发行价,套牢大批炒家。

6. 外汇兑换券投资

外汇兑换券是有外汇价值的人民币代用券,简称外汇券。20 世纪70 年
代后期,随着中国旅游事业的发展和对外经济文化交流活动的不断增加,来
中国的外国人、华侨和港澳台同胞日渐增多,专门为他
们服务的宾馆、商店及其他服务部门也相应增加。由
于中国实行统一的人民币市场,禁止外币在国内市场
流通,为便于外国人、华侨、港澳台同胞及驻华外交、民
间机构常驻人员在这些场所购买物品和支付费用,中
国银行从1980 年4 月起发行外汇兑换券,票面与人民
币等值,不准挂失,但并不是法定货币,只能算特殊的
票券。外汇券面额分100 元、50 元、10 元、5 元、1 元、5

图6-13　外汇券

角和1 角7 种,1980 年发行的属于79 版,1990 年又发行88 版50 元、100 元
券。1995 年7 月1 日起,外汇券停止流通。由于外汇券已经退出流通领域,

加上其设计、制作都按照人民币的规格,故进入收藏市场后也受到投资者的青睐。目前,品相上佳的全套外汇券非常少见,尤其是 80 版的 50 和 100 元券,较早退出流通,市场价格比其他的要高不少,而 79 版 50 元更为稀少。目前全套外汇券全品相市场价超过 5 000 元,中等品相的也在 1 500 元上,近年来稳步上升,投资回报十分丰厚。

(1)风险度:★★★☆☆(毕竟不是市场主流,炒得也很充分了)

(2)收益度:★★★★☆(即使是旧的放着也赚 10 倍了)

(3)流动性:★★★★☆(市场上做这买卖的多,但是回收折扣很厉害)

(4)个人投资者适合度:★★★☆☆

投资人民币,应该注意不能将工艺品人民币(如所谓黄金微缩版人民币)当投资对象,这种东西不管以什么材质制作,毕竟是工艺品,不是国家授权发行的流通货币,可以收藏,绝不能投资。所对应的人民币品种价格狂飙,与它何干?这东西就是一张金箔,上面印了缩小的人民币图案而已,而且溢价非常高,金箔的含金量极少,与纯金不是一个概念,整个是一个高价工艺品,别指望升值,原价转让都难!

第五节　钻石恒久远,宝石永流传

一、钻宝光彩亮,投资回报强

在金融风暴暗淡的经济背景下,美丽的宝石所折射出的光芒似乎特别引人注目。质地清澈、保值安全、需求旺盛、易于贮存是宝石的特征和优势。高贵的钻石、誉为四大宝石的蓝宝石、钻石、祖母绿和红宝石都拥有的这些特点,在今天的投资者看来,似乎格外珍贵。

二、钻石投资

钻石作为自然界中最稀有的宝石,除了不菲的自身价值,同时其庞大的前期开采投资与复杂的加工程序也大大增加了它的附加值,这充分显示出高品质钻石巨大的保值升值潜力。钻石专家认为,钻石价格之所以热销,主要是因为它属世界稀缺资源,具有的稀缺性和独特美学价值[①]。钻石绝对不仅仅是彰显尊贵和品味的奢侈品,还具有和黄金类似的作为硬通货的特质,极大地满足了投资者彰显奢华和投资理财的双重需求。另外,其稳定上扬的价格走势,使之成为一种新的投资渠道。

每颗钻石从开采到加工设计都倾注了众人的心血。据初步计算,要开采250吨矿石才能得到1克拉(0.2克)的首饰钻石,在所开采的矿石中大约只有不到20%的钻石可用做加工首饰。另外,钻石源远流长的文化内涵,高折射率、最高硬度的内在品质,光芒四射、璀璨夺目的外观,都使它从众多宝石品种中脱颖而出,保值升值潜力巨大,深受投资者青睐。

投资钻石,国际上流行4C标准,可以供投资者参考。

(1)色泽(Color):钻石其实具备各种不同的颜色,如微黄、褐色至罕见的粉红、蓝色、绿色及其他缤纷的彩钻。按国际标准钻石分为D至Z共23级,其中纯白的品级是D级,次级是E级,这样顺次而至Z。从投资角度看最好能购买D级钻石,级别越低的钻石投资收藏价值就越小。

(2)净度(Clarity):大部分钻石都含有非常细小的"胎记",称为内含物。一颗钻石内含物数目越少及体积越细微,它的形态就越完美。钻石是所有宝石中最晶莹剔透的,完全没有内含物及表面瑕疵的钻石,非常稀罕,价值不菲。根据瑕疵的程度一般把钻石分成"无瑕"、VVS1-2级(含极少微疵)、VS级、SI级,及Imperfect(有瑕疵,可以用肉眼看出毛病的石头)级。投资钻

---

① 参见:新浪财经,http://finance.sina.com.cn/consume/20081119/13495526121.shtml

石,一定要购买 VS 级以上的钻石。

(3)切工(Cut):钻石的切割对其价值影响非常大。切割得好的钻石,可将光线反射到不同的瓣面再由钻石顶部散出,倍添闪烁火光。钻石如切割得太厚,部分光线便从底部的另一面漏走;但如切割得太浅,光线未经反射,便会从底部直接散去。因此,要想购买的钻石有投资价值,就一定要挑选切工工艺优良的钻石购买。

(4)克拉(Carat):钻石的重量是以"克拉"为单位的,而每克拉可分为100"分",一颗75分钻石的重量即为0.75克拉。一般而言,钻石价值大小与其克拉大小成正比。现在,每克拉钻石价值9万到16万人民币,而那些不足半克拉的"细货"和有些小瑕疵的现代钻石,一般只宜作为装饰用,根本不具备保值和投资功能,尤其是时下流行的一些新款式,也绝非可作为投资的对象。

另外钻石虽有产地不同之别,但无价格高低之分。决定钻石价值的不是产地,而是其质地以及加工的工艺,投资者在选择时不要被某些商家的地名幌子忽悠。购买钻石一定要选择有信誉的钻石供应商。有信誉的供应商可以保证其品质,对投资增值非常关键。如果购买钻饰,一定要选择名牌,一些名牌钻石首饰在国际拍卖市场一直是热门货,投资这类钻饰还可以获得超过钻石本身价值的溢价。投资钻石有权威部门开具的钻石分级证书非常必要,国内购买的话应该到专业、有信誉的商家处购买,并保留发票。

(1)风险度:★★☆☆☆(纯净度高的钻石保值性世界公认)

(2)收益度:★★★★☆(既然珍贵,肯定值钱的)

(3)流动性:★★☆☆☆(除非拍卖,换手好像不是很方便)

(4)个人投资者适合度:★★☆☆☆

三、宝石投资

据跟踪宝石价格的网上商业通讯《宝石预测通讯》统计,自1988年以来,质量上乘的纯天然缅甸红宝石(没有经过任何加热或其他类型的色彩强化处理)就没有跌过价,成两位数的价格上涨在顶级红宝石交易中更是家常便饭①。未经加热的天然缅甸红宝石和蓝宝石已经越来越稀少,缅甸境内很多顶尖的宝石矿都已面临资源竭尽的境地。"物以稀为贵"。目前,每克拉未经加热的缅甸红宝石的投资价格都在5万美元以上。多年来,除了未经加热的缅甸红宝石,未经加工的祖母绿、未经加热的缅甸或克什米尔蓝宝石和钻石,特别是色泽特异的天然钻石(如较罕见的红色、绿色、粉红色和蓝色钻石)都呈现出价格不断走高的趋势。索斯比拍卖行国际珠宝销售部主任丽萨·赫伯德指出,在四大名贵宝石中,祖母绿通常是市场表现最温和的一块,全球各地的拍卖行对于祖母绿的估价从500美元到10万美元不等。因为,祖母绿目前在市场上的供应比较充足,而红宝石则相对要少很多。从保值和增值空间来看,稀有颜色的钻石的投资回报率可能最高。

四大宝石也有优劣之分,而且这种质量上的差别,能左右它们的价格高下。有些红宝石的色彩、工艺都很差,尺寸又偏小,根本不配称作宝石。比起白钻,有色宝石和稀有颜色的钻石很少有可以参考的标准价格指数。其中,色泽通常可以决定该宝石一半的价值。此外,宝石的原产地和天然状况也对价值有所影响。

(1)风险度:★★★★☆(宝石太复杂了,要防打眼)

(2)收益度:★★☆☆☆(珍品值得拥有,但不是所有品种都有投资价值)

(3)流动性:★★☆☆☆(市场不是很成熟)

(4)个人投资者适合度:★★☆☆☆

投资钻宝小贴士

(1)要投资稀有宝石。必须选购具有市场价值的宝石,即数量稀少,但需求量日益增加、价格不断上涨中的宝石。

---

① 参见:宝石投资:比股票安全?《解放日报》,2003年8月1日1

（2）要投资有色宝石。宝石中有色的比无色的珍贵，红宝石价值近年就身价暴涨。此外，出产地也是宝石价值的决定性因素之一，红宝石以缅甸出产的价值最高，祖母绿首推哥伦比亚，而蓝宝石则以斯里兰卡、缅甸及克什米尔为佳。不过有色宝石没有一套像鉴定钻石般的准则，所以评定有色宝石的价值也较为困难。不过长远看，有色宝石的供应量比钻石为少，所以升幅也可能会较高。

（3）要选购名牌宝石首饰。如果选择珠宝首饰，品牌是决定其价值的因素之一。世界上著名的珠宝公司如蒂佛尼、卡地亚、凡阿公司等，其产品价格居高不下。一些古董首饰，也是值得投资的品种，特别是一些曾经为王室或名人所拥有的珠宝更保值，因为你买的不单是一件美丽的艺术品，其中还包含着历史价值。投资古董珠宝一定不要从生意角度着眼，必须要有欣赏和热爱的态度。

（4）要选择有信誉的宝石商。有信誉的宝石商在宝石品质方面可以得到保证，也是今后出手的保证。投资宝石必须选择佳品，才能确保市场性与增值。

（5）要具备权威证书。宝石的价格受色泽、做工、重量等诸多因素影响，在购买时一定要索取国际公认的鉴定书，以确保宝石的品质与价值。目前，国际最权威的鉴定书有美国宝石学院 CIA 的鉴定书，欧洲联盟 HRD 的鉴定书。

（6）不要投资过于稀罕昂贵的宝石。因为这类宝石不具有公开市场、公开行情、公开交易，一般投资者难以摸清市场规律，往往容易听信业者在传播媒介中夸大其词，以致购买到赝品或等级不符的宝石。

（7）不要投资有瑕疵的宝石。不管价值多么有诱惑，有瑕疵的宝石很难保证市场的增值能力，甚至今后无法出手。

（8）不要投资打过折的宝石。宝石既称为宝石就有它昂贵的道理，只要价格与品质相符，珠宝商断无降价求售的道理。除非它是有瑕疵或人工会

面的宝石,如此则根本失去保值的功能,即使打折扣的价格购买仍然太贵不划算。

四、玉石投资

中国玉文化源远流长,已有 7000 年的辉煌历史。早在河姆渡文化时期就揭开了中国玉文化的序幕。在距今 45000 千年前的新石器时代中晚期,辽河流域,黄河上下,长江南北,已经形成灿烂的玉文化。玉的使用在历史上是身份和地位的象征,春秋战国时期玉已经成为上流社会的等级制度的象征,玉的使用上升到"礼"的规范,汉代皇家葬仪的"金缕玉衣"更是至高的规格。中国是世界上重要的产玉国,不仅开采历史悠久,而且分布地域极广,蕴藏量极广。而代代相传的玉石加工技艺,则已经发展到了炉火纯青的地步。中国最著名的玉石是新疆和田玉,它和河南独山玉,辽宁的岫岩玉和湖北的绿松石,称为中国的四大玉石。2008 年北京奥运奖牌首创了金镶玉,所使用的玉就是青海昆仑玉,进一步推动了中国的玉文化的升华。

古代老玉就不说了,水太深,要玩就玩新玉吧。看过白明的《打眼2——古玩做局的那些事儿》,就知道里面有多少黑幕。玉器这一行,老玉能有多少?于是使用各种手法做老、做旧。以前行里有规矩,"瞒年代不瞒材料",可见玩玉在年代上被忽悠是有传统的。白明的书里面揭露了玉石造假的六种途径,基本上是冲老玉来的,可谓触目惊心!个人投资者如果没有很深的道行,别指望买到价格公道的老玉了。而现代造假,可是年代材料一起瞒,骗你没商量!

现代玉石投资正被越来越多的人所认可,一来中国传统的玉文化深入人心,所谓"黄金有价玉无价",它不仅是财富、地位、尊贵的象征,也是人格情操的写照,"君子比德于玉","千金易得,美玉难求";二来玉石属于工艺品范畴,雕工精美,佩带、收藏皆宜,体积一般不大,便于携带和保存,十分适合投资和收藏。

　　玉石有狭义和广义之分。狭义的玉又分为"硬玉"和"软玉"两类。最为常见的硬玉就是翡翠,而硬度比翡翠小的统称软玉。软玉在中国蕴藏丰富,其中最具代表性的就是和田玉。而从广义上来讲,玉石就是"温润而有光泽的美石"。它不仅包含"软玉"和"硬玉",还包括独山玉、岫岩玉,以及近似玉但严格来说不是玉的玛瑙、琥珀、绿松石、水晶、孔雀石、珊瑚等。在玉石收藏范畴中,和田玉、翡翠被公认价值最高,最具投资和收藏价值。另外,一些非玉的珍贵石料也具有投资价值,可作为投资宝玉石品种主要有田黄石、鸡血石等。

　　现在和田玉价格比十年前上涨了数倍,而且还存在升值空间。和田玉的价格是一个逐渐攀升的过程。在上世纪50 - 60年代,一块200克左右的和田玉籽料也就是一两个鸡蛋的价格。但到了1980年,一级和田玉山料每公斤是80元,籽料每公斤100元。1990年,山料攀升至300 - 350元/公斤,籽料达到1 500 - 2 000元/公斤。到了2005年,一级和田白玉籽料的价格达到10万元以上,有的甚至达到每公斤上百万元。和田玉的大规模升值是从2001年开始的,之前白玉籽料每年升值幅度在20 - 30%之间;之后平均每年升值50 - 70%,好的玉器每年能升值三至四倍。[①] 最近4年,和田玉的价格大约上涨了10倍,已经被严重透支。2008年以来,新疆的和田玉市场销量已经下降了四成,出现了价量齐降的现象。可以说和田玉的价格拐点已经到了,接下来将走下行趋势。专家估计,市场实质早已进入调整期,接下来可能还将持续两年之久。因此,这可以看做是投资和田玉的良机。投资可以多看少动,仔细观察,待市场稳定后,择机选择质量上乘的玉入手,持有一段时间,再伺机兑现,回报应该比较满意。

　　(1)风险度:★★★★☆(这个市场忒乱了,没有两把刷子不要进)

　　(2)收益度:★★★★☆(好仔玉的价格上升可以用飞来形容)

───────────

① 参见中国珠宝首饰行业有关数据,http://www.jewellery.org.cn

（3）流动性：★★★★☆（好东西总是有人要）

（4）个人投资者适合度：★★★☆☆

五、玉器投资

中国玉器大致经历了礼器——礼品——饰品——艺术品四个过程，中国玉文化的核心内涵也经历了礼乐神权——道德规范——权力财富——艺术欣赏四个历程。各个时期的玉文化内涵与玉器的表现形式及内容相互呼应，在礼乐神权为玉文化核心内涵时期的玉器表现得神圣、虚幻；在艺术为玉文化核心内涵时期，玉器则更多的表现在工艺技法及艺术的创造性。

当前玉石投资的发展方向也应该是玉器，而且应该关注当代玉器。首先，当代玉器艺术品比明清时期的古玉价格要低得多。明清玉器经数年的炒作，价格已经不菲。但一件玉料上好、雕工精细的当代玉器艺术品可能仅为明清玉件的1/3，甚至更低。在汉代前后古玉日益稀少、明清玉价不断攀升的形式下，投资者购藏、投资当代玉器艺术品，既可满足爱玉之好，又能保值升值。同时，当代玉器艺术精品代表了当今时代玉雕工艺的最高水平，在工艺上绝对能够达到甚至超越明清时期的古玉，具有较高的升值空间。

现代玉器的收藏和投资，应该着眼于玉料、工艺、造型、纹饰的时代特征和艺术风格，其中工艺十分重要。我国地域辽阔，在不同的地方有不同的雕玉风格。主要常见的为京作、苏作、西番作。京作即北京的玉石雕刻，也叫做北方作，从造型上看多立体器物，即浮雕的多，品种繁多，有各式各样的造型，做工有勾花、勾撤、高浮雕、打洼等复杂的雕琢，做出的玉器大气、朴实、神态自如逼真；苏作是苏州雕工玉器，代表着南方的工艺，也叫南方作，多雕小件器物，如别子、佩饰、花片、玉坠、玉牌、玉环、烟壶等，特点是造型简单，做工单纯，但像烟壶、佩饰则做工精细，注重神态，图案精美；西番作就是痕都斯坦玉器，流传于西部伊斯兰教地区，具有中西合璧的特色，特点是多选用纯白的玉材来雕琢，追求一种纯净的美。

现在全国各地玉器交易非常普遍，到处都有缅甸玉、翡翠销售市场，鱼目混珠、良莠不齐的相信十分严重，投资者盲目进入，呛水也是家常便饭。没有深厚的玉石辨别功底，千万别趟这水。

（1）风险度：★★★☆☆（走眼的可能非常大，风口上的话绝对危险）

（2）收益度：★★★★☆（真正的玉料越来越少，低价持有，价钱攀升毫无疑问）

（3）流动性：★★★☆☆（除非精品，普通玉器还真难卖，不信你试试）

（4）个人投资者适合度：★★★☆☆

六、其他贵重石投资

贵重石的价值，有些要看材质，有些主要看工艺，有些是工艺材质并重。在中国传统历史中，有些石料因为数量稀少，原矿资源濒于枯竭而格外贵重。像田黄石、鸡血石、青田石等，价格非常昂贵，甚至有"一量田黄一量金"之说。

1. 田黄石

田黄石因产于福州市寿山乡寿山溪两旁之水稻田底下，呈黄色而得名，为寿山石中最优良的品种之一。它有广义的和狭义的之分：广义的田黄石指"田坑石"，狭义的田黄石指田坑石中之发黄色者。广义的田黄石呈黄、白、红、黑等色，其中以黄色为最常见。具有珍珠光泽、玻璃光泽、油脂光泽，微透明至半透明，少数透明，质地致密、细腻、温润、光洁。尤为引人注目的是其肌里隐药可见萝卜纹状细纹，颜色外浓而向内逐渐变淡，表面时而裹有黄色或灰黑色石皮，间有红色格纹。为田黄石所独有的外观特征，素有"无纹不成田"、"无皮不成田"、"无格不成田"之称。诚然，从石质来说，仍以纯净为贵。田黄石由于有"福"（福建）、"寿"（寿山）、"田"（财富）、"黄"（皇帝专用色）之寓意，具备细、洁、润、腻、温、凝印石之六德，故称之为"帝石"，并成为清朝祭天专用的国石。田黄蒙上了许多神秘色彩，故一直是收藏家梦寐以求的至宝。田黄石只在福建寿山的一块长不到一公里的田中出产，原产地数百年来在早已挖掘殆尽。"黄金易得，田黄难求"，田黄珍贵众所周知。但除了稀有以外，究竟是什么原因导致田黄价格一路节节攀高？篆刻专家刘向阳认为是"因为不了解，所以盲目追高"，但历年来田黄石的价格节节高攀却是不争的事实。1997 年在香港苏富比拍卖会上，一方旧田黄石章以 88 万元成交；2001 年秋季，在上海敬华拍卖会上，一方重 173 克的云龙纹田黄石章，以 88 万元成交。在"北京诚轩 2008 春季拍卖会"上，322 克的田黄雕梅菊竹三清图书镇拍得 627.2 万元，平均一克价值近 20 000 元。业内人士表示，这种"疯狂的石头"已经达到有钱难求的境况。

图 6-14 比黄金还要贵重的田黄石

(1) 风险度：★★★☆☆（造假倒不容易，能买到也不容易）

(2) 收益度：★★★★☆（真正老料几乎断绝了，越来越值钱）

(3) 流动性：★★★★★（一石难求，怕什么？）

(4) 个人投资者适合度：★★☆☆☆

2. 鸡血石

是中国特有的名贵石种，具有艳丽鲜红如鸡血般的色彩和亮晶如美玉般的光泽，被誉为"国宝"而驰名中外，是中国四大名石之一。著名的鸡血石按产地命名分别是昌化鸡血石和巴林鸡血石。其中昌化鸡血石在历史上享受盛名，一般所指均为昌化鸡血石。清乾隆年所修《浙江通志》曾记载："昌化县产图章石,红点若朱砂,亦有青紫如玳瑁,良可爱玩,近则罕得矣。"昌化鸡血石出产于浙江省临安市昌化镇西 50 公里的浙西大峡谷源头,海拔 1 300 余米的玉岩山,属天目山系,为仙霞岭山脉的北支,周围群山环抱,峻岭绵延,高山峡谷形成了独特的气候条件。鸡血石同寿山田黄并列,享有"印石皇后"的美称。昌化鸡血石可分为冻地、软地、刚地和硬地四大类。冻地鸡血石为玻璃冻、羊脂冻、牛角冻、桃花冻等,微透明或半透明,硬度在 2~3 级;软地鸡血石的硬度为 2-4 级;刚地鸡血石是高岭石、明矾石岩经后期硅化的产物,硬度在 4-7 级;硬地鸡血石硬度大于 7 级。昌化鸡血石的品质是血和地,血色为鲜红、正红、深红、紫红等。鸡血的形状有块红、条红、星红、霞红等,并能达到鲜、凝、厚为佳,深沉有厚度,深透石中,有集结或斑布均衡为佳。血量少于 10% 者为一般,少于 30% 为中档,大于 30% 者为高档,大于 50% 者为珍品,70% 以上者珍贵难得,全红或六面血为极品。红而通灵的鸡血石称为"大红袍"

好的鸡血石都不加雕琢,以做印章为最宜。凡是加雕刻的鸡血一般都为遮掩其疵,是不足为贵的。由于鸡血石质佳价高,作伪者甚多。鸡血石的作伪方法大体上有镶嵌法、浸渍法、切片贴皮法、添补法等多种,也有不良商家利用消费者缺乏专业知识以巴林石冒昌化石,两者价格有明显区别。

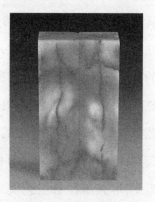

图 6-15 昌化鸡血石

(1)风险度:★★★★☆(造假比较多,不当心要出血)

(2)收益度:★★★★☆(好的品质价格节节高)

(3)流动性:★★★☆☆(良莠不齐,买家心有疑虑)

(4)个人投资者适合度:★★☆☆☆

3. 青田石

产于浙江省青田县,是我国传统的印章石料之一,以色彩丰富,花纹奇特著称。青田石以"叶蜡石"为主，显蜡状，油脂、玻璃光泽，无透明、微透明至半透明，质地坚密细致，是中国篆刻用石最早之石种。据青田石研究专家夏法起先生科学地统计共分有 10 大类 108 种，以"封门"为上品，微透明而谈青略带黄者称"封门青"；晶莹如玉，照之璨如灯辉，半透明者称"灯光冻"；色如幽兰，明润纯净，通灵微透者称"兰花青"。这三"青"与田黄、鸡血石并称为三大佳石，其价值也越来越高。青田石的名贵自古亦然，篆刻家皆称"贱金不如贵石"，如今青田石的总体产量和精品数量也大不如昔，而收藏队伍的逐渐扩大，导致其价格逐年攀升。这几年青田石价格扶摇直上，尤其是印章即使是普通品 3 年也涨了 5 倍，精品更是足足涨了 20 倍之多。①

青田石现在也广泛用于雕刻工艺品，雕工精美的名家作品，艺术性非常高，收藏价值也很高。与鸡血石不同的是，青田石的雕工及艺术性对投资价值的影响极大，一件艺术水平上乘的青田石作品在市场上得到广泛的欢迎，价值提升也非常快，是投资的好品种。像浙江省工艺美术大师陈小甫青田石雕件作品《喜鹊登门》在中央电视台《鉴宝》栏目被专家估价 30 万元，不久浙江省工艺美术大师张爱光作品《金晖》又被估价 60 万元。

图 6 – 16　陈小甫青田石雕件
《喜鹊登门》

(1) 风险度：★★☆☆☆（造假不多，相对比较安全）

(2) 收益度：★★★★☆（料、工、艺术性高的看涨）

(3) 流动性：★★★☆☆（毕竟不是主流投资品）

(4) 个人投资者适合度：★★★☆☆

---

① 参见："青田石精品 3 年涨 20 倍"，《半岛晨报》，2008 年 8 月 18 日

END

转换思维,坦然面对金融危机

随着严酷的寒冬中最难熬的一段日子的过去,春天的脚步又近了。大洋彼岸的世界仍然在上演着一幕幕悲喜剧,倒春寒的冷意还时不时地隔着重洋飘过来。在中国人民的坚强的毅力下,我国的经济已经渡过了最艰难的时段,振兴规划一个一个地出台,抗击金融风暴已经到了关键时刻。作为个人投资者,仅仅是茫茫沧海中之一粟。个人的力量固然有限,但众人合力其利断金。如果每个投资者都能够树立健康的投资理念,那么不管是股市还是房市,都会以一种平常的心态去发展,可以少些暴涨暴跌,安安稳稳地让大家都有机会。

第一节　只有积极的投资态度才能平稳渡过危机

浮躁是投资的大敌，很多个人投资者都具有浮躁的一面，梦想一日暴富，以一时之输赢而影响情绪，甚至影响工作、生活和感情。有些投资者在遭受巨大的损失后自暴自弃，意气用事，动不动就"金盆洗手"，这都是心态不平的表现。很多投资者在遭受投资失败时往往不是寻找失败的原因，不是怨天就是怨地，再就是怪政策、骂庄家。其实，这种心态也正是庄家希望看到的，这种失去平常心的投资者，才是理想的目标。一旦个人投资者踏错步点，就沦为机构、庄家的鱼肉，任凭宰割。

一、坚持投资

"你不理财，财不理你"，如果没有良好的投资理财习惯，就不可能使财富增值，不可能去从容应付金融危机的侵袭。态度决定了一切，没有正确的理财观念，就算深谙理财技巧与信息，也无法保证理财的成功。如果观念有问题，那么心态就会不正，理财方向就会产生偏差。我们已经从美国人的身上看到了很多这样的例子，由于没有正确的理财观念，在金融危机来临时，曾经的白领一族是何等狼狈。理财不是一时的事，理财是经常的事，理财是一辈子的事。只有坚持理财，才能保证财富的增长，共享美好明天。很多人甚至没有任何投资理财的意识，认为只有富贵之家才需要理财，自己工薪阶层一个，夜无余财，何财可理？其实，这正是缺乏理财意识的表现，就是因为没有理财意识，从不关心理财，才使得财富的使用没有节度，导致无财可理的地步。工薪阶层更应该理财，通过投资理财来增加自己的财富，为自己和家人的未来创造美好的明天。

二、积极投资

理财一定要有一种积极的态度去实施。很多投资者的理财活动往往是在别人影响下被动而为,自己没有主见,更不用说有投资理财的规划与设想了。理财不是请客吃饭,理投资应该主动出击。理财也不是完成任务,理财是为了美好的明天而未雨绸缪。理财应该在积极的态度下进行,首先确立明确的目标,然后选择合适的途径和工具,还要考虑合适的组合,才能获得理想的收益,使财富获得增值。很多人对平时的财富管理听之任之,有的甚至常年把暂时不用的钱财随便往银行活期账户上一放,还认为自己的钱怎么方便怎么着,反正也不多。还有的人简单地开个定期账户一存了事,根本没有进行过筹划,没有保证投资收益的效果,这都不是积极的理财态度。在市场存在通货膨胀的情况下,存款利率可能远远低于通货膨胀率水平,简单储蓄的结果是造成了资产的缩水。因此,不主动积极投资也有风险,而这个风险往往更大。

三、善于投资

理财不是简单地把钱投资到某个领域,或者购买任何的理财工具就万事大吉了。理财要和每个人的具体条件相结合,不同的人可能需要不同的理财模式。因此投资者要对理财对象有充分的认识,对理财工具要了如指掌。投资者需要掌握不同理财工具的特点,尤其是不同理财工具在特定的环境下的结果。另外,投资者还要充分地了解自己,包括自己的心理素质、风险承受能力以及投资目标等。即使是同一个人,在他(她)的人生不同阶段,理财目标、心理素质等都会产生差异。因此同一个人在生命周期的不同位置需要不同的投资方案。一个成功的理财者,应该是熟悉各种理财工具,能够为自己寻找合适理财方案的高手。

四、合理投资

理财不是简单对财富进行打理,理财的目标是使财富保持稳定的增值,那就需要通过投资途径来实现这个目标。理财要精心选择合适的投资工具,必须对不同的投资工具进行比较,分析各自的长处与短处,还要研究投资者本身对不同理财工具的掌握程度,以实现理财目标的最大化。理财要选择合理的投资渠道,并不是所有的渠道都适合本人,也不是所有的投资工具都可以成功。理财还要考虑合适的比例,既要保证投资的回报,也要考虑资金的流动性,不能影响正常生活。合理的投资,是在合适的时间、通过合适的途径、以合适的比例进行合适的投资,以获得合理的回报。

五、安全投资

"投资有风险,入市要谨慎",这个道理大家都明白,但很多投资者在具体操作时往往丢到脑后。要实现投资收益最大化,意味着风险也可能极大化。如果风险暴露超过了收益获得的概率,那么就是赌博无异了。这种赌一把的心理绝对不是一个投资者所应该有的,一个合格的投资者应该能够认识风险,平衡风险,在获得收益的同时,有效地化解风险。经过"严冬"的洗礼,广大个人投资者都很好地接受了一场风险教育,清楚地见识了风险的后果。在未来的投资活动中,安全始终是要铭记的,风险无处不在、无时不在,往往是最忘乎所以的时候,风险就悄无声息地光临,来敲打你的门窗。

第二节　只有正确的投资策略才能安全渡过危机

具有坚定的投资理念和投资决心,并不代表投资一定顺利、一定成功。当然不投资绝对不可能成功。投资者还需要有正确的投资策略,才能保持获得满意的回报。因此,在投资活动中,必须做到这样几个"要"和"不要"。

一、要保持头脑清醒,不要贪婪冒进

任何时候都保持清醒的头脑,尤其是在市场一片混乱的时刻,冷静决定了成败。任何时候投资者都要学会独立思考,对市场上漫天飞舞的传闻有明晰的洞察,不能迷信专家,因为现在什么都有山寨版,专家也有山寨版。当市场陷入动荡不安的时分,恐惧是决策的大敌,从而进入杀跌的行列;当市场进入疯狂的时候,贪婪代替了理性,不记后果追涨。在失去理智的时候,决策永远是错误的。因此,众人皆醉之时,更应保持独醒。每当市场陷入疯狂,记住此时每一个投资决策,都应该再想一想。

二、要保持逆向思维,不要盲从盲动

投资者最忌讳的就是没有主见,盲目从众。市场低迷时,正是进行投资的好时机,但是由于市场上所有投资者都显现出悲观情绪,媒体也是一片空头言论,大多数投资者因为"羊群效应"的心理,即使是最优质的股票被大幅低估,不敢问津;当市场高潮来临时,则正好相反,所有人都在期盼新高的到来。此时应该以逆向思维来决策,在媒体一片叫好声中选择退出,在市场风声鹤唳之时果断入市。

三、要保持脚踏实地,不要侥幸投机

任何时候都应该脚踏实地走,看清后再走。当风险高度暴露的时候,唯一的选择是转移风险,才能避开风险。许多投机性强的股票连续大涨,投资者经受不住暴利的诱惑,总希望最后接棒的不是自己,而命运却常常捉弄他们,结果一败涂地,血本无归。

四、要保持大局感觉,不要目光短浅

站得高,才能看得远,很多投资问题要站在战略性的高度去思考,就会

得出不同的结论。不能局限在某个领域或特例,缺乏战略性思维;或只看到短期一时的得失,而忽略长期的利益或损失。只看到眼前的利益,而忽视了潜在的重大危机。

五、要保持自信心理,不要盲目自负

自负和自信往往是对立的。不能过于自负,也不能没有自信。自信建立在自己的能力范围内,经过对投资对象的深入研判,应该有自己决策的信心。不必因为外界的干扰或者暂时的市场低估,就推翻自己的结论。当然也要避免盲目的自负,一次成功后过于相信自己的感觉,而放弃了严肃的市场分析。

六、要保持投资节拍,不要急功近利

现在的市场短线称王,而经济形势的发展充满了不确定性,也使投资者更加在乎一时得失,而放弃了投资的节拍。一旦自乱阵脚,投资就会浮躁,就会失去方向。很多投资者都追求短期目标,急功近利,希望一夜暴富,而放弃了投资策略,投机心理占据主动。于是投资组合弃之不顾,全攻全守,对风险的防范形同虚设。

七、要保持果断行动,不要患得患失

一旦决定,立即行动。犹豫不决、患得患失只能导致机会的丧失。一旦发觉错失时机,往往会反复地追涨杀跌,结果一步错而步步错。因此,看准时机就要在第一时间进入,才能获得成功机会。

第三节　只有合理的投资规划才能轻松渡过危机

投资不是简单地把钱用于购买投资工具,然后等着点钱那么简单,不合理的投资活动往往无法获得满意的投资回报,甚至还会带来投资风险,造成资产损失。在"过冬期",个人投资更应该学会投资,做好投资,那么一个好的规划是必须的。

一、按照人生的不同阶段规划投资

不同年纪的投资者进入投资领域,因为其人生阅历及资产情况,可能在投资规划方面有不同的要求,理财目标也会不一样。

1. 20～30 岁一族

这个年龄段大部分属于 80 后,年轻、刚刚踏上社会,工作不太稳定,还没有什么事业基础,单身或刚刚有家庭,部分会有小孩。这批人很多都是独生子女,从小的生活比较优裕,会享受,接受新事物快,缺乏理财意识或理财的经验比较少。这部分人的经济经常比较紧张,不会合理安排,财政问题比较多。因此,80 后一族在理财方面应该从低风险的产品入手,每月固定投入小额资金的定投产品是不错的考虑,长期投资可以获得很好的回报。已婚者在房地产方面的投入会多一些,暂时还没有子女教育方面的投资要求。经济比较稳定的可以尝试稍微激进一点的投资组合,但不能把所有的资金都投入股市这样高风险领域。

2. 30～40 岁一族

一般事业开始稳定,孩子也逐渐成长,投资方面可以向成长型方向过度。此阶段很多家庭为孩子未来考虑较多,可以选择合适的教育投资理财

产品介入。健康保险、家庭财产保险等保障型产品是必不可少的投资组合，这个年纪家庭中坚承担的责任最重。定额定投方面可能会加大额度，以保证未来的收益。财力有余的家庭在房地产方面的投资会加大，主要是以二套房为主；投资以追求回报增值的提升为主要诉求，投资经验也开始丰富，部分投资者开始追求积极的投资组合模式。

3. 40~50 岁一族

事业基本上到达顶点，生活进入稳定发展的轨道，很少有大起大落，也不可能再像以前那样冒险投资并且也没有多余精力分析太多的融资渠道。因此为了保险起见，可以分成四种理财渠道：第一种用于储备养老金；第二种用于准备大病费用；第三种用于旅游休闲；第四种用于为儿孙留存资产。如果子女此时上大学或去海外留学，以前的教育投资产品应该进入收获期。

4. 50 岁以上族

基本上进入临退休或退休阶段，子女已经成家立业，家庭进入空巢期，但事业也进入尾声，收入明显下降或依靠退休金。此时以前的养老理财产品进入回报期，个人投资的资金有限，可以选择稳定的理财产品，健康保险支出比较大，合理安排旅游休闲的投资理财是个不错的选择。风险较大的投资渠道不适合这个年龄段的投资者。

二、按照不同的职业形态规划投资

不同的职业形态在社会交往、风险承受、投资态度等方面会有相当大的差异性。

1. 工薪阶层

主要是收入来源主要靠工资，其他收入来源较少，收入水平也平常，属于普普通通的一般人。工薪阶层是社会上规模最大的群体，经济发展平稳时收入通常稳定，不会大起大落。这个群体他们的投资资金的筹集靠平时的积累,因此初始投资一般都是靠银行储蓄、基金定投这样的小规模投资,回报不是非常可观,但风险不大。在积累到一定规模,比如 10 万元时,开始尝试比较积极的投资渠道,以获得比较满意的回报。但应该注意投资的组合,优先考虑保障类的理财工具比例,不宜过分激进,以稳健风格比较好。

2. 白领阶层

属于社会上收入较高的群体,包括企业中高层管理人员、公务员、专业技术人员等。日常家庭负担不是问题,有比较宽余的投资余地。稳健性格的投资房地产、艺术品、信托等流动性要求不高的产品方面比例较大,回报可能比较可观;股票、基金保险等理财工具都会有一定的搭配。比较激进的会把大部分资金投入股票、基金等高风险领域,追求回报最大化。部分白领会考虑委托专业理财师打理,也有的会进入私募基金进行投资。

3. 金领阶层

主要有私营企业主、外企和国企高级领导人、职业经理人以及各领域的成功人士等,这部分人的特征就是高薪,而且不是一般的高。财富对于他们来讲就是一个符号,他们追求的但是一种自我实现的快感。这个群体人数上比较少,但是资金雄厚,他们的理财渠道不是一般人所能够想象的。在实业投资、股权投资、房地产投资、艺术品投资方面都是大资金进出,风险大,但是回报也高。

三、按照不同的家庭收入规划投资

投资应该是用余钱,不能用吃饭和上学的钱来投资。所以不同收入的家庭在投资方面的开支和投资模式应该是明显有区别的。

1. 年收入 5 万元以下的家庭

这类家庭的收入属于中、低收入了,日常生活的开支将占据家庭收入的很大一部分,用于投资的部分就相对有限了。一个三口之家,每年的生活费

用可能在 2 万元左右,子女教育方面的开支可能要 5 000 到 1 万元,剩下的 2 万到 25 000 元的安排就比较紧了。如果有房贷未还清,每月 1 000 元的话一年就是 12 000 元,由于是家庭唯一的住房,不能算是投资。可能真正用于投资的也就 15 000 元左右了。这类家庭的保障性投资不能疏忽,5 000 元进行保险理财比较合理,10 000 元投到其他渠道已经不起眼了。可以把 3 000 元进行基金定投(每月 250 元)、其余的钱平时用于流动性比较大的理财产品:活期储蓄、一年内定期储蓄、货币基金等,待积累一定数额后可集中购买基金、银行理财产品,如果对风险比较偏好的,可以投资股票,但比例一定要控制。

2. 年收入在 5 ~ 10 万元的家庭

这类家庭属于中等收入者,除了日常开支,能够有足够的资金进行投资。三口之家的生活开支可能会在 3 ~ 4 万,子女教育费用在 1 ~ 2 万,有车族养车在 1 ~ 2 万。如有房贷,公积金应该可以还大部,自己贴钱不是很多,至多 1 万。这样可用于投资的资金在 3 ~ 4 万间比较常见,如果进行房地产投资的话,首付后租金应该可以抵还贷,因此资金的分配可以用 1 万元进行保险理财,1 万元投资股票,1 万元投资基金这样的三三配比较合适。如果还有余钱,可以再投资一些银行的其他理财产品。

3. 年收入 10 ~ 50 万元的家庭

这部分家庭属于社会上的高收入阶层,不为日常生活担忧,但注重生活品质,在生活方面的开支比较大,旅游、度假等方面有一定的比例,另外社交方面的开支也不小。当然,如此高的收入的节余应该也不少,但他们没有足够的时间自己打理,很多人会请专业理财师进行规划设计理财计划。

4. 年收入 50 万元以上的家庭

这好像已经不是一般的个人投资者了,我们就不说了。

不同的投资者,在设计投资规划的时候应该根据自身的特征来做,年龄、职业、家庭规模、收入甚至个人性格都会影响。投资规划没有固定的模式,不可能设计一个模板让不同的投资者对号入座。相同收入的家庭,可能在负担方面不一样,另外投资者对风险的偏好程度对投资模式有绝对的影响。相同职业的群体,并不是所有人都一样,在性格方面也许是天壤之别。

金融危机迟早会过去,坐着等也会过的,但是投资者更应该以积极的态度来渡过。大家可以乘这个机会来梳理自己的投资理念,好好地检讨过去的投资策略,并重新规划未来的投资计划,在"冬天"过去的时候,相信大家会以一种新的面貌来面对期盼已久的"春天"。